浙江省社科规划课题成果
赫伯特宗教诗歌研究（14NDJC080YB）

乔治·赫伯特诗歌研究

A Study of George Herbert's Poetry

吴　虹 著

浙江工商大学出版社
ZHEJIANG GONGSHANG UNIVERSITY PRESS
·杭州·

图书在版编目(CIP)数据

乔治·赫伯特诗歌研究 / 吴虹著. — 杭州：浙江
工商大学出版社，2020.7
ISBN 978-7-5178-3871-5

Ⅰ. ①乔… Ⅱ. ①吴… Ⅲ. ①乔治·赫伯特—诗歌研
究 Ⅳ. ①I561.072

中国版本图书馆 CIP 数据核字(2020)第 086456 号

乔治·赫伯特诗歌研究
QIAOZHI · HEBOTE SHIGE YANJIU
吴　虹著

责任编辑	沈明珠
封面设计	林朦朦
责任印制	包建辉
出版发行	浙江工商大学出版社
	（杭州市教工路 198 号　邮政编码 310012）
	（E-mail：zjgsupress@163.com）
	（网址：http://www.zjgsupress.com）
	电话：0571-88904980,88831806（传真）
排　　版	杭州朝曦图文设计有限公司
印　　刷	杭州宏雅印刷有限公司
开　　本	710mm×1000mm　1/16
印　　张	13.5
字　　数	235 千
版 印 次	2020 年 7 月第 1 版　2020 年 7 月第 1 次印刷
书　　号	ISBN 978-7-5178-3871-5
定　　价	54.00 元

目　录

导 论

乔治·赫伯特(George Herbert,1593—1633)文学创作的鼎盛时期处于莎士比亚与弥尔顿(John Milton)文学创作的鼎盛时期之间,推动了英国宗教抒情诗的发展。他的作品主要包括一部宗教抒情诗集《圣殿》(*The Temple*)、一部散文集《乡村牧师》(*The Country Parson*)、两部拉丁诗集、两部格言集和一些翻译作品,被誉为"自成一格的诗人"、"圣殿的甜蜜歌者"、17世纪英国唯一"碰触到戴维斯诗琴"的诗人,英国六位"天国歌手"之首。埃文斯将赫伯特与多恩(John Donne)进行了对比,指出赫伯特"比起多恩"更有"一股单纯而毫无挂碍的虔诚劲"①。海伦·威尔科克斯(Helen Wilcox)在逐一注释《圣殿》中的诗歌并写了多篇颇具影响力的评论以后,指出"赫伯特也许是英语语言界最杰出的宗教诗人"②。

从创作内容与风格来看,赫伯特的诗歌是复杂的抒情诗式冥想诗而不是史诗或者充满戏剧色彩的神话,他的作品倾向于对自我的检查与审视,而不是公开宣布自己的想法。就诗歌形式而言,赫伯特勇于尝试新的诗歌表现形式,使形式为内容服务,《复活节之翼》(*Easter Wings*)和《破碎的圣坛》(*The Altar*)都是非常典型的图形诗。《复活节之翼》的诗行排列犹如两对向上飞行的云雀的翅膀,《破碎的圣坛》的诗行则模仿了教堂中的圣坛形状。从某种程度上说,赫伯特是英国17世纪文学史上的一位重要人物:他的作品传播广泛,产生了深刻而广泛的影响,不仅是17世纪,也是其他世纪有目共睹的最富技巧、最重要的英国神圣抒情诗人。③

赫伯特在英国诗坛的地位已经毋庸赘言,他在英国文化发展史上的地位也不容小觑。他不仅受到17世纪读者的关注,也受到后世读者的关注。

---

① [英]艾弗·埃文斯:《英国文学简史》,蔡文显译,人民文学出版社1984年版,第39页。

② John C. Hunter ed. *Renaissance Literature:An Anthology of Poetry and Prose*, 2nd ed., Blackwell, 2010, p. 1007.

③ Poetry Foundation. "George Herbert". http://www.poetryfoundation.org/poets/george-herbert.

后世批评家们在考察赫伯特在 17 世纪英国社会中的作用时把他称作当时的"文化偶像"("cultural icon")[①]。17 世纪至少有 11 个《圣殿》版本的出版发行与赫伯特承载的文化信息密切相关,在《圣殿》第一版的序言中,尼古拉斯·费拉尔(Nicholas Ferrar)介绍了赫伯特的高贵出身与高尚行为,对"神圣的赫伯特先生"("holy Mr. Herbert")进行了简要描摹:"赫伯特对当时英国教会及其教规的遵守与服从格外引人注目",他"忠诚地履行"神圣职责,因此,被称为"原始圣徒的伙伴,他所在时代的楷模"[②]。这不仅是对赫伯特一生行为的高度概括与评价,也是对 17 世纪上半叶英国政治生活与宗教生活的褒扬:费拉尔对赫伯特生平的描述,使他成为和谐、有序、毫无争议的崇拜上帝的楷模,对赫伯特而言,重视基督教信仰,挖掘基督教信仰的美德传统与塑造基督徒个体行为的观念给当时英国社会的改良带来了解决方案与承诺。

赫伯特是一位拥有卓越才智的诗人,他用自己非凡的才能歌颂上帝的荣耀,把英国教会的宗教信仰和实践与历经若干世纪的整个基督教思想和实践的发展过程连接起来。在诗歌中,赫伯特歌颂上帝恩典的神圣之美、人类尊崇的秩序与礼仪、青年人的教育问题、治疗病患的问题、充分发挥个人才能的问题以及侍奉上帝的欢愉等。他的诗歌涉及的主题如此之广,以至于当代美国著名文学评论家海伦·文德勒(Helen Vendler)认为赫伯特的诗歌不仅对于那些有宗教信仰的人来说具有重要价值,而且对于那些没有宗教信仰的人来说,赫伯特的诗歌同样也具有重要价值。[③]

第一节　"自成一格的诗人"

乔治·赫伯特的诗歌追求心灵的自然状态,具有精神自白的性质。在诗歌中,赫伯特将自己真实自然的心灵状态展现给读者,让读者感受到的

---

① Poetry Foundation. "George Herbert". http://www. poetryfoundation. org/poets/george-herbert. 根据《牛津英语词典》,"cultural"一词于 1868 年首次出现在英语中。雷蒙·威廉斯在《关键词:文化与社会的词汇》一书中也指出"cultural"是个重要的形容词,出现于 19 世纪 70 年代,在 19 世纪 90 年代变得相当普遍。所以,把赫伯特称作"cultural icon"明显是后人的观点,意在突出赫伯特在 17 世纪英国社会文化生活中的重要地位。

② Poetry Foundation. "George Herbert". http://www. poetryfoundation. org/bio/george-herbert.

③ Helen Vendler. *The Poetry of George Herbert*, Harvard University Press, 1975, p. 4.

是一种高贵的真实,正是这种高贵的真实,打动了读者的心,吸引无数的读者,无论基督教徒与否,都去研读他的诗歌。

英国诗人兼文学批评家塞缪尔·泰勒·柯勒律治(Samuel Taylor Coleridge)曾经这样评价赫伯特在英国诗坛的地位:

> 赫伯特是位真正的诗人,而且是位自成一格的诗人("a poet sui generis"),如果不了解赫伯特的思想与个性,读者就不会感受到他诗歌的魅力。如果读者仅仅拥有判断力、欣赏古典文学作品的品位和对诗歌的敏感性,并不足以欣赏赫伯特的诗集《圣殿》。除非他是位基督教徒,而且是热情而又正统的基督教徒,虔诚而又诚恳的基督教徒。但是,即使拥有这些品质,也不足以欣赏到赫伯特诗歌艺术的魅力。他必须从行为习惯、信念、法律倾向到讲究礼节方面服从教会,认为教会的形式与仪式有益于宗教,而不是出于礼节的需要;因为宗教是他生活的元素,前进的区域。①

柯勒律治不仅承认赫伯特诗歌的基督教背景,同样,也承认他诗歌所承载的文化价值,认为"赫伯特思想的古怪离奇蒙蔽了现代读者的双眼,使他们忽略了赫伯特诗歌的一个总体优点,即赫伯特诗歌的精致细腻"②。在《文学传记》中对赫伯特的诗歌进行具体细致的分析之后,柯勒律治得出一个结论,认为"他的诗歌拥有最准确、最自然的语言"③。

自《圣殿》问世以来,众多诗人纷纷模仿赫伯特的风格进行诗歌创作,形成了独具特色的"赫伯特诗派"("School of Herbert"),按照评论家斯坦利·斯图尔特(Stanley Stewart)的分析与概括,"赫伯特诗派"囊括了自17世纪起至当代的众多著名诗人,17世纪的典型诗人包括亨利·沃恩(Henry Vaughan)、理查德·克拉肖(Richard Crashaw)、托马斯·特拉赫恩(Thomas Traherne)。在他们之后,典型的"赫伯特诗派"诗人还包括塞缪尔·泰勒·柯勒律治、拉尔夫·沃尔多·爱默生(Ralph Waldo Emerson)、

---

① Samuel Taylor Coleridge. *The Complete Works of Samuel Taylor Coleridge*, W. G. T. Sledd (1871) ed., IV, pp. 388—91. See C. A. Patrides ed. *George Herbert: The Critical Heritage*, Routledge & Kegan Paul, 1983, p. 170.

② C. A. Patrides ed. *George Herbert: The Critical Heritage*, Routledge & Kegan Paul, 1983, p. 20.

③ C. A. Patrides ed. *George Herbert: The Critical Heritage*, Routledge & Kegan Paul, 1983, p. 21.

艾米莉·迪金森(Emily Dickinson)、杰拉德·曼利·霍普金斯(Gerard Manley Hopkins)、T. S. 艾略特(T. S. Eliot)、W. H. 奥登(W. H. Auden)、伊丽莎白·毕晓普(Elizabeth Bishop)、安东尼·赫奇特(Anthony Hecht),也许还包括罗伯特·弗罗斯特(Robert Frost)。①

胡家峦赞同莱瓦尔斯基(Barbara Kiefer Lewalski)的观点,认为亨利·沃恩的宗教诗集《燧石的火花》(*Silex Scintillance*)中约有 26 首诗直接以赫伯特的诗句作为开头,有些诗采用赫伯特的格律,还有些则与赫伯特的原诗雷同。胡家峦把沃恩的《晨望》(*The Morning-watch*)一诗当作典型,指出该诗借鉴了赫伯特的《祈祷(一)》(*Prayer I*)中"祈祷是闻之胆寒的小曲"②这句诗。在考察诗集《燧石的火花》名称由来时,胡家峦认为基斯特(William R. Keast)的观点非常具有代表性,指出当《燧石的火花》于 1655 年出版时,沃恩甚至在序言中公开声明他是赫伯特"虔诚的皈依者"。其诗集标题"燧石"意象的运用明显受到赫伯特的启发,因为在赫伯特的《圣殿》中,"圣坛"是一个重要的隐喻,它是赫伯特在《破碎的圣坛》中刻画的意象,该诗位于《圣殿》主体部分"圣堂"③的开篇,具有双重含义。一方面,这"圣坛"是希伯来人用没有"加工刻凿"的天然石块筑成的圣坛(《出埃及记》20:25);另一方面又是非人工所造的、由上帝之手刻凿而成的人心。在这圣坛"石块"上清清楚楚地刻着"一切律法"(《申命记》27:3),也是在"人心"上刻着基督的书信,或拯救的信息(《歌林多后书》3:3)。胡家峦分析说,"这座用石块筑成的圣坛也就暗示诗人的心。正是在这'石(坛)——(人)心'上,赫伯特不断献上了自己的'祭品',即赞美上帝的诗篇。沃恩仿效赫伯特这一'石(坛)——(人)心'的隐喻,也将自己的心喻为一块'燧石',上帝的器具可在其上敲击出火花,而'心'的碎片也就是精神的火花,诗的火花。"④

克拉肖的诗集名称《通往圣殿的阶梯:神圣诗与让缪斯快乐的诗》(*Steps to the Temple. Sacred Poems, with Other Delights of the Muses*, 1646),究竟是不是他本人对诗集的命名,是否是他本人用这种方式表达对

---

① Poetry Foundation. "George Herbert"[EB/OL][2013−8−9]. http://www.poetryfoundation.org/poets/george-herbert.

② 胡家峦:《建立在大自然中的巴别塔——亨利·沃恩的宗教冥想哲理诗》,《国外文学》1993 年第 2 期,第 1 页。

③ 诗集《圣殿》(*The Temple*)包含"教堂门廊"(The Church-Porch),"圣堂"(The Church)和"教堂斗士"(The Church Militant)三个部分。

④ 胡家峦:《建立在大自然中的巴别塔——亨利·沃恩的宗教冥想哲理诗》,《国外文学》1993 年第 2 期,第 2 页。

《圣殿》的推崇，我们难以考证，但是，在这部诗集中有一首题为《将赫伯特的〈圣殿：神圣诗〉送给一位女士》(*On Mr. G. Herbert Booke Intituled the Temple of Sacred Poems, Sent to a Gentlewoman.*)①的诗这样写道：

> 我非常了解你，知晓你的音容笑貌；
> 这本书记录最神圣的爱：
> 我期待热情在你眼中迸发，
> 他的牺牲将热情点燃。
> 当你的双手解开这束书的绳索，
> 想象你遇见一位双翼天使。
> 他欣然来到你身旁，
> 侍候每一次晨间祷告。
> 你充满芬芳的祷告，
> 飘飞在馨香的空中。
> 他的足迹引领你到达盛开的白色梨花林，
> 每日将你送上天国：
> 让你熟知这天体，
> 和它表面安详的姻亲。
> 虽然赫伯特的名望归功于
> 这些祈祷，清晰明了；
> 你要知道当我把他们放在
> 你白色手掌的圣地，他们属于我。②

　　由此可见，克拉肖不但了解赫伯特的为人和诗歌，而且非常推崇他。在 17 世纪，人们习惯称赫伯特为"圣殿的甜蜜歌者"，而赫伯特的同时代诗人拉尔夫·肯维特(Ralph Kenvet)甚至说赫伯特是英国 17 世纪唯一一位

---

① 该诗英文标题的拼写方法保留英文参考文献中的拼写方法。参考文献中的拼写是早期现代英语，与我们现在使用的现代英语有些不同。下文中出现的一些英文诗行或标题保留英文参考文献中的写法，没有转译为现代英语。该标题中的"Booke"相当于现代英语"Book"。

② Crashaw. *Steps to the Temple. Sacred Poems*, *with Other Delights of the Muses* (1646), reproduced from The Poems ... of Richard Crashaw, L. G. Martin ed., 2ⁿᵈ ed. Oxford, 1957, pp. 130—131. See C. A. Patrides ed. *George Herbert*: *The Critical Heritage*, Routledge & Kegan Paul, 1983, p. 67.

"碰触到戴维斯诗琴"①的诗人,当代赫伯特研究专家海伦·威尔科克斯也对此表示赞同。②美国学者爱默生对赫伯特的评价很高,把赫伯特排在英国六位"天国歌手"[其他五位依次是莎士比亚、马韦尔(Andrew Marvell)、赫里克(Robert Herrick)、弥尔顿(John Milton)和本·琼森(Ben Ionson)]之首;认为他是最具代表性的英国天才[莎士比亚、乔叟(Geoffrey Chaucer)、斯宾塞(Edmund Spenser)与赫伯特]之一;认为他是屈指可数的、以一种让人难以忘怀的"刚健的男性风格"表达思想与情感的作家[路德(Martin Luther)、蒙台(Michel De Mantaigne)、帕斯卡尔(Blaise Pascal)与赫伯特]之一。③

第二节 赫伯特诗歌在中西方的传播与研究概况

诗集《圣殿》并非由赫伯特本人出版,而是在他弥留之际,对前来看望他的好友邓肯先生(Mr. Duncon)说:"先生,我请求您把这本小书转交给我的好友费拉尔,告诉他本书描绘了上帝与我的灵魂之间精神冲突的图景,在我能够使自己的灵魂服从我主耶稣的意愿以前,在侍奉耶稣的过程中,我找到了真正的自由;请他阅读此书,如果他认为此书能够使沮丧的灵魂得到益处,就将它们发表,否则就将它们付之一炬;因为我与它无法企及上帝的点滴仁慈。"④赫伯特的这段话表现了一种焦虑,即生怕其诗歌具有不确定性,给他人的灵魂成长带来伤害。幸运的是,费拉尔并没有烧毁这部诗集,而是在书稿审查制度严格的时代,动用自己在剑桥大学的关系,使书稿于赫伯特去世的同年,由剑桥大学出版社出版。

《圣殿》中的诗歌没有标明创作日期,因此,诗集中大多数诗歌的创作时间现已无从考证。但是,学界普遍认为该诗集中的大多数诗歌是赫伯特在伯默顿担任牧师的那3年创作完成的。赫伯特在17世纪大受欢迎,在整

---

① C. A. Patrides ed. *George Herbert*：*The Critical Heritage*，Routledge & Kegan Paul，1983，p. 5.

② Thomas N. Corns ed. *English Poetry*：*Donne to Marvell*，Shanghai Foreign Language Education Press，2001，p. 183.

③ C. A. Patrides ed. *George Herbert*：*The Critical Heritage*，Routledge & Kegan Paul，1983，p. 21.

④ Izaak Walton. *The Life of Mr. George Herbert*. See George Herbert. *George Herbert*：*The Complete English Poems*，John Tobin ed.，Penguin Books，2004，pp. 310—311.

个 17 世纪共出版了 11 个不同的《圣殿》版本,印刷了 12 次。① 与之相比,我们现在认为的 17 世纪英国文坛巨匠约翰·弥尔顿作品的销售数量却无法与《圣殿》相提并论。根据沃尔顿(Izaak Walton)的记载,《圣殿》从 1633 年首次出版到 1670 年②这 37 年间,销售出去 20000 多册③,而按照华兹华斯的描述,弥尔顿的《失乐园》④在出版以后的 11 年间仅仅销售出去 3000 册⑤。克伦威尔的私人牧师推荐自己的儿子阅读《圣殿》,查理一世在被送上断头台以前,在狱中也阅读《圣殿》。⑥

赫伯特研究专家罗伯特·雷(Robert H. Ray)用 15 年时间完成的专著《赫伯特引用研究：17 世纪赫伯特引用研究》(*The Herbert Allusion Book：Allusions to George Herbert in the Seventeenth Century*,1986)指出,截至 1983 年他完成书稿,他搜集到的资料显示,从 1615 至 1700 年,大约有 243 本书和手稿提到和论述过赫伯特(其中包括大约 157 本书和 86 部手稿),涉及的作家大约有 175 人,他们论述或摘录赫伯特及其作品大约 670 次(当然,一段摘录文字可能一次或者多次论述到赫伯特及其作品)。⑦ 1625 年,弗朗西斯·培根(Francis Bacen)在《英译赞美诗诗集》(*The Translation of Certaine Psalmes Into English Verse*)中说,这些诗献给“好友乔治·赫伯特先生”(To His Very Good Frend, Mr. George Herbet)⑧。赫伯特研究专家哈钦森(F. E. Hutchinson)说,培根之所以这样说是因为赫伯特曾经帮助他把《学术的伟大进展》(*The Advancement of Learning*)翻译

---

① 根据 A. W. 巴恩斯(A. W. Barnes)的考证,这 11 个版本包括剑桥大学出版的 6 个版本(1633 年[第 1、2 版]、1634 年[第 3 版]、1635 年[第 4 版]、1638 年[第 5 版]、1641 年[第 6 版]、伦敦出版的 5 个版本(1656 年[第 7 版]、1660 年[第 8 版]、1667 年[第 9 版]、1674 年[第 10 版]、1678 年[第 11 版]和 1 次重印(1695 年[重印第 11 版])。参见 A. W. Barnes, "Editing George Herbert's Ejaculations", *Textual Culture*, Vol. 1, No. 2(Autumn, 2006), p. 99.

② 伊萨克·沃尔顿撰写的《乔治·赫伯特传》首次出版于 1670 年。

③ Izaak Walton. *The Life of Mr. George Herbert*. See George Herbert. *George Herbert：The Complete English Poems*, John Tobin ed., Penguin Books, 2004, p. 311.

④ 弥尔顿的《失乐园》首次出版于 1667 年。

⑤ Tom Paulin. "This Way to Paradise". *The Guardian*, http://www.theguardian.com/artanddesign/2004/jul/17/art. poetry.

⑥ Thomas N. Corns ed. *English Poetry：Donne to Marvell*. Shanghai Foreign Language Education Press, 2001, p. 183.

⑦ Robert H. Ray. "The Herbert Allusion Book：Allusions to George Herbert in the Seventeenth Century", *Studies in Philology*, Vol. 83, No. 4 (Autumn, 1986), pp. iv－v.

⑧ Robert H. Ray. "The Herbert Allusion Book：Allusions to George Herbert in the Seventeenth Century", *Studies in Philology*, Vol. 83, No. 4 (Autumn, 1986), p. 3.

为拉丁文,这是培根对他表示感激的表现。

17世纪上半叶,英国社会的宗教信仰异常混乱,教派林立,然而,读者很难给赫伯特的宗教信仰贴上准确的标签,判定他在宗教领域属于哪一派系,在思想史上属于哪一派别或者在文学领域属于哪一流派。因为赫伯特的宗教诗及其思想有其非常独特的一面。在宗教纷争异常激烈的年代,赫伯特不参与任何一个宗教团体,他的思想似乎与他们都有相近之处,但又不一致;在思想史上,他与培根有分歧,却受到培根的尊重;在写作手法上,赫伯特与玄学派诗人"痛苦"地选用辞藻相比,又具有很大差距。虽然如此,四个多世纪以来,批评家们从不同的角度来对他进行阐释,然而他却一次又一次对他们进行解构,表明自己的独特立场。他是一名宗教人士,但是他不属于任何派别。他理解和欣赏科学方法,但是他批评人们用这种方法在自然界中寻找上帝。他用戏剧、对话、论证等方式进行诗歌创作,但是他对上帝在基督徒艺术家生活中的作用却得出了与他人完全不同的结论。

赫伯特的基督教信仰非常虔诚,并在虔诚中透射出优雅、紧张。赫伯特对基督、对上帝提出质疑,但是,"最怀疑的往往也是最虔诚的"[1],经过冥思苦想,重新找到上帝在他心中的位置,最后获得内心的安宁。因此,赫伯特虽然不属于某一基督教派别,却因为他的诗歌深刻地反映了宗教主题、真实地展现了自我内在的宗教情感体验,在矛盾的时代给基督徒的灵魂成长指明了方向。所以,诗集《圣殿》在17世纪受到大众的喜爱,流传广泛。

18世纪初,赫伯特诗歌的流传状况较好,1703年和1709年各出版了《圣殿》的1个版本。可是,在这以后,赫伯特的诗歌就淡出了诗人和评论家的视野。直到18世纪的最后一年,才出现了《圣殿》的又一个版本,这大概与18世纪英国文坛刮起的感伤之风有关。18世纪初,约瑟·艾迪森(Joseph Addison)在他主办的《旁观者》(*Spectator*)杂志的第一期上就直截了当地说赫伯特的图形诗《复活节之翼》和《破碎的圣坛》是"虚伪的巧智",是"无法取得成功的表演"[2],自此,赫伯特在整个18世纪英国文坛的地位一度一落千丈。在艾迪森的影响下,英国文坛对赫伯特贬多褒少,没有正确评价赫伯特的诗歌艺术与思想。

但是,到了19世纪,英国文坛的柯勒律治、拉斯金以及美国文坛的爱

---

[1]　〔丹麦〕索伦·克尔凯郭尔:《非此即彼》,陈俊松、黄德先译,光明日报出版社2007年版,第5页。

[2]　Joseph Addison. The 'Spectator', No. LⅧ (7ᵗʰ May, 1711). See C. A. Patrides ed. *George Herbert*:*The Critical Heritage*, Routledge & Kegan Paul, 1983, p. 149.

默生盛赞赫伯特,把西方学者对赫伯特的认识大大向前推进了一步。柯勒律治在《文学传记》(*Biographia Literaria*)中把赫伯特置于英国文学的总体背景下,用很大篇幅论述赫伯特的诗歌艺术,为确定赫伯特是英国诗坛上"最优秀的英国抒情诗人之一"的文学地位奠定了基础。起初,柯勒律治对赫伯特的认识建立在 18 世纪的传统观点之上,认为:"阅读赫伯特的诗歌是为了消遣娱乐,取笑他诗歌的古怪离奇"[①]。然而,经过仔细思考与论证之后,他发现了赫伯特诗歌的独特风格与精准的语言,颠覆了早期对赫伯特诗歌的错误认识。

约翰·拉斯金(John Ruskin)终生推崇赫伯特,他说"希望自己能够像胡克(Richard Hooker)与赫伯特一样写作"[②]。早在 1840 年,他就表明自己崇拜赫伯特的决心,他说:"我崇拜赫伯特,超过其他一切。"[③]拉斯金在 1845 年 4 月 13 日写给母亲的一封信中将赫伯特与班扬(John Bunyan)进行了比较,他写道:

> 赫伯特的想象力(就像班扬的想象力一样)如此活跃,他与上帝之间的沟通如此直接。这种沟通源于受过良好教育和纪律约束的想象与沟通,因此,虽然赫伯特感到他一次又一次因为要得到一定数量的银币和要得到现世生活的享乐与诺言而反复出卖上帝,但是他因此感到懊悔并因为有这样实在的罪过而进行苦修——他并不因为听到歌唱而使自己痛苦。这样,就可以看到这两人的创作与情感之间有很大不同,一张是出身高贵、敏锐、严厉而又善于沉思的面孔,一张是肥胖、空虚、粗俗的男孩面容。他们二人都是基督徒,同样受到上帝的教导,但是,他们接受教育的渠道不同,赫伯特通过大脑接受上帝的教导,而班扬却通过肝脏接受上帝的教导。[④]

---

① C. A. Patrides ed. *George Herbert*:*The Critical Heritage*,Routledge & Kegan Paul,1983,p. 20.

② C. A. Patrides ed. *George Herbert*:*The Critical Heritage*,Routledge & Kegan Paul,1983,p. 21.

③ C. A. Patrides ed. *George Herbert*:*The Critical Heritage*,Routledge & Kegan Paul,1983,p. 21.

④ John Ruskin,*Ruskin in Italy*:*Letters to His Parents* 1845,Harold I. Shapiro ed. Oxford,1972,pp. 17—18. See C. A. Patrides ed. *George Herbert*:*The Critical Heritage*,Routledge & Kegan Paul,1983,p. 178.

通过比较,拉斯金发现赫伯特的想象力奇特而充满活力,这在诗歌中就表现为意象的精巧、语言的精妙细致以及语言的活力与智慧。

美国学者爱默生毕生热爱赫伯特的诗歌,把赫伯特视为自己的朋友。在对赫伯特诗歌进行大量评价的基础上,1829 年,爱默生在写给友人的一封信中直截了当地写道:"我深爱赫伯特的诗……赫伯特的诗是一颗虔诚心灵以'诗人之眼'与'圣徒之爱'来探索世界之谜的表现。在这里,诗歌有了最高尚的用途。"①鉴于此,爱默生自己的诗歌创作也受到了赫伯特的影响,他的诗歌《恩典》(*Grace*,大约作于 1830 年)就曾经被威廉·亨利·钱宁(William Henry Channing)误认为是赫伯特的诗。此外,爱默生也非常喜欢赫伯特的诗歌《人》(*Man*),并把它的大部分诗节收在他的散文《论自然》(*Nature*)(1834)的最后一章,正是赫伯特诗歌反映的玄学思想,帮助爱默生转变为美国超验主义流派的代表诗人。②

在 19 世纪,虽然英国的柯勒律治和拉斯金以及美国的爱默生高度赞扬赫伯特的诗歌艺术与宗教思想,但是,不同的声音总是不绝于耳,然而,正是在这种赞扬与否定之间,赫伯特在英国诗坛上的地位逐渐凸显出来。

经过历史的积淀与时间的洗礼,20 世纪西方赫伯特研究向纵深与广博方向发展。赫伯特诗歌持续吸引众多读者、评论者与研究者去欣赏、反思、阐释乃至争辩。20 世纪的西方文坛,如同 19 世纪一样,对赫伯特有赞扬,有批评。热爱赫伯特诗歌的诗人不胜枚举,例如叶芝直接改写《美德》(*Virtue*)的最后一节,并将其纳入自己的诗歌《友人的疾病》(*A Friends' Illness*)中③。而此时的西方评论界也围绕赫伯特诗歌的属性展开论述,如 A. G. 海德(A. G. Hyde)在《乔治·赫伯特及其时代》(*George Herbert and His Times*)中指出,赫伯特是位宗教诗人,诗集《圣殿》充满了大量音乐元素,并具有崇高风格应该具有的一切特征。随着时间的推移,赫伯特诗歌的基督教属性越来越受到西方学者乃至英国教会的关注,1980 年,英国教

---

① Ralph Waldo Emerson. *The Journals and Miscellaneous Notebooks of Ralph Waldo Emerson*，William H. Gilman, George P. Clark, Alfred R. Ferguson, and Merrell R. Advis ed.，Cambridge，Mass. 1960 ff. Ⅲ，p. 284，Ⅶ，p. 316，and Ⅸ，p. 278. See C. A. Patrides ed. *George Herbert：The Critical Heritage*，Routledge & Kegan Paul，1983，p. 176.

② C. A. Patrides ed. *George Herbert：The Critical Heritage*，Routledge & Kegan Paul，1983，p. 21.

③ C. A. Patrides ed. *George Herbert：The Critical Heritage*，Routledge & Kegan Paul，1983，p. 32.

会将 2 月 27 日命名为"乔治·赫伯特日,纪念这位杰出的神父、牧师与诗人"①。

美国学者乔治·赫伯特·帕默(George Herbert Palmer)打破《圣殿》原有的诗歌排列顺序,按照文本本身的性质、赫伯特的生平事件以及他创作诗歌时英国文坛的状况,把《圣殿》中的诗歌顺序重新排列并于 1905 年出版,这一事件激发了美国学者们的热烈讨论。在帕默编辑的《圣殿》出版以后,又出版了由 F. E. 哈钦森、海伦·威尔科克斯和约翰·托宾(John Tobin)编辑的《圣殿》。其中评论界普遍认为哈钦森的版本最权威②,威尔科克斯的版本最细致,细致到几乎对每一首诗的详细解读,而托宾的版本则最显聪慧。

20 世纪不同《圣殿》版本的多次出现,引起西方文学创作与文学批评领域的诗人和评论家们对赫伯特诗歌的持续关注。而且,他们对赫伯特的关注不仅仅停留在诗歌艺术创作领域,而是拓宽到赫伯特研究的各个方面,无论是各类研究专著、学术论文的出版和发表,还是博硕士论文的选题,都显示出赫伯特诗歌绵长的生命力与独特的艺术魅力。近一个多世纪以来,西方赫伯特研究主要体现在以下几个方面:

首先是对赫伯特诗歌艺术的探究。这种解读多采用新批评理论的方法,对赫伯特的诗歌艺术进行解读,探究其独特的艺术魅力。例如 T. S. 艾略特在对比赫伯特与多恩诗歌的基础上,认为"多恩将理智凌驾于感情之上,而赫伯特则让感性控制理性……如果认为赫伯特的诗仅仅对基督教徒有意义就大错特错了……对于每一位英诗爱好者和研习者来说,赫伯特都是无法跳过的,无论是否信教。我这么说主要还不是因为那精湛的技巧、奇异的韵律,以及用词的妥帖,而是诗集《圣殿》的广博内涵"。③ 1932 年,艾略特就已经注意到赫伯特诗歌的"精神力量",认为应该把《圣殿》作为一个整体来阅读,30 年后,他在专论赫伯特的小书中又一次强调这一观点,说:"我们必须把《圣殿》作为一个整体来研究,因为赫伯特是一位伟大的诗人。"④

在艾略特的影响与推动下,20 世纪,众多西方学者和文学批评家对赫

---

① Helen Wilcox. "Oxford Dictionary of National Biography：George Herbert (1593—1633)". http://www.oxforddnb.com/view/printable/13025.

② C. A. Patrides ed. *George Herbert：The Critical Heritage*, Routledge & Kegan Paul, 1983, p. 35.

③ T. S. Eliot. *George Herbert*, Longman, 1962, pp. 17-19.

④ T. S. Eliot. *George Herbert*, Longman, 1962, p. 15.

伯特的诗歌创作产生了浓厚的兴趣。威廉·燕卜荪(William Empson)与罗斯蒙德·图夫(Rosemond Tuve)在对赫伯特诗歌文本进行分析的基础上,对其诗歌中究竟是诗歌重要还是神学重要这一话题展开论争,这一争论可参见燕卜荪的《朦胧的七种类型》(*Seven Types of Ambiguity*)和图夫的《研读乔治·赫伯特》(*A Reading of Gerorge Herbert*)。约瑟·萨默斯(Joseph H. Summers)的著作《乔治·赫伯特:他的宗教与艺术》(*George Herbert:His Religion and Art*)对赫伯特的诗歌文本进行了细致的文本解读。图夫的《研读乔治·赫伯特》和萨默斯的《乔治·赫伯特:他的宗教与艺术》在考察《圣殿》的基础上,对绝大多数作品的核心内容和宗教寓意进行了评析,目前已经成为赫伯特研究的必读资料。其他对《圣殿》的艺术形式进行探究的批评家包括玛丽·埃伦·里基(Mary Ellen Rickey)、阿诺德·斯泰因(Arnold Stein)、海伦·文德勒以及芭芭拉·哈曼(Barbara Harman)等。此外,斯坦利·菲什(Stanley Fish)还在《自我消解的艺术》(*Self-Consuming Artifacts*)一书中,用了大量篇幅对赫伯特诗歌中的"自我"进行了辩证分析。

新批评派的代表人物奥斯丁·沃伦(Austin Warren)在著作《为秩序而疯狂》(*Raye for Order*)中指出,在《圣殿》的 166 首诗歌中,赫伯特创造了一百多种不同的格律形式,他试图通过创造诗歌秩序来规范失去秩序的现实(通常是失去秩序的诗人自身)。沃伦认为,诗人通过将自身从充满现实因素的世界中剥离出来,创造一个属于自己的有序世界,这个世界即是诗人的艺术世界,也是诗人的人格世界。评论家 H. C. 认为沃伦专论赫伯特诗歌艺术与人格魅力之间关系的文章最出色。[1]

海伦·威尔科克斯编辑出版的《赫伯特英文诗歌全集》(*The English Poems of George Herbert*)不失为文本细读的典范,在这本厚厚的《赫伯特英文诗歌全集》中,威尔科克斯几乎对《圣殿》中每一首诗的背景、相关评论资料以及诗中的每一行文字都做了详细注释,可以说是注释性研究的典范。

其次是对赫伯特生平传记的研究。20 世纪的西方学者,在对赫伯特的生平研究方面已经不再满足于 17 世纪英国学者伊萨克·沃尔顿的《乔治·赫伯特传》(*The Life of Mr. George Herbert*),他们对其产生怀疑,并重新为赫伯特立传,试图还原赫伯特在世时他本人生活的实际状况。这方面的成就主要体现在 A. G. 海德和艾米·查尔斯(Amy Charles)的著作中。其中,海

---

[1]　H. C. "The Art of Modern Criticism", *Poetry*, Vol. 72, No. 6 (Sep. , 1948), pp. 318—321.

德最先将赫伯特定义为"教会诗人"("the poet of the church")。

第三是赫伯特批评史研究。对赫伯特批评史研究付出大量心血的不止一位批评家,C. A. 帕特里兹(C. A. Patrides)用了 30 年的时间,在做了大量历史文本和文学文本考察的基础上,将 17 世纪至 20 世纪 70 年代的赫伯特批评条目整理在《乔治·赫伯特:批评遗产》(George Herbert：The Critical Heritage)一书中;另外一位做此项工作的学者是罗伯特·雷,他用 15 年时间完成的专著《赫伯特引用研究:17 世纪赫伯特引用研究》对赫伯特诗歌在 17 世纪的引用状况做了详细而全面的综述,此外,雷还写了两篇论文《赫伯特研究 1974—1986》(Recent Studies in George Herbert, 1974—1986)和《赫伯特研究 1987—2007》(Recent Studies in George Herbert, 1987—2007)对 1974 年以来西方学界的赫伯特研究状况进行了总结和概括,反映了西方学界对赫伯特研究的最新状况。雷在综合考察赫伯特批评史的同时,对赫伯特生平及其文学创作也极为关注,他把这些观点整理在《乔治·赫伯特文学指南》(A George Herbert Companion)中。此外,将赫伯特的文学创作生涯与生平传记联系在一起研究的批评家还有克里斯蒂娜·马尔科姆森(Cristina Malcolmson)。在《乔治·赫伯特:文学生涯》(George Herbert：A Literary Life)一书中,马尔科姆森试图纠正以往学者认为赫伯特是位消极遁世的天才的观点,认为赫伯特注重参与公众生活,关心社会生活的实际状况。在该书中,马尔科姆森提出一个问题,即为何赫伯特的政治生涯以担任剑桥大学的官方发言人开始,却以在一个偏远地区担任牧师而结束。

第四是对赫伯特拉丁诗的收集整理与研究。西方学者对赫伯特的研究并没有仅仅局限在他的英文诗领域,他们积极搜集整理和译介赫伯特的拉丁诗。马克·麦克洛斯基(Mark McCloskey)和保罗·墨菲(Paul R. Murphy)不仅收集整理了赫伯特的拉丁诗,还将其译为英语。此外,马里奥·塞萨尔(Mario A. Di Cesare)也对赫伯特的拉丁文作品进行了收集和整理。

第五个研究方向是探究赫伯特与当时英国社会文化之间的关系。进行此类探索的批评家包括利亚·马库斯(Leah Marcus)、芭芭拉·基弗·莱瓦尔斯基、马里恩·辛格尔顿(Marion Singleton)、理查德·斯垂尔(Richard Strier)、尤金·威斯(Eugene Veith)、莎娜·布洛赫(Chana Bloch)、黛博拉·夏格(Debora Shuger)、迈克尔·舍恩费尔特(Michael C. Schoenfeldt)、克里斯托弗·霍奇金斯(Christopher Hodgkins)、杰弗里·鲍尔斯－贝克(Jeffrey Powers-Beck),以及克里斯蒂娜·马尔科姆森等。

其中利亚·马库斯认为文化失落情绪笼罩着 17 世纪上半叶的英国社会，赫伯特正是抓住了当时英国文化发展的这一特点，在《圣殿》的创作中运用儿童这一诗性角色，来探究当时英国政治生活中的问题，对儿童时代的诗意回归正是赫伯特诗歌创作成功的关键。莱瓦尔斯基认为赫伯特诗歌的"最根本的基础"是"新教美学"。布洛赫阐释了《圣经》在赫伯特诗歌创作中的中心地位。霍奇金斯则用新历史主义批评的观点对赫伯特的诗歌与散文进行解读，试图把赫伯特研究还原到历史语境中，探究当时英国社会的实际状况。

第六个研究方向是将赫伯特放到 17 世纪宗教斗争的大背景中，运用宗教研究的相关理论，分析赫伯特的宗教倾向，判定赫伯特到底是新教教徒、清教徒还是天主教徒。这类研究大都将赫伯特与同时代的其他诗人放在一起进行比较研究，进行此类研究的主要有罗斯蒙德·图夫、路易斯·马兹（Louis L. Martz）、威廉姆·黑尔伍德（William Halewood）、斯坦利·斯图尔特、约翰·沃尔（John N. Wall）、丹尼·多克森（Daniel W. Doerksen）、押撒·圭波利（Achsah Guibbory）以及 R. V. 杨（R. V. Young）和拉姆·塔格夫（Ramie Targoff）。在这些学者中，图夫认为《圣殿》表达了赫伯特信仰英国国教的神学观点，而马兹则在探究神学冥想传统的基础上，对赫伯特冥想方式的教派属性进行了分析。

第七个研究方向是比较研究。这类研究成果主要体现在罗伯特·肖（Robert B. Shaw）、卡米尔·威尔斯·斯赖茨（Camille Wells Slights）、A. D. 纳托尔（A. D. Nuttall）、亚瑟·克莱门茨（Arthur L. Clements）以及玛丽·特丽萨·凯恩（Mary Theresa Kyne）的批评著作中，他们或者借助比较文学研究中的比较研究理论，把赫伯特与多恩放在一起进行比较，试图厘清赫伯特与多恩在诗歌创作艺术方面的异同，梳理他们之间的承继关系；或者借用影响研究理论，把赫伯特与霍普金斯（Gerard Manley Hopkins）放在一起进行比较，从影响研究的视角探究霍普金斯的诗歌创作在哪些方面受到赫伯特的影响。

纵观西方近 400 年的赫伯特研究史，目前西方的赫伯特研究呈现出这几个主要趋势：第一，西方学术界对赫伯特诗歌艺术创作的态度从些许怀疑走向肯定。众多文学评论家纷纷从自身的研究视角出发，试图确立赫伯特在英国诗歌创作史上的独特地位，如艾略特称赫伯特为"最伟大的诗人"①、萨默斯在其著作第一句就把赫伯特称作"英国最伟大的宗教抒情诗人之一"②等。西方评论界充分认识到赫伯特在诗歌艺术创作方面取得的杰出成就，探究其诗歌创作所体现出的独特艺术魅力，而新批评理论的发展，正好对赫伯特的诗歌创作艺术进行了解读。随着时间的推移，到 20 世纪 80 年代，新历史主义批评的兴起又为探究赫伯特诗歌艺术的成就提供了一个广阔的视角，而文化物质主义的介入，则使赫伯特诗歌在 20 世纪走向尾声时焕发出新的活力。其诗歌中蕴含的"崇高""神圣"与"人性"被评论家们从不同角度进行了阐释。第二，赫伯特虽然一生短暂，在年仅 40 岁时离开人世，但是他的创作涉及多种语言、多种体裁和多种文化领域，在当代传媒的推动下传播得越来越广泛，这为学术界在多元文化时代阐释赫伯特的诗歌提供了更多的阐释视角和阐释空间。第三，随着文化全球化不断向前推进，赫伯特的生平、思想与创作在时代的变奏中不断产生新的含义，一些研究者从中挖掘出"超越宗教"的内涵，使赫伯特研究在 21 世纪依然焕发出蓬勃生机。

　　21 世纪的英国当代诗人也没有忘记赫伯特。2008 年 9 月，蒙哥马利郡（赫伯特的出生地）举行了赫伯特诗歌节，诗人们按照要求创作具有"赫伯特风格"的诗歌，共有 16 位英国诗人创作了 27 首诗歌。部分诗歌的创作受到赫伯特图形诗《复活节之翼》的影响，将诗行呈现为"圣杯"或"钟"的形状；还有部分诗歌借用赫伯特的"滑轮"和"买卖"比喻；另外一些诗歌则从挖掘赫伯特诗歌的内涵入手，使诗歌的形式异彩纷呈，反映出赫伯特诗歌创作风格对当代英国诗人的影响。③大卫·贾斯珀（David Jasper）与海伦·威尔科克斯认为那些诗歌创作受到赫伯特影响的诗人，是被赫伯特诗歌中的人性与崇高所感染，而这两点恰恰可以被认为是英国宗教诗牧歌传统的一部分。由此可见，历经近 400 年的历史沧桑，赫伯特的宗教诗已经超出了宗教的界限，成为英国文学宝库中的一个重要组成部分，被当代英国诗人所认可和接受。

　　与西方长久持续的赫伯特研究和层出不穷的研究成果相比，我国的赫伯特译介研究明显与其诗名不符。

---

① C. A. Patrides ed. *George Herbert：The Critical Heritage*，Routledge & Kegan Paul，1983，p. 31.

② Joseph H. Summers. *George Herbert：His Religion and Art*，Harvard University Press，1954，p. 11.

③ David Jasper & Helen Wilcox. "George Herbert Poetry Competition"，George Herbert Journal，Vol. 31，No. 1 & 2（Fall，2007/Spring，2008），p. 21.

1937 至 1939 年,英国文学批评家燕卜荪先后在北京大学西语系和昆明西南联合大学任教授,讲授英国文学。周珏良在回忆他在西南联大读书,去燕卜荪家中做客时写道,"当时燕卜荪先生有 Edmand Wilson 的 *Axele's Castle* 和 T. S. Eliot 的 *The Sacred Wood* 两本书,我借来读了。……后一本是蔼略特的批评文集,几篇脍炙人口的文章如'传统与个人才能','论玄学诗人'等等都在里面"①。这样,赫伯特作为玄学诗人,经过艾略特的介绍和评价,被燕卜荪带到了我国,不仅影响了周珏良,还影响了我国诗人兼翻译家穆旦。周珏良在另外一本回忆录《一个民族已经起来》中说,"我也记得我们(周珏良和穆旦)从燕卜荪先生处借到威尔逊(Edmund Wilson)的《爱克斯尔的城堡》和艾略特的文集《圣木》(*The Sacred Wood*),才知道什么叫现代派,大开眼界,时常一起谈论。他特别对艾略特著名文章《传统和个人才能》有兴趣,很推崇里面表现的思想……"②。

此外,燕卜荪本人早在学生时代就对赫伯特及其作品做了大量的研究工作,在老师 I. A. 瑞恰兹的鼓励和启发下,撰写和出版了专著《朦胧的七种类型》,该著作中部分内容专门以赫伯特的诗歌为批评对象,与另一位赫伯特研究专家罗斯蒙德·图夫就其诗歌中究竟是诗歌重要还是神学重要这一话题展开论争;在争论中,对赫伯特诗歌中含混(ambiguity)修辞手法的运用,进行了详尽的解读。由于燕卜荪有在中国讲授英国文学的经历,由此推断,他对赫伯特的观点很可能通过课堂传递给当年在西南联大读书的我国青年学子。另外,该著作的汉译版于 1996 年在杭州出版。

1941 年,我国学者朱维之在《基督教与文学》一书中,对赫伯特进行了介绍,在书中,朱维之写道:"赫伯脱(G. Herbert)学问渊博,勤事修道,有《寺院集》(*The Temple*)和《教堂走廊》(*The Church Porch*)两大诗集,深得基督教的人生观和敬神的思想。"③朱维之对赫伯特的论述是中国赫伯特研究的起步阶段,对赫伯特的认识还不够充分,存在偏颇。他错把《教堂走廊》看作是一本独立的诗集,没有认识到《教堂走廊》是《寺院集》的第一部分。在把赫伯特引入中国学界的同时,朱维之对英国 17 世纪的宗教诗也进行了论述,并认为英国 17 世纪的"宗教诗最多最美"④。

---

① 周珏良:《"却顾所来径,苍苍横翠微"——学习英语五十年》。季羡林等:《外语教育往事谈——教授们的回忆》,上海外语教育出版社 1988 年版,第 228—235 页。

② 周珏良:《穆旦的诗和译诗》。杜运燮等:《一个民族已经起来——怀念诗人翻译家穆旦》,江苏人民出版社 1987 年版,第 20 页。

③ 朱维之:《基督教与文学》,上海书店出版社 1941 年版,第 236 页。

④ 朱维之:《基督教与文学》,上海书店出版社 1941 年版,第 235 页。

赫伯特等玄学派诗人对我国 20 世纪 40 年代的新诗创作产生了不可忽视的影响。游友基专门写了一篇题为"九叶诗派'玄学'之渊源"的文章,论述九叶诗派与玄学派之间的关系,他说:"赫伯特,与多恩一样,也醉心于与上帝进行争辩。这种调侃的语调和与人辩论的写法,我们不难在杜运燮的诗中找到。"①诗人穆旦的创作风格同样也受到赫伯特等玄学派诗人的影响。1946 年,抗日战争结束以后,穆旦带着新出的诗集《穆旦诗集》到清华大学看望老友周珏良和王佐良,周珏良非常喜欢穆旦的诗歌,并写了一篇短文阐述自己的想法:"对当时他能把英美的玄学诗人和现代派诗人如叶芝、艾略特、奥登的某些传统运用到自己的诗里,形成了自己的风格这一点非常感兴趣……"②

在这之后,我国的赫伯特译介与研究处于停滞状态。1972 年,中国台湾诗人余光中在《南半球的冬天》一文中描绘澳大利亚北部珊瑚礁的美丽风景时,由于被其瑰丽、玲珑所震慑,于是引用诗人"侯伯特"(George Herbert)在《美德》一诗中的句子"色泽鲜丽 / 令仓促的观者拭目重看"来形容。③

1979 年,我国台湾学者周林静编著出版的《西洋全史》第十六卷《近现代文化史》认为赫伯特将"圣洁之美"表现得极为透彻,而赫伯特的小教堂布置幽美,秩序有条不紊,就如同赫伯特诗歌中的言辞和训诫,发人深省。她认为赫伯特的诗歌充满了奇喻,奇巧隐晦到了极点,甚至比多恩更进一步,但是在赫伯特的笔下却能够表现道义广达的思想。④

改革开放以来,随着社会进程的加快,人们的思想发生了变化,学术研究领域呈现出新的活力。在 20 世纪结束以前,赫伯特及其诗作在我国的传播与研究主要表现在以下几个方面:

第一,赫伯特其人其作被引入英国文学教材、诗歌选集或者诗歌鉴赏辞典中,如李赋宁的《英语学习指南》、王佐良的《英国诗选》、王志远主编的《世界名著鉴赏大辞典》、张玉书主编的《外国抒情诗赏析辞典》、杜承南与罗义蕴合编的《英美名诗选读》、辜正坤主编的《世界名诗鉴赏词典》、范岳

① 游友基:《九叶诗派"玄学"之渊源》,安徽师范大学中国诗学研究中心:《中国诗学研究第 4 辑·新诗研究专辑》,人民文学出版社 2005 年版,第 89 页。
② 周珏良:《穆旦的诗和译诗》。杜运燮等:《一个民族已经起来——怀念诗人翻译家穆旦》,江苏人民出版社 1987 年版,第 20 页。
③ 余光中:《听听那冷雨》,纯文学出版社 1974 年版,第 25 页。
④ 周林静:《西洋全史(十六)近现代文化史》,燕京文化事业股份有限公司 1979 年版,第 189—190 页。

与沈国经主编的《西方现代文化艺术辞典》以及黄杲炘编选翻译的《英国抒情诗选》等。

第二,在译介西方学术专著的同时,引入西方学者对赫伯特评价的观点,是我国学界获得对赫伯特认知的一种重要形式。这类译作主要有蔡文显翻译出版的艾弗·埃文斯的《英国文学简史》、李力与余石屹共同翻译出版的英国学者伊丽莎白·朱的著作《当代英美诗歌鉴赏指南》,以及沈弘、江先春共同翻译的海伦·加德纳的专著《宗教与文学》等。卢侃与孙建华编译的美国科普畅销书作家詹姆斯·格雷克撰写的《混沌学传奇》中引用过赫伯特的句子。赵一凡等翻译的《爱默生集(上):论文与讲演录》中也收录了赫伯特的名诗《人》中的大部分内容。

第三,我国学者通过撰写学术论文,引入对赫伯特其人其作的评价,例如:朱永生发表在《外国语》上的论文《语符变异与诗歌赏析》和黄杲炘发表在《外国语》上的论文《从英语"象形诗"的翻译谈格律诗的图形美问题》等。

21世纪,我国的赫伯特研究呈现出一派繁荣景象,短短14年取得的与赫伯特相关的研究成果是以往研究成果的几倍,主要表现在以下几方面:

第一,赫伯特其人其作仍然受到英国文学教材以及诗歌选集的青睐,而且所占篇幅由只言片语到详细言说。如《梁实秋文集第10卷》、阎照祥编写的《英国史》、聂珍钊主编的《外国文学史2:17世纪至19世纪初期文学》、常耀信主编的《英国文学通史第1卷》等。

有代表性的诗歌选集包括黄绍鑫选译的《灵感:英美名诗译粹》、屠岸选译的《英国历代诗歌选(上册)》、吴笛的著作《世界名诗欣赏》及主编的《外国诗歌鉴赏辞典1古代卷》等。除此以外,赫伯特的诗歌还进入我国小学生的课本当中,例如王尚文编写的《新语文读本(小学卷)12》就收录了赫伯特的诗歌《人》的大部分诗行,其中有关上帝的诗行被删掉了。

第二,赫伯特研究的新颖观点进一步通过引进和译介国外学术专著传播到我国。21世纪,我国引进了三本与赫伯特有关的英文专著,他们是柯恩斯编写的《英国诗歌:从多恩到马韦尔》(*English Poetry:Donne to Marvell*)、伍德林(Carl Woodring)和夏皮罗(James Shapiro)编写的《哥伦比亚英国诗歌史》(*The Columbia History of British Poetry*)以及尼古拉斯·H.纳尔逊(Nicolas H. Nelson)编写的《英国经典诗歌阅读与欣赏:从多恩到彭斯》(*The Pleasure of Poetry:Reading and Enjoying British Poetry from Donne to Burns*)。另外,我国出版了三本西方学术译著,他们是谷启楠等翻译的《牛津简明英国文学史》(*The Short Oxford History of Eng-*

lish Literatrue）、吴德安翻译的《希尼诗文集》（*A Collected Combination Edition of Seamus Heaney's Poems and Essays*）及苏欲晓等翻译的《基督教文学经典选读》（*Christian Literature：An Anthology*）等。这些著作中都有专门章节对赫伯特的生平、思想及诗歌创作展开论述。

第三，赫伯特其人其作通过外国名人传记或者旅行见闻杂记传播到我国。美国学者欧茨（Joyce Carol Oates）撰写的《浮生如梦：玛丽莲·梦露文学写真》（*Blonde：A Novel*）记载了梦露在进修读书时曾经朗诵过赫伯特的诗歌《破碎的圣坛》，给老师和同学留下了深刻的印象。① 埃普斯勒·薛瑞一格拉德（Apsley Cherry-Garrad）的《世界最险恶之旅》（*The Worst Journey in the World*）引用了赫伯特的诗歌《花》（*The Flower*）以及其他类似著作等等。

第四，赫伯特撰写的英语名谚进一步被译介到我国，走入我国从小学到中学各个阶段的写作手册或名言警句集中。例如，李岩主编的《中外名人名言精选（上）》收录了"在我们了解生命之前，我们已将它消磨了一半"②，"真正圣者的信条是善用生命，充分地利用生命"③。其他类似的书籍还有浩瀚等主编的《英语礼品屋：英汉赠语箴言精选》、周丽主编的《中外名人名言：哲理智慧卷》、黄库编写的《中学生作文用语手册》等都收录了赫伯特的名言警句。

第五，我国学者撰写的学术专著论及赫伯特及其作品。21 世纪，我国学术界出版了三部与赫伯特研究相关的研究英国文艺复兴时期文学的专著。其中，胡家峦的《历史的星空》在对文艺复兴时期宇宙论进行整体分析的基础上，对赫伯特的诗歌，如《人》和其中蕴含的宇宙论进行了评价，观点独到而新颖；李正栓的著作《英国文艺复兴时期诗歌研究》对赫伯特也有论述；吴笛的专著《英国玄学派诗歌研究》在玄学派诗歌研究的总体背景下探究了赫伯特诗歌中蕴含的宗教主题和宗教情感，并对主要意象，如项圈、滑轮、照镜子的人等进行了深入剖析，为我国的玄学派诗歌研究奠定了坚实基础。

其他在论述玄学派诗歌时提及赫伯特诗歌创作及思想的著作有：麦永雄的《文学领域的思想游牧：文学理论与批评实践》、梁工主编的《圣经文学

① ［美］乔伊斯·卡罗尔·欧茨：《浮生如梦：玛丽莲·梦露文学写真》，周小进译，人民文学出版社 2002 年版，第 365—366 页。
② 李岩：《中外名人名言精选（上）》，中国社会出版社 2000 年版，第 33 页。
③ 李岩：《中外名人名言精选（上）》，中国社会出版社 2000 年版，第 36 页。

研究第一辑》、丛滋杭的《中国古典诗歌英译理论研究》、聂珍钊的《英国文学的伦理学批评》、许德金主编的《英语语言文学纵论》、马志勇主编的《外国语言文学研究论丛》、张松建的《现代诗的再出发：中国四十年代现代主义诗潮新探》、邓艳艳的著作《从批评到诗歌：艾略特与但丁的关系研究》以及王德领的《重读八十年代：兼及新世纪文学》等。在《穆旦诗歌中的现代主义》一文中，王德领指出，穆旦诗歌表现出的"用身体思想"的写法受到了17世纪英国玄学派诗人的影响，其中代表人物之一的乔治·赫伯特的情诗《关于爱情能否永远继续的颂歌》是这种将肉体的感觉和抽象的思想相结合的表现手法的显现。[①]赫伯特的诗歌确实具有此种特性，但是值得一提的是，《圣殿》中并没有收入《关于爱情能否永远继续的颂歌》[②]这首诗。

　　第六，21世纪以来，我国学者对赫伯特的关注视野逐渐变得开阔，他们的研究视角不再局限于玄学诗领域，而是逐渐拓展到宗教诗研究领域，开始关注赫伯特诗歌中的基督教因素，发表了20多篇学术论文，2篇博士论文和5篇硕士论文。不过，这些论文的研究视角多集中在上帝形象或者人神关系以及《美德》和《复活节的翅膀》这两首诗的解读上，偶有对其他诗歌的解读。

　　21世纪，我国学界除了发表上述专门研究赫伯特及其作品的论文以外，还有多篇学术论文，直接或者间接论述到赫伯特，如胡家峦的3篇论文：《圣经、大自然与自我：简论17世纪英国宗教抒情诗》《金链："万物的奇妙联结"》和《两棵对称的"树"：文艺复兴时期英国诗歌园林意象点滴》，陈晞的论文《诗中的教义：纵观宗教与中英诗歌》，以及笔者的5篇专门研究《圣殿》的论文等。

　　与20世纪相比，在21世纪我国的赫伯特研究已经取得了较大幅度的进步。

　　从国内外研究现状看，东西方学者都注意到了赫伯特诗歌的宗教属性，对其宗教思想进行论述，西方学者主要针对赫伯特的宗教倾向以及内省方式进行论述，而我国学者则注重探究赫伯特诗歌中反映的基督精神，以及人与上帝之间关系的解读。综上所述，对赫伯特诗歌的研究，并不能脱离其宗教性而单独研究他的诗歌文本与形式。

---

　　① 王德领：《重读八十年代兼及新世纪文学》，学苑出版社2009年版，第154页。

　　② 在李赋宁翻译的《艾略特文学论文集》(百花洲文艺出版社1994年版)第18页收录了《关于爱情能否永远继续的颂歌》(*An Ode Upon A Question Moved，Whether Love Should Continue Forever*)这首诗的片段，但是，在译著中，李赋宁说这是赫伯特勋爵的诗，并没有说这是乔治·赫伯特的诗。在英国文学史上，赫伯特勋爵指的是爱德华·赫伯特，即乔治·赫伯特的长兄。

格雷格·米勒(Greg Miller)的《乔治·赫伯特的"神圣模式"：于共同体中改造个体》(*George Herbert's Holy Patterns：Reforming Individuals in Community*)指出赫伯特对当时英国社会的傲慢自大与自私自利等价值观持批判态度，希望通过改造个体行为，建立理想的社会秩序；克里斯蒂娜·马尔科姆森的《用心之作：乔治·赫伯特及其新教伦理》(*Heart-Work：George Herbert and the Protestant Ethic*)认为赫伯特到偏僻的伯默顿担任牧师，并非消极遁世，而是关心社会实际状况、注重参与公众生活的具体表现，他的宗教诗创作折射出新教伦理观；霍奇金斯的《乔治·赫伯特的政权、教会与社会》(*Authority，Church，and Society in George Herbert*)认为，在赫伯特看来教会是英国社会的一个重要组成部分，它参与社会管理，赫伯特选择到伯默顿担任牧师的目的是试图用教会对社会秩序施加影响，追求"中间道路"，恢复已经逝去的都铎王朝的社会秩序，幻想在神圣的共和国里接受神圣的召唤。

西方的赫伯特研究虽然注意到赫伯特注重改造基督徒个体的观点，但是并没有将这一观点向前推进到古希腊的美德伦理思想，没有注意到这一思想在整个人类思想史上的重要作用。自文艺复兴时期以来，人从中世纪的禁锢中走了出来，然而，人类中心主义却被无限放大。个人主义的盛行，使人们越来越意识到美好品德在人们生活中的价值，而基督教作为一种精神关照，在赫伯特的诗歌中则表现为对个体型美德的追寻。因此，把赫伯特的宗教诗放到历史语境去研究，有助于探究在历史发展转型期，信仰、美德与人文主义对于社会文化发展的重要价值与意义。而这些正是赫伯特诗歌能够历久弥新，对于繁荣我国社会主义文化建设的重要意义所在。

第三节　本书的研究方法

宗教与文学的产生都是源于对生命意义的探索和对死亡的恐惧。文学关注人类的情感、认知、表达以及审美，这即是文学产生的动因，也是文学发展的目标。而宗教是人类的宗教，人类借助宗教信仰，拓展自身的想象空间、抒发情感。正如费尔巴哈所言："上帝是人之公开的内心，是人之坦白的自我；宗教是人之隐秘的宝藏的庄严揭幕，是人最内在的思想自白，是对自己的爱情秘密的公开供认。"[①]诗歌，作为最早的文学形式，自然在诞

---

① ［德］费尔巴哈：《基督教的本质》，荣震华译，商务印书馆1997年版，第43页。

生之日起就与宗教密切地结合在一起,正如吴笛在论及诗歌与宗教之间的关系时指出,《亡灵书》,这部人类历史上的第一部书面文学,就体现了诗歌与宗教的结合。①

基督教对平等与博爱的追求、圣经文学对人的价值观的塑造所产生的影响,这一切表明文学与宗教相互交融、相互促进,共同探索人的生命与价值。弗莱等文论家认为宗教文学就是宗教与想象文学的重叠,因为这二者都以想象为基础,在很大程度上都依赖于形象化语言与神话。②

麦格拉斯(Alister E. McGrath)在《基督教文学经典选读》的序言中,探究了文学作品,诸如小说和诗歌与基督教之间的联系。他认为:"这些作品并不是专门为基督教信仰的需要而创作的,但是它们已经被基督教的思想、观念、意象、故事等所影响和定格;尤其是基督教的诗歌,它明确反映了一系列基督教的思想和意念。所以,我们必须看到这些作品中能够反映和融合基督教思想和意念的表现手法,这是很重要的。"③由此可见,麦格拉斯把宗教诗歌看作一种文学创作形式,在他看来,解读宗教诗歌,更重要的是去发现诗人运用的独特的表现手法以及其中蕴含的宗教思想与意念。

鉴于诗歌与宗教之间相辅相成的关系,本文借助比较文学研究中的比较研究、主题学研究和影响研究对赫伯特的宗教诗歌进行解读,探究《圣殿》中宗教与诗歌之间结合的方式,对《圣殿》中的宗教情感、宗教思想、人与上帝的关系以及宗教意象等进行阐释。

诗歌与宗教之间的比较研究,为理解赫伯特的诗歌提供了一个宏大的历史背景和文化背景,为避免在研究中片面强调历史现实与基督教思想,在本书中,还引入了以文本细读为主要特征的新批评理论。新批评理论主张将诗歌研究的对象定位在诗歌结构和诗歌语言本身,因此,本文的写作在文本分析的基础上,不仅要考察《圣殿》的结构,还要对赫伯特诗歌语言中的一些语言现象进行分析。

人与上帝之间的关系,是《圣殿》的一个重要主题。然而,诗人通过语境铺设不同的场景,将人与上帝之间的关系表现为几种不同类型的关系,本书借用主题学研究的相关理论和方法,对《圣殿》中三种典型的人与上帝之间的关系进行分析,探讨以赫伯特为代表的 17 世纪宗教诗歌创作中人

---

① 吴笛:《英国玄学派诗歌研究》,中国社会科学出版社 2013 年版,第 51 页。
② 马焯荣:《中西宗教与文学》,岳麓书社 1991 年版,第 59 页。
③ [英]麦格拉斯:《基督教文学经典选读(上册)》,苏欲晓等译,北京大学出版社 2004 年版,第 5—6 页。

与上帝之间的关系,以及其与早期基督教诗歌和中世纪基督教诗歌作品中人与上帝之间的关系的异同。

　　意象,主题学研究内容之一,作为最小的词语单位,承载着特定的文化信息,与时代心理密切相关。因此,在对意象内涵的分析和探讨方面,本文没有忽略对时代心理与时代文化的考察。圣餐与基督教意象所承载的文化内涵为阐释赫伯特的宗教诗歌以及他的基督教思想与美德思想的互动关系提供了可能。

第一章 《圣殿》中的宗教情感及"天道"

　　诗集《圣殿》的完整标题是《圣殿：神圣的诗篇与个人的呐喊》（*The Temple：Sacred Poems and Personal Ejaculations*）。该诗集于 1633 年赫伯特去世后出版，截至 1640 年，该诗集共出版了 7 次，获得了普遍赞誉。在诗集中，诗人对英语这门母语表现出了强烈的自信情绪，多处使用对话语言，且语言简练、准确、格律丰富。诗人通过使用奇喻（conceit），把英语这门语言的独特魅力发挥得淋漓尽致。而且，在这部诗集中，诗人几乎尝试了诗歌创作的所有形式，寻求音、形、意的统一，描绘自身的种种宗教体验。学者们对赫伯特到底属于哪一教派进行过无数次的讨论，但是，并没有达成一致。对于赫伯特的教派问题，至今学者们仍莫衷一是。虽然如此，这并没有影响到赫伯特宗教诗歌的艺术魅力与思想魅力。在评价多恩与赫伯特诗才的时候，西方学术界的普遍观点认为多恩可能是最伟大的玄学派诗人，而"赫伯特则被普遍认为是英国属灵诗人中的翘楚"[①]。他的宗教诗创作实现了宗教情感与诗歌形式的有机统一，是英国宗教诗歌史上一位非常重要的诗人。

　　宗教是赫伯特诗歌的主题，然而，他对基督教的复杂的情感体验与难以辨别的宗派倾向都表明他的诗歌创作体现出了他对历史的独特感知与领悟，时代的错综复杂造就了诗人模糊的宗教倾向。然而，赫伯特的诗歌并没有受到时代的束缚，而是在各个时代，甚至对于不信仰基督教的读者来说，都有着莫大的吸引力。原因在于，赫伯特的诗歌不仅具有时代特色，而更具有一种历史感，这使得他的诗歌在英国整个文学史上都显得十分重要。

　　赫伯特研究专家萨默斯认为作为 17 世纪早期的基督教人士，乔治·

────────────

　　① ［英］麦格拉斯：《基督教文学经典选读（上册）》，苏欲晓等译，北京大学出版社 2004 年版，第 488 页。

赫伯特既没有感到极度的恐惧,也没有卷入到宗教纷争中,作为剑桥大学的学子与官方发言人,赫伯特停留的时间尚早,还不足以使他成为一名柏拉图主义者,所以只有通过分析他的作品才能准确地了解他的宗教思想。①

沃尔顿在介绍《圣殿》的出版过程时曾经提到赫伯特的座右铭"无法企及上帝的点滴仁慈"②。在赫伯特看来,上帝是他思想中的永恒之光,是他思想与灵感的源泉,是他行为参照的楷模,是他的心之所向、灵魂之归属。虽然上帝在赫伯特的诗歌中占有重要地位,但是,他的宗教诗却有别于中世纪的宗教诗。

部分学者认为赫伯特的宗教观具有宿命论的色彩。例如,在《水—路》(*The Water-Course*)这首诗的最后一行,上帝被描述为:

于是你在纯洁中把他崇拜,

他把一切给予人类,因为他认为这适合 $\begin{cases} 拯救。\\ 惩罚。 \end{cases}$ (*CEP*:160)③

在赫伯特看来,上帝是爱的象征,他对人类的作用更多的是拯救,而非惩罚,所以在《水—路》这首诗中,诗人先说"拯救",后说"惩罚"。

赫伯特把上帝想象为"每一时刻的每一分钟"都了解和掌管从"最小的蚂蚁或原子"到人类文明秩序的大神,于是,在"预言性"长诗《教堂斗士》中,他写道:教会总是以"帝国和艺术"为先导,跟随太阳向西运动,随之而来的是得意扬扬的罪孽与堕落;当教会来到起点的时候,就形成了一个完整的循环,"审判即将进行"。虽然在"教堂斗士"中,诗人提到了上帝不仅能够拯救他所创造的人类,同时也能够惩罚他所创造的人类。但是,纵观

---

① Joseph H. Summers. *George Herbert*:*His Religion and Art*, Harvard University Press,1954,p. 54.

② 英文原文为"Lesse then the least of Gods mercies."费拉尔在出版《圣殿》时,在序言中也提到这句话,可参见 Robert H. Ray. "The Herbert Allusion Book:Allusions to George Herbert in the Seventeenth Century", *Studies in Philology*,Vol. 83,No. 4(Autumn,1986),p. 6. 另外,赫伯特的诗歌《座右铭》(*The Posy*)直接以"座右铭"为题,在诗中两次用到此句,表达了自己对这句座右铭的喜爱之情。目前,西方学术界普遍认为赫伯特的座右铭是他对《创世纪》第 32 章第 10 节和《以弗所书》第 3 章第 8 节内容的独特整合。

③ CEP 即 George Herbert. *George Herbert*:*The Complete English Poems*,John Tobin ed. ,Penguin Books,2004.CEP 后面的数字为该诗行在该版诗集中的页码,中文译诗部分除特别标明外,均为笔者拙译。翻译时,笔者尽量仿照原文诗行的排列形式。在原文中,诗人有些内容使用斜体,在译为汉语时,用加粗字体来表示。

《圣殿》这部诗集,诗人提到上帝对世人的惩罚与审判的诗行并不多见,不能仅仅依靠某一首诗的观点来判断赫伯特的宗教观。正如艾略特认为的那样:"我们必须把《圣殿》作为整体来研究,才能理解赫伯特;这就如同我们只有在了解莎士比亚所有戏剧作品的前提下才能了解莎士比亚本人一样。"①托马斯·科恩斯也非常赞同艾略特的观点,认为《圣殿》,就像《圣经》一样,可以被看作是一本"星之书",它作为星座的整体效果要胜过其中所有诗歌的总和。②

在诗集《圣殿》中,赫伯特抒发他的宗教情感体验,描绘他对上帝的感知方式和上帝向他显现的方式。在沉思冥想的过程中,诗人有时感到烦恼,有时感到愤怒,有时感到欣喜若狂,有时感到无限轻松。

因此,在赫伯特看来,上帝不再是一个"扁平"人物,而是一个彻彻底底的"圆形"人物。与但丁和弥尔顿笔下的上帝的"扁平"形象不同,赫伯特心目中的上帝形象要温柔可爱得多,更具有人的感情色彩。

在赫伯特看来,上帝拥有一张"安详的面容"("the smooth face")③,象征他复活的星期日"最宁静"("most calm")、"最明亮"("most bright")④。上帝用光明引导基督徒追求灵魂的救赎与获得幸福。因此,赫伯特笔下的上帝通过一系列符号、意象展现在诗人面前,诗人通过诗行,把他对上帝的体验传递给读者。

第一节　谦卑的自制:诗人对上帝的情感体验

在艾略特看来,玄学派诗人是最成功的诗人,因为他们的诗歌体现了情感与理智的完美结合。在把赫伯特与多恩放在一起进行比较的时候,艾略特认为多恩的诗歌体现了理智对情感的控制,而赫伯特的诗歌则恰好相反,体现了情感对理智的控制。⑤

---

① T. S. Eliot. *George Herbert*, Longmans, 1962, p. 15.

② Thomas N. Corns ed. *English Poetry: Donne to Marvell*, Shanghai Foreign Language Education Press, 2001, p. 184.

③ 参见《致所有的天使与圣徒》(*To All Angels and Saints*)这首诗,引自 George Herbert. *The Temple*. See George Herbert. *George Herbert: The Complete English Poems*, John Tobin ed., Penguin Books, 2004, p. 71.

④ 参见《星期日》(*Sunday*)这首诗,引自 George Herbert. *The Temple*. See George Herbert. *George Herbert: The Complete English Poems*. John Tobin ed., Penguin Books, 2004, p. 68.

⑤ T. S. Eliot. *George Herbert*, Longmans, 1962, p. 17.

　　注意到赫伯特诗歌具有浓郁的情感特色的批评家非常多。批评家黑尔伍德承认"在某些方面来说,赫伯特是位热情的诗人"[①]。海伦·文德勒同样也没有忽略赫伯特在诗歌中流露出的情感因素,在评价《渴望》(Longing)这首诗的时候,她指出诗人对上帝发出的那一声声呼唤"请您倾听"非常孩子气,生动地显示出诗人对自身形象的刻画。正是对这个请求的无所顾忌地坚持使诗人成为最擅长准确描写劝谏、痛苦、呐喊、受伤的情感以及情感策略的诗人之一。[②]理查德·斯垂尔据此认为情感在赫伯特的信仰体系中占有非常重要的位置。[③]而另一位批评家巴克斯特同样也认为"用心之作与天堂之作"构成了《圣殿》整部诗集的内容。

　　赫伯特的诗歌注重内在的心灵体验,尤其是内在的情感体验,与诗人生活在一个动荡、激烈、充满变化的时代密切相关。路德、加尔文(John Calvin,1509—1564)作为宗教改革派反对斯多葛主义者抵制情感,尤其是抱怨的做法。加尔文强调说"神不要我们麻木或无奈地忍受十字架",不是要我们成为斯多葛主义者所描述的"'那灵魂伟大之人':在人一切与生俱来的情感被剥夺之后,不管他受难或兴旺,经历忧伤或快乐都有同样的反应——事实上,就如石头那样没有任何的感觉"[④]。在加尔文看来,斯多葛主义者要求信徒摒弃一切情感的做法十分荒谬,人根本就做不到。

　　为了驳斥斯多葛主义者,加尔文在《圣经》中找到了大量的支撑观点:"信徒在自然的忧伤中挣扎地保持耐心和节制,就如保罗恰当地描述的:'我们四面受敌,却不被困住;心里作难,却不至失望;遭逼迫,却不至被丢弃;打倒了,却不至死亡。'(林后 4:8—9)"[⑤]在加尔文看来,基督徒应该视苦难出于神,但是对这一神学事实的接受,要具有人自身的情感体验,"'因若神禁止一切的流泪,那么我们要如何看待主的汗珠如大血滴在地上?'(路 22:44)若一切的惧怕都是出于不信,那我们要如何看待基督自己所深感的惧怕?(太 26:37;可 14:33)我们若弃绝一切的忧伤,那么我们如何接受基督

---

　　① William Halewood. *The Poetry of Grace: Reformation Themes and Structures in English Seventeenth-Century Poetry*, Yale University Press, 1970, p. 102.

　　② Helen Vendler. *The Poetry of George Herbert*, Cambridge, Harvard University Press, 1975, p. 265.

　　③ Richard Strier. *Love Known: Theology and Experience in George Herbert's Poetry*, The University of Chicago Press, 1983, p. 174.

　　④ [法]约翰·加尔文:《基督教要义》,钱曜诚译,生活·读书·新知三联书店 2010 年版,第701 页。

　　⑤ [法]约翰·加尔文:《基督教要义》,钱曜诚译,生活·读书·新知三联书店 2010 年版,第701 页。

的这句话：'我心里甚是忧伤，几乎要死'？（太 26:38）" [1]

　　改革派教徒特别强调基督徒在感受上帝时"自然情感"的流露。在《马可福音》与《马太福音》描述在十字架上受难的基督的章节中，基督两次引用《诗篇 22》中的诗句"我的主啊，我的主啊，您为何摒弃我？"基督作为圣子，尚能像普通世人一样抒发自己的哀怨与质问，基督徒为何就要表现得像"那灵魂伟大之人"一样？加尔文在分析这一现象时说："首先，这个诗行包含了两个明显对立的句子，当诗篇的作者说到他被上帝遗弃的时候，他的语气表明他似乎是处于绝望之中的人。"加尔文继续解释说："通过把上帝唤作他自己的上帝，他把呻吟与哀怨埋藏在自己的心底，这样，诗篇作者就清楚地表明了自己的信仰立场。"加尔文认为："当我们想到神报应一切的罪孽时，信心提醒我们：只要罪人投靠神的怜悯，神必赦免一切的罪孽。如此，敬虔之人无论遭受何种患难或引诱，至终都会胜过一切困难，不容任何仇敌夺去他对神怜悯的确据。一切攻击他的仇敌反而增加这确据。一个关于这一点的证据是，当圣徒似乎遭受神的报应时，他们仍向神来抱怨；并当神似乎掩耳不听他们时，他们仍求告他。他们若不期待从神那里获得安慰，那么求告他有何用处呢？事实上，他们若不相信神早已预备救助他们，他们就连想也不会想求告他" [2]。因此，在加尔文看来，基督徒要有一颗虔信上帝的心灵，并且像圣子基督一样，有向上帝诉求和抱怨的权利，在诉求和抱怨的过程中，基督徒使自己压抑的情感得以抒发，进而获得心灵安慰与灵魂慰藉。

　　无论赫伯特到底有没有说过如沃尔顿在传记中写的这句"使沮丧的灵魂得到益处"，毫无疑问，他的诗歌都表明他在描绘对上帝的种种复杂的情感体验。"圣堂"部分的多首诗歌，如《抱怨》（*Complaining*）、《渴望》和《叹息与呻吟》（*Signs and Groans*）都带有强烈的情感色彩。《渴望》这首诗明显继承了加尔文在《基督教要义》中强调的"渴望而又抱怨"这种充满悖论色彩的情感体验：

我的喉咙，我的灵魂嘶哑：

我的心像您诅咒过的土地

---

① ［法］约翰·加尔文：《基督教要义》，钱曜诚译，生活·读书·新知三联书店 2010 年版，第 702 页。

② ［法］约翰·加尔文：《基督教要义》，钱曜诚译，生活·读书·新知三联书店 2010 年版，第 555 页。

一样萎蔫。（*CEP*：139—140）

诗中的说话人在讲述灵魂感受不到上帝恩典的糟糕状况以后，认为这一切似乎都是因为他没有将这些情况告诉上帝造成的，所以在该小节的最后两行，赫伯特写道："主啊，我崩溃，／然而我呼求。"赫伯特从来没有因为痛苦而放弃他向上帝呼求抱怨的权利。

《苦涩与甜蜜》（*Bitter-Sweet*）这首诗歌的标题本身就是一个悖论，描绘了上帝带给基督徒的双重情感体验。在诗人看来，向上帝抱怨呼求与热爱上帝都是基督徒信仰生活中的内容。

赫伯特认为抱怨与呻吟是人类灵魂感悟上帝最自然不过的方式了。《锡安》（*Sion*）这首诗就突出显示了"呻吟抱怨"在人类情感中的积极作用。它把《圣殿》中的《教堂地板》（*Church-floor*）和《未知的爱》（*Unknown Love*）两首诗歌整合起来，探讨心灵在感悟上帝过程中的作用。在诗人看来，心灵不仅是人们灵性生活的场所，也是人们产生情感的场所。①在《锡安》这首诗歌中，赫伯特特别用到了"发怒"（"peevish"）这个词来修饰心灵（heart）：

> 您与一颗爱发怒的心争斗，
> 它有时阻挠您，您有时阻挠它：
> 　　这场战斗对双方来说十分艰难。
> 　　伟大的上帝在战斗，他甘愿忍受。（*CEP*：98）

上帝愿意承受人类的心灵在感受他时的愤怒，愿意忍受这一切，上帝的这一认知，诗人在接下来的两行便点名了："所罗门镀上黄铜的世界与石块铸就的宫殿／对您来说还不如一声呻吟宝贵。"（*CEP*：98）。这里，诗人似乎告诉读者一切宫殿与偶像都不及人的内心对上帝的虔诚体验重要。

在谈及上帝与人之间的关系时，索伯桑（Jeffrey G. Sobosan）通过比较多恩与赫伯特对救赎与信仰等基本基督教概念的态度时指出，与多恩相比，读者很容易发现赫伯特在接受这些基督教观念时感受到的压力要比多恩小得多。教会的律令与权威在许多赫伯特同时代人看来如同重担一般，但是，对于这一切，赫伯特却可以坦然接受。在多恩等赫伯特同时代宗教

---

① Richard Strier. Love Known: Theology and Experience in George Herbert's Poetry, The University of Chicago Press, 1983, p. 179.

诗人看来,他们感受到的是上帝的愤怒、上帝的审判、上帝的意愿、上帝的秩序与上帝的力量。这些主流的宗教体验同样体现在赫伯特的宗教诗歌中,但是,除此以外,赫伯特还感受到了上帝的惊奇、上帝的亲近、上帝的怜悯与上帝的温柔。①因此,赫伯特笔下的上帝与多恩等其他诗人笔下的上帝相比,抛去了义正词严的一丝不苟的权威形象,而是以一种温婉和善的形象出现在诗人的宗教情感体验中。诗人不仅对上帝及其代表的基督教信仰与神学观念深信不疑,同时,也感受到了上帝的人性色彩。

　　诗集《圣殿》与散文集《乡村牧师》不仅展现了赫伯特的诗歌创作才能与简洁练达的散文风格,同时也传达了他传统的基督教信仰精神。乔治·赫尔德(George Held)认为,在这两部作品中,赫伯特表现了他坚定而正统的基督教信仰。②在《信仰》(*Faith*)这首诗中,赫伯特就坚定而不动摇地把基督看作是救世者的信仰:

> 信仰使我成为任何一件物品,抑或
> 我所相信的一切都在神圣故事中:
> 罪孽置我于亚当堕落之处,
> 是信仰使我在上帝荣耀中升腾。(*CEP*:44)

　　在《神》(*Divinity*)这首诗的结尾,也有类似的诗句:"信仰不需要肉体做支撑,但是它自身/却完全可以引导你荣登天国"(*CEP*:126)。其实,早在该诗的第二节,赫伯特就表达了对信仰的重视,"理智获得胜利,信仰就在旁边"。接下来,诗人写道:

> 上帝的智慧首先端起酒,它能不用
> 教义就使这酒更醇厚吗?
> 如果他的衣服本就完美,上帝的智慧
> 能用精巧的问题和分歧给它扯出缺口吗?

> 但是,他教授与给予的全部教义,

---

① Jeffrey G. Sobosan. "Call and Response: The Vision of God in John Donne and George Herbert", *Religious Studies*, Vol. 13, No. 4 (Dec., 1977), p. 400.

② George Held. "Brother Poets: The Relationship Between Edward and George Herbert". See Edmund Miller and Robert DiYanni ed. *Like Season'd Timber*: *New Essays on George Herbert*, Peter Lang Publishing, 1987, p. 33.

　　　　　　　都来自天国,如天国般澄澈。(CEP：126)

　　这些诗行无不表达了诗人的坚定信仰。

　　同样,在《乡村牧师》中,赫伯特也主张以信奉上帝和《圣经》为基础,提倡用教义问答法传授信仰。在《乡村牧师》的第 21 章《牧师的教义问答》(The Parson Catechising)中,赫伯特说："基督教不全是这样的事物吗？这一切不可见,但是却可以相信吗？"①

　　在诗人看来,上帝是一个超自然存在,他是宇宙的缔造者,他是人类与自然界的创造者,他无所不能,无处不在,但是人却无法目睹其尊容。于是,上帝的无处不在与其不可见性形成一个永恒的悖论。所以,在《圣殿》中,赫伯特所描述的上帝是他想象中的上帝。虽然上帝是诗人想象中的上帝,但是,他并没有在诗人的头脑中一直显现,赫伯特笔下的上帝,是一位"隐蔽"的上帝,正如他在《寻觅》(The Search)这首诗中所描述的那样：

　　　　　我的主啊,您在哪里？哪处
　　　　隐蔽的场所仍旧把您藏匿？
　　　　　哪处掩蔽物敢于遮蔽您的容颜？
　　　　　　　这是您的愿望吗？(CEP：153)

　　由此可见,赫伯特笔下的上帝是在某处"隐蔽的场所"的"隐蔽的上帝",他并不是一直存在于诗人的想象世界中。诗人对上帝感知的不确定性贯穿于《圣殿》始终,而上帝也并不是一个具体的形象,诗人设法运用一系列符号或者创设一系列情境把他展现在读者的想象世界中。

　　在《花》这首诗中,赫伯特首先把上帝理解为具有季节性或者循环生命的植物,上帝如同"春天的花朵"能够"复活",在这美妙的季节,悲伤能够"消融"。当诗人感受不到上帝时,他就把这样的时刻比喻为冬季,这时连球茎植物都经历"一切糟糕的天气 / 让世界死寂,让我们的房屋无名"(CEP：156)。这些内容提供给读者的暗示信息是：在赫伯特看来,上帝的复活可以由季节更迭的不可避免性来描述,这样上帝的复活就是有规律可循的。因此,这时诗人希望自己是一株植物,生长在上帝的乐园："啊,过去我在您的天堂,/迅速变化,在那儿,花儿不会枯萎！"(CEP：156)

---

　　① George Herbert. *The Country Parson*. See George Herbert. *George Herbert：The Complete English Poems*, John Tobin ed. , Penguin Books, 2004, p. 231.

在诗集《圣殿》中，赫伯特另外还有两次表达了希望自己变成一株植物的愿望。在《痛苦（一）》（*Affliction I*）这首诗中，他写道："我读书、哀叹，希望自己是一棵树"；在《雇佣（二）》（*Employment II*）中，赫伯特写道："啊，我希望自己是一株橘子树，／那种一树繁华的植物！"诗人的这一表达方式本身具有矛盾性。因为"一棵树"，尤其是结满果实的树，在基督教语境中象征着人类灵魂的提升，所以，诗人的这一愿望彰显了诗人的宗教热情。然而，对"树"的植物生命的追求，隐含着诗人对灵魂生活感到苦恼的情绪，他似乎希望从中逃脱出来。诗人在《花》这首诗中也表达了与此相似的思绪。

赫伯特的花朵生长在由上帝照管的、秩序井然的花园中，诗人仔细地观察大自然的一切，同时，诗人将自己的灵魂体验与对自然界的感知交融在一起。大自然为赫伯特阐释精神体验提供了可供运用的语言，同时，大自然的发展变化也为诗人灵性生活的展开创设了语境。在该诗的第一节，赫伯特写道：

> 啊，主，您的复活多么新鲜、甜蜜、清洁！
> 　就像是春天的花朵芬芳。
> 　　除了花朵的美丽，
> 　晚来的霜给他们带来欢乐。
> 　　　悲伤消融，
> 　　　就如五月的雪，
> 　　好像世上从来就没有如此冰冷的物体。（*CEP*：156）

在这节诗中，有两处明喻，即上帝的复活犹如春天的花朵，悲伤的消融如同雪花在五月消融。本体和喻体因为诗人用了两个明喻指示词"as"和"like"清晰可辨。在接下来的一节中，本体和喻体之间的距离因为诗中说话人角色的转变开始缩短：

> 　谁会认为我那颤抖的心灵
> 　还能恢复那片绿？它已逝去
> 　　在深深的地下；就如花朵的凋零
> 　去见他们的根之母，当他们枯萎；
> 　　　又一次，他们在一起
> 　　　一切糟糕的天气，

让世界死寂,让我们的房屋无名。(CEP:156)

在这一节,诗人运用了明喻和暗喻两种比喻,我的心灵"颤抖"、经历"所有糟糕的天气"、"在地下逝去"、"恢复那片绿"是诗人运用的暗喻,虽然心灵有如此多的感受,但是心灵还是心灵,心灵因为分号后面的明喻指示词"as"而与花朵意象明显地联系在一起。心灵绿洲的恢复揭示了基督教中的一个普遍真理,即上帝"永远也不会拒绝向他求助的罪人,虽然那气候由痛苦与不幸造就"[1]。由此可见,在前两节,诗人是在谈论花朵意象。

然而,第三节却是一段插曲,在这一节,诗人直接向"力量之主"上帝发表演说,对上帝的复活及其复活给基督徒带来的福祉发表无限感慨。但是,到了第四节,诗中的说话人又含糊地回到花朵这个意象上来:

啊,过去我在您的天堂,
迅速变化,在那儿,花儿不会枯萎!
多少个春天,我都迅速成长,
朝向天空,生长着,呻吟着:
我的花并不想
要春天的雨露,
我的罪与我联系在一起。(CEP:156)

与生长在自然界的花朵不同,生长在天国的花朵永远不会枯萎。天国不是一座城市,而是一座伊甸园,是上帝的花朵、人类的心灵得以按照秩序生长的花园。花园的主人上帝,则在这"灵魂的生态系统"[2]之外,不仅能够保护天国花园免受侵袭,也能给它提供阳光、雨露、风、霜、雨、雪。

花朵朝向天空的生长与呻吟即是对机体成长的描述,也是对灵魂成长的比喻性描述。基督徒成长的目标是灵魂的天堂,而花朵生长的目标是天空这一客观实在物。花朵在成长的过程中因要努力生长和遇到外界压力而呻吟;基督徒在成圣的道路上也会遇到成长本身带来的各种压力以及外界、肉体与魔鬼带来的一切压力,这一切情感与精神上的压力使他痛苦呻

---

① Jeanne Clayton Hunter. "George Herbert and Puritan Piety", *The Journal of Religion*, Vol. 68, No. 2 (Apr., 1988), p. 236.

② Frances Cruickshank. *Verse and Poetics in George Herbert and John Donne*, Ashgate, 2010, p. 77.

吟。此处赫伯特引用了《圣经》中的一处典故,《罗马书》第八章第二十二至二十三节讲道:"我们知道一切受造之物一同叹息、劳苦,直到如今。不但如此,就是我们这有圣灵初结果子的,也是自己心里叹息,等候得着儿子的名分,乃是我们的身体得赎。"

在接下来的第五节,随着季节更替而生的植物因为它明显的堕落受到诗人的质疑,它笔直地毫无顾忌地向天空生长,最终招致上帝的"愤怒":

> 但是,当我笔直生长时,
> 　我仍然朝上望去,好像天空属于我一人,
> 　　您发怒,我下降:
> 　雾对于此算什么?极地又不是赤道,
> 　　　在那儿一切都在燃烧,
> 　　　　当您心回意转时,
> 　　　至少您会皱眉吗?(*CEP*:157)

在第六节,赫伯特接着告诉读者上帝愤怒时的行动是"暴风雨",后果是花的"死亡"。虽然在这首诗中,赫伯特把第一人称作为抒情主体,告诉读者花的生长过程,但是在第六节,赫伯特通过"我依然活着写作"把第一人称从单一的"花"扩展到诗人自己,诗人对花的死亡展开联想,认为他的生命不应该像花那样,接受上帝的暴风雨的洗涤,上帝对植物的惩罚如若放在诗人身上或者说基督教徒身上,是不恰当的:"我就是/被您的暴风雨淋了一整夜的那个他/这不可能。"(*CEP*:157)。

诗人不相信上帝会像对待植物一样对待人。但是,人与花之间的共同点是二者都要经历生长、繁茂、死亡的过程。人在成长的过程中,如果像花朵一样笔直"向上","傲慢"向前,那么,这样的人就会像花朵一样受到上帝的惩罚;如果人懂得谦卑,懂得热爱上帝,那么,上帝就是"爱之主",自然界的一切美好与人生的美好便成为上帝行的"神迹"("wonders")。所以在该诗的最后一节,诗人写道:

> 爱之主,这一切都是您的奇迹,
> 　让我们看到自己不过是转瞬即逝的花朵:
> 　　我们曾经找到并且证实,
> 　您有一所花园给我们居住,
> 　　　我们会因此而变得人数众多,

> 通过贮藏而膨胀，
> 因为傲慢而丧失天堂。（*CEP*：157）

人与植物的区别在于，人有一颗谦卑的心，有认识到自身罪孽的可能，当人认识到自身的罪孽时，人就有了进入天国的可能；如果一味傲慢，不对自己的行为进行反思，就会像傲慢的、笔直向上的花朵一样"丧失天堂"。

在《拒绝》（*Denial*）这首诗歌中，诗人同样也描绘了这种谦卑而又自制的宗教情感体验。加德纳认为，在这首诗中"赫伯特谨慎地用过去时提及他的痛苦以使之与我们保持距离……它既涉及精神的孤寂和祈祷的无用，也提到了写诗灵感的匮乏"①：

> 当我的祈祷无法穿透
> 　　您寂静的双耳时；
> 我的心破碎了，我的诗行破碎了：
> 　　我的心房塞满了恐惧
> 　　　　和无序：
>
> 我的弯曲的思想，犹如易碎的琴弓，
> 　　支离破碎的飞行：
> 每一思想都有它自己的路线；一些飞向愉悦
> 　　一些飞向战争和雷鸣
> 　　　　的警报。
>
> 如同善行可以到达任何地方一样，他们说，
> 　　双膝与心灵，
> 日夜号哭，麻木停滞
> 　　**来吧，来吧，我亲爱的主，啊，来吧，**
> 　　　　但是我主未听见。
>
> 哦，您应该给尘埃一个舌头
> 　　向您哭诉，

---

　　① ［英］海伦·加德纳：《宗教与文学》，沈弘、江先春译，四川人民出版社1989年版，第211—212页。

然而,您未听到他的呼号!但是一整天

我的心灵都在我身,

我主未听见。

上帝无视我的灵魂,

于是,它走了调:

我脆弱的灵魂,无法直视

犹如一朵被掐下来的花

失意地悬挂在枝头。

啊,鼓舞和演奏我无心的胸膛,

不要拖延时间;

您的恩惠承认我的请求,

他们和我的思想一致,

修补我的韵律。(CEP:73—74)

在这首诗中,诗中的说话人与诗歌的作者融为一体,呈现在读者面前。他通过描写自己诗才的不济来烘托自己对上帝的情感体验,虽然感到孤独与痛苦,但是他对上帝的体验并不是绝望的,因为诗中的说话人作为诗人还有词可写,并在最后一节获得了预期的、完美的韵律。由此可见,诗中说话人最终以诗歌韵律的和谐来类比他的心灵与上帝之间的和谐。这样,赫伯特通过使用过去时营造一种"谦卑自制"的语气,来描写他的精神体验,虽然不如强烈的肉体感受那样无以言表,却也将他宗教情感的真实性展现在读者面前。

赫伯特在上帝面前表现出的"谦卑自制"也许来自他畏惧上帝的情感。《抱怨》一诗的第一节生动地展现了这一点:

不要欺骗我的心,

因为您是

我的力量与智慧。不要让我受到耻辱,

因为我是

您的会哭泣的黏土,会呼唤的尘埃。(CEP:135)

如果把这一小节作为一个整体来思考,读者可能会模糊地意识到上帝会做那些基督徒请求他不要做的事。因为诗中说话人的论辩看起来非常的平静,也非常的理智:上帝不应该欺骗诗中说话人的原因是上帝是他的力量与智慧。上帝不应该使诗中说话人蒙受耻辱的原因是因为诗中说话人是上帝创造的泥土与尘埃。但是,如果把这一小节分开来研读,就会发现这样一个问题:在前两行,诗中的说话人请求上帝不要背叛他,原因是上帝是上帝;在第四和第五这两行,说话人请求上帝不要使他蒙羞的原因是诗中说话人的存在。无论从哪一角度来思考,这一小节的内容都无法回避诗人对上帝产生的一丝畏惧感,这一畏惧感与中世纪宗教诗歌中抒发的对上帝的畏惧感有所不同。

中世纪宗教诗人表达的畏惧情感多是对上帝权威形象的畏惧,所以,中世纪诗人对上帝的情感体验也比较单一,且呈现为无条件顺从的状态。而赫伯特对上帝这一形象的体验则有所不同。也许是出于对《新约》的热爱,赫伯特对他笔下的上帝深信不疑,反应热烈,然而,赫伯特在抒发对上帝的强烈情感体验的同时,却没有僭越造次之心,而是时时刻刻保持着一种"谦卑的自制"。由此可见,赫伯特对上帝的情感体验依然受到《旧约》神学的影响,上帝的权威形象依然屹立在诗人的神学想象世界中。

第二节 秩序与和谐:《圣殿》中的"天道"

赫伯特笔下的世界,按照《圣经》提供的秩序运行。例如,在《渴望》一诗中,赫伯特说上帝"已经让万物都按照他们的轨迹运行","整个世界"就是上帝的"一本书……一切事物都有他们所在的固定页码"(CEP:141)。和谐与秩序是一对孪生兄弟,和谐的秩序与秩序的和谐,是诗人精神所向之处。他的诗歌《天道》(Providence)就是对自然万物的存在秩序进行的诗意描绘。在该诗中,天道具有三个主要特征。首先,上帝创造了自然界各层次的物种,如大地、海洋、野兽、小鸟、大树、蜜蜂、花朵、羊群、青草、花朵、树林、草药、矿石、毒药、解药、海风、水手、马匹、老鹰、人、火、梨树、青蛙、蝙蝠、海绵、鳄鱼、大象等;其次,上帝对万物的管理,赫伯特把上帝创造的世界比喻为上帝的家;再次,上帝愿意插手管理家务。虽然万物按照一定的次序排列,但是上帝经常按照他看到的适合的秩序对万物进行改造,可能是奖赏,也可能是惩罚:

要么因为您的命令,要么因为您的**许可**
您的双手操控一切:他们是您的**左右手**。
第一只手拥有速度与效率;
第二只手阻止罪孽的潜行与偷盗。

一切都无法逃避这二者,一切都应该显现,
一切应由您处置,装扮,协调,
是谁把一切调和得甜蜜。如果我们能够听到
您的技艺与乐音,那将是何种音乐!

……

因为您的住宅装满货物,所以我崇拜
您排列货物的奇妙的创造才能。
山丘上一片繁荣;山谷中装满货物;
南方盛产大理石;而北方盛产皮毛和森林。(*CEP*:109—111)

在诗中,诗人描绘了动物在"伟大链条"上的位置,体现了诗人对宇宙秩序的关注,对社会和谐的向往,同时也体现了诗人对完美品德的追求。人区别于动物的一个最重要标志是人具有道德选择与伦理选择的能力,一旦失去这一能力,人就失去了人之所以为人的根基。

　　赫伯特基督教思想中的"天道"发源于宗教改革之前的传统神学与传统宇宙论[①],虽然在非基督教人士看来,这是一种"超自然秩序",甚至有些迷信色彩,但是在文艺复兴时期的思想体系中,人们普遍认为上帝为人类创造自然及宇宙中的一切。大自然中的一切生物与其生命的进程都按照上帝的意愿出现,因此"天道"可以被看作是人类堕落之后,当整个自然界陷入混乱、瘟疫,当人类的家庭生活与社会生活陷入伦理纲常衰败的困境之时,上帝为使这一切恢复秩序并维护这一秩序所做的努力。

　　理查德·托德(Richard Todd)指出 17 世纪人们普遍认为上帝维护他所创造的一切自有其目的,同时,托德认为生活在 17 世纪的人们还有一项

---

①　Margaret Bottrall. *George Herbert*, London: John Murray Ltd., 1954, p. 84.

重要的职责就是去阐释这一切。①基思·托马斯（Keith Thomas）曾经撰文论述"都铎与斯图亚特王朝牧师们解释圣经故事时所秉持的令人惊叹的人类中心主义精神"②，他认为人类对自身的这种自信的思维态势在 17 世纪达到顶峰，而在这之后，人类对自身的自信态度逐渐消失，到 19 世纪初期就"让位给一种更加混乱不清的精神状态。世界不再能被认为只为人类而创造，在人类与其他生命形式之间存在的强有力障碍被大大削弱"。③

　　赫伯特对天道的理解因袭当时的基督教传统，他经常把阐释大自然与家庭生活中的一些物品，尤其是封闭的盒子或者壁橱类型的物品联系起来。例如，在《人》这首诗中，他把上帝创世比作是"食橱"（cupboard）和"匣子"（cabinet）；在《忘恩负义》（Ungratefulness）中，把上帝创世比作是"两个装满宝物的稀有匣子"：

> 您只有两只稀有的匣子装满了宝物，
> **三位一体与道成肉身：**
> 　　您打开这两只匣子，
> 　使它们成为珍宝用于
> 您创世的工作
> 使您获得永恒的喜乐。（CEP：75）

　　上帝把"三位一体"装进一只匣子，这只盛放"三位一体"的匣子，揭示了上帝的本质，基督徒只能感受到它的存在，但是在一般情况下却无法理解它。只有当死亡来临，死神把灰尘吹入基督徒的双眼试图治愈死亡④时，基督徒才能一睹上帝的真容：

> 三位一体是那个更加庄严的匣子，
> 　它闪烁的光芒拒绝我们靠近：
> 　　因此您无法将它完整地
> 　向我们显现，直到死亡把尘土

---

　　① Richard Todd. *The Opacity of Signs：Acts of Interpretation in George Herbert's The Temple*, University of Missouri Press, 1986, p. 84.

　　② ［英］基思·托马斯：《人类与自然世界》，宋丽丽译，译林出版社 2008 年版，第 7 页。

　　③ ［英］基思·托马斯：《人类与自然世界》，宋丽丽译，译林出版社 2008 年版，第 305 页。

　　④ 哈钦森在注释该诗时，指出在 17 世纪，当马或者狗生有眼疾时，通常的治愈方法是把粉末吹进它们的眼睛以除去眼睛内部的薄膜，以此使它们恢复视力。

> 吹进我们的双眼：
> 因为您正是用这种粉末使我们得以看见。（*CEP*：75）

而另外一只盛放"道成肉身"的盒子则供人们解读上帝，它用"快乐""引诱"人类，里面盛放着"一切甜蜜的物体""仁慈"与"快乐"：

> 但是，您把一切甜蜜的物体都装进另一只匣子；
> 您的仁慈在这里聚集奔涌：
> 就像第一次恐吓，
> 这匣子可能用快乐引诱我们；
> 因为我们知晓这只匣子；
> 因为我们拥有另一只这样的匣子。（*CEP*：76）

在这里，不难看出，上帝与人都是这个匣子的管家，那么，人是如何对待这个匣子的呢？

> 但是人却吝啬、矜持，对您无知：
> 当您命令他全心全意时，
> 他立刻吹毛求疵。（*CEP*：76）

赫伯特在这里描述的人的状态是堕落之后的人的状态，人的"吝啬、矜持"的灵魂状态与上帝慷慨地"把一切甜蜜的物体都装进另一只匣子"形成了鲜明对比。堕落之后的人拒绝对上帝做出回应。但是，人的这种灵魂状态只是暂时的，在接下来的《叹息与呻吟》中，诗人的态度立刻发生了变化：

> 您愚蠢的管家因何这样做？
> 我已经滥用了您的物品，摧毁了您的树林，
> 我已经拥有您的所有仓库：我的头疼停止，
> 直到它明白如何运用您的物品。（*CEP*：76）

在这首诗中，诗人纠正了在《忘恩负义》一诗中提出的拒绝上帝的观点，"明白如何运用你的物品"表明诗人意在探究理解上帝创世的方式，也就是在阐释上帝创造万物的过程中，诗人的灵魂才有获得平静、头痛得以停止的可能。在《圣殿》中，还有一首诗与《忘恩负义》的标题意义相反，这首诗是

《感恩》(*Gratefulness*),在这首诗中,诗人把"叹息呻吟"与上帝的"喜乐"联系在一起:

> 不,您已经叹惜呻吟
> 　　　　那是您的喜乐。
>
> 不是因为在天国您没有
> 更加优美的旋律,您叹惜呻吟:
> 但是这些乡村音乐把您的爱
> 　　　　捕获。
>
> 因此,我呼喊,再次呼喊;
> 您不能再默不作声,
> 直到我有一颗感恩的心
> 　　　　歌颂您。
>
> 不要感激了,这已经让我满意;
> 好像您的祝福没有空闲时光:
> 但是这颗心啊,它的跳动是为了
> 　　　　颂扬您。(*CEP*:115—116)

由此可见,在赫伯特看来,上帝的叹息呻吟具有形而上的意义,与诗人对上帝的歌颂赞扬密切联系在一起。正如诗人在《颂扬(三)》(*Praise Ⅲ*)的第一节中表达的观点:

> 主啊,我打算说出对您的赞美,
> 　　　　只是对您的赞美。
> 我这颗忙碌的心要用所有的白日把它编织:
> 　　　当用完所有储备而停下来时,
> 　我将用叹惜和呻吟去挤拧,
> 　　　　您可能得到更多。(*CEP*:148)

在赞颂上帝、歌颂上帝创造的自然万物与宇宙秩序的过程中,人懂得要合理地"运用"("consume")自然,而不是"滥用"("abuse")自然。歌颂上帝、赞颂自然是上帝赋予人而不是其他生物的能力,是人摆脱堕落的方式之一,因为人是赞颂上帝的"秘书",在《天道》的前两节,赫伯特写道:

> 啊,神圣的上帝,是谁从一边到另一边
> 强有力而甜蜜地运行!难道我应该写下
> 不是因为您,我的手指才弯曲
> 抓住羽毛笔?难道他们这样对您不对吗?
>
> 在陆地与海洋的一切生物中
> 您只让人知晓您的方式,
> 您把笔塞进他的手中,
> 让他成为歌颂您的秘书。(*CEP*:108)

该诗赋予人以解释自然以及歌颂上帝创造世界的能力,在上帝的创造物中,只有人具有这样的能力。

奥古斯丁神学传统的继承者、13 世纪基督教思想家波拿文图拉(Bonavntura)认为,"虽然天地万物是在时间之内造出来的,但是有关被造万物的'样板概念',在上帝心目中则是永恒的"①。这个"样板概念"就是基督教的神学真理,即上帝的永生之"道",也是《圣经》的主旨,意在表明万物都是通过"道"创造出来的,"道"是一切知识的来源。

在《天道》中,赫伯特意在表明上帝赋予人识文断字的能力,让人成为他的"秘书",引导人去阐释他创造的宇宙万物。这一观点是赫伯特对波拿文图拉神秘主义神学的继承和发展,因为在波拿文图拉看来,"被造的宇宙引领人到上帝那里,是因为三位一体在每一个被造物身上都留下了印记,通过这些印记人们可以领悟被造物的存在的根源"②。

在赫伯特看来,人不仅是上帝的"秘书",同时也是整个世界的"高级牧师",在《天道》的第四节,诗人写道:

　　　　人是世界的**高级牧师**:他愿意

---

① 〔美〕胡斯都·L. 冈察雷斯:《基督教思想史(第二卷)》,陈泽民等译,译林出版社 2008 年版,第 250 页。

② 〔美〕胡斯都·L. 冈察雷斯:《基督教思想史(第二卷)》,陈泽民等译,译林出版社 2008 年版,第 250 页。

为一切牺牲;虽然他们低声细语

因牺牲而达成一致,

这就好比那奔腾的溪流和鸣叫的风。(CEP:109)

在《圣殿》中的其他诗篇,如《神职》(*Priesthood*)和《亚伦》(*Aaron*)中,赫伯特也有意把人比作大自然的牧师,阐释整个世界运行的规律与秩序。

那么,在《圣殿》中,赫伯特是如何阐释"天道"的呢?

赫伯特继承了传统宇宙论的观点,认为上帝是推动整个世界运行的动力,"一切生物按照固有的节奏生活",在这个连贯的体系中发挥各自的作用。如在《祈祷(二)》(*Prayer II*)中诗人表达的观点:

您的巨大双臂拥有怎样

全能的力量横贯东西,

将地心固定于天球!

于是一切生物按照固有的节奏生活:

我们无法向不在场的事物请求,

请您责备我们浅薄的诉求。(CEP:95)

《乐园》(*Paradise*)是一首图形诗,在该诗中,诗人表达了对"秩序"的向往。该诗第一节原文如下:

I bless thee, Lord, because I GROW

Among thy trees, which in a ROW

To thee both fruit and order OW.

译文:

我祝福你,主啊,因为我 生长

在你的树木间,这些树木排列 成行

并长出果子和秩序,感谢你的 荣光。(胡家峦 译)

"秩序"在美学上的术语就是和谐。①赫伯特把他的乐园想象为一个充满秩序的乐园,在这个乐园中,和谐有序是它的特征,诗行排列整齐,五个倒立的三角形(仅以第一节为例,第一行的最后一个词是"GROW",第二行的最后一个词是"ROW",第三行的最后一个词是"OW",这三个单词中的所有字母均大写,且都位于诗行末尾,犹如一个倒立的三角形,位于这三个诗行构成的长方形的右边),不仅象征三位一体,还象征均匀、整齐排列的树木,并表达了诗人对"神圣境界"的向往。在这个长方形的花园中,诗人试图将自然的和谐(花园)与宇宙的和谐(倒立的三角形代表神圣的三位一体)联合起来,打通"存在之链",用有限的诗行表达无限的意义。

《星期天》(*Sunday*)这首诗也表达了相似的观点,该诗歌的第四节写道:

> 他们是上帝的富饶花园里
> 硕果累累的花圃与边界:是空着的间隔
> 为他们划分等级与秩序。(*CEP*:69)

佛莱芒人文主义者利普修斯曾经提出,花园的真正用处"不是为了肉体而是为了心灵":古今的智者都在园里沉思,撰写"圣书",诗人也在园里创作"不朽的诗歌";众多"深奥的哲学论争"发端于"绿色的凉亭",众多深邃思想的"河流"从花园的小径上涌出,"浇灌了整个世界"。②

赫伯特笔下的花园,有着明显的秩序特征,如《乐园》中的花园;而花园中的植物,如花儿和树木以及花园的篱墙则因为语境而获得了多重宗教寓意。

在格言集《慎行》(*Jacula Prudentum*)中,赫伯特用简洁明了的语言指出:"当上帝成为一家之主,他使一切无序变得秩序井然。"③由此可见,在赫伯特看来,上帝不仅是宇宙秩序的缔造者,也是宇宙秩序的维护者。在《家庭》(*The Family*)这首诗中也可以看到相似的思想与呈现方式:

---

① 胡家峦:《沉思的花园:"内心生活的工具"——文艺复兴时期英国园林诗歌研究点滴,《国外文学》2006 年第 2 期,第 26 页。

② Ilva Berdta. "*The World's A Garden*":*Garden Poetry of the English Renaissance*,Almqvist & Wilksell International,1993,p. 177. 参见胡家峦:《艺术与自然的"嫁接"——文艺复兴时期英国园林诗歌研究点滴》,《国外文学》2004 年第 3 期,第 31 页。

③ George Herbert. *The Poetical Works of George Herbert*,Rev. George Gilfillan ed. James Nichol,1817,p. 322. 原文为"When God is made master of a family,he orders the disorderly."

> 在我心中这些思想好像扮演了角色
> 　　他们为何制造出噪音？
> 好似没有秩序，也没有听众
> 　　这些响亮的抱怨与呜咽的恐惧有何用？
>
> 但是，主啊，这住宅和家庭都属于您，
> 　　尽管他们中一些人抱怨。（*CEP*：128）

赫伯特运用巧智把缺少秩序掌控的心灵与情感比作主人上帝的居所与家庭，这需要主人上帝使一切恢复秩序，"首先安宁与安静控制了一切争端，/ 然后秩序与灵魂调和"（*CEP*：128）。

17 世纪英国诗人兼评论家查尔斯·科顿（Chorles Cotton）在评价赫伯特的诗歌时，就曾经指出赫伯特拥有一个"充满和谐思想的灵魂"[①]。因为赫伯特相信宇宙秩序——这个超自然存在的秩序能够纠正上帝创造的世界中存在的一切不和谐秩序，又因为赫伯特注重自制的性格特征，所以他的诗歌明显表示出对美妙秩序的追求。

宇宙是按照神的意志持续存在的结构。在宇宙中，每一种上帝的创造物都按照各自的作用在统一体中发挥应有的作用。从上帝流溢而出的伟大的存在之链连接天使与世人、世人与动物、植物和矿石。赫伯特把这个当时普遍存在的观点用自己特有的方式呈现出来：

> 一切生物都郁郁葱葱；只有我
> 　　不像蜜蜂一样采撷花蜜，
> 不像花朵一般制造蜂蜜，也不像农人
> 　　一般，把花朵灌溉。
>
> 我不是您伟大链条上的一环，
> 　　但是我所有的同伴都是野草。
> 主啊！请您把我安放在您的乐师中间；
> 　　给我这可怜的芦笛一个乐音。（*CEP*：51）

---

① C. A. Patrides ed. *George Herbert：The Critical Heritage*，Routledge & Kegan Paul，1983，p. 133.

　　在这些诗行中,读者能够辨别出受上帝支配的宇宙存在之链,"蜜蜂""花朵""农人"在宇宙秩序中各司其职,而诗中的说话人"我"却因为没有获得与整个宇宙相和谐的乐音,而失去了在"伟大链条"上的位置,于是,"我"渴望上帝的恩典,希望获得自己在宇宙中应有的位置。

　　由此可见,赫伯特赞同传统宇宙论的观点,赞同传统的和谐说,这一切特别体现在他对"和谐"乐音的热爱方面,对和谐乐音和天体音乐的讨论将在下文有关音乐意象的章节详细进行,这里就不再扩展。

　　虽然天使与上帝在永恒的存在之链上占据着高位,但是,人类却似乎从创世者的仁慈中获得了最大的利益:

> 　　风吹,地憩,天转,泉涌,
> 这一切运动都是为了我们;
> 　　举目四望,万物皆为我备,
> 　　或是让我们高兴,或是为我们珍藏……(*CEP*:84)①

　　与存在之链上其他等级较低的生物相比,人类具有的理性思维力量帮助他认识自己在存在之链上的位置以及他和上帝之间的关系,所以,人类才有特权,成为上帝恩惠的特别的接受者。在《天道》这首诗中,诗人说:

> 在陆地与海洋的一切生物中
> 您只让人知晓您的方式,
> 您把笔塞进他的手掌,
> 让他成为歌颂您的秘书。
>
> ……
>
> 人是世界的高级**牧师**:他愿意
> 为一切献身;然而他们低声细语
> 因献身而达成一致,
> 这就好比那奔腾的溪流和鸣叫的风。(*CEP*:108—109)

---

　　① 参见[美]爱默生:《爱默生集(上):论文与讲演录》,波尔泰编,赵一凡等译,生活·读书·新知三联书店1993年版,第52—53页对赫伯特诗歌《人》的节选诗行的翻译。

虽然在这首诗中,赫伯特区分了人和其他生物感谢造物主的不同方式,但是,明显可以看出,诗人嫉妒树、鸟、蜜蜂和星辰等通过实现造物主创造他们的目的来表达他们对上帝的感激之情的自然而然的方式。正如诗人在《雇佣(二)》(*Employment Ⅱ*)中写道:

> 啊,我希望自己是一株橘子树,
> 　　　那种一树繁华的植物!
> 然后,我将浑身披满果实,
> 　　　不再向他索要
> 果实来把自己装饰。(*CEP*:73)

相信每一种生物在上帝设计的等级秩序上都有属于它自身的特定位置和功能,这为诗人创作诗歌提供了广阔的想象空间。在《渴望》这首诗中,赫伯特说,"实际上,整个世界就是您的一本书,/一切事物都有他们所在的固定页码"(*CEP*:141)。这一认知使得诗人把自己想象为整个自然界的一部分,诗人认为自然界的每一种事物,从天空的繁星到地上沉默的石块,都是宇宙整体内部微不足道的一部分,人类的任何行为也是如此。当然,承认这些观点的前提是承认上帝的力量。

赫伯特诗歌中的花朵意象与花园意象是对 16 世纪末、17 世纪初以莎士比亚为代表的英诗传统[①]的质疑与背离。莎士比亚十四行诗的第 15 首正是这一诗歌传统中的一个典型。在该诗的前两行,莎士比亚悲哀地写道:"一切活泼泼的生机/保持它们的芳菲都不过一瞬。"(梁宗岱译)因为自然万物的转瞬即逝,莎士比亚对待自然界事物的态度如同对待幻觉一般,而生命的意义就在于不断地将对自然界的感知纳入哲理当中,而人类自身也被莎士比亚焦虑地从自然界中剥离出来:[②]

> 当我发觉人和草木一样繁衍,
> 任同一的天把他鼓励和阻挠,
> 少壮时欣欣向荣,盛极又必反,

[①] 16 世纪末 17 世纪初,英国诗歌中的自然诗歌大多歌颂美好自然的短暂易逝,诗人常借自然意象表达焦虑的心情,引导读者享受现世生活的美好,以免错失良机。

[②] Frances Cruickshank. *Verse and Poetics in George Herbert and John Donne*,Ashgate,2010,p. 77.

> 繁华和璀璨都被从记忆抹掉；
>
> ......
>
> 眼见残暴的时光与腐朽同谋，
>
> 要把你青春的白昼化作黑夜；
>
> 为了你的爱我将和时光争持：
>
> 他摧折你，我要把你重新接枝。
>
> （梁宗岱 译）

　　莎士比亚笔下的自然世界与人类世界虽然美妙而又富有气魄，但是没有摆脱遗忘与死亡的阴霾。与莎士比亚相比，赫伯特的自然具有持久与再生的性质，是受到限制的自然，然而是可以走进与拥有的自然，莎士比亚的自然不过是反复出现的宇宙死亡主题的表象。[①]赫伯特赋予自然以模糊与自主的特性，打破生死界限，使持久与易变融为一体，在《花》这首诗中，赫伯特写道：

> 力量之主，这是您行的奇迹，
>
> 被杀后复活，落入地狱，
>
> 复又在一小时后升入天国；
>
> 单调的丧钟变得和谐悦耳。
>
> 我们说的不对，
>
> 这或者那：
>
> 您的意愿就是一切，如果我们能够解释。（*CEP*：156）

　　该节的最后一行萦绕着向文化主题转变的意蕴。人类对事物的命名与解释不可避免地会出现差错，因此，人难以准确地给万物命名。在该诗中，人类给事物命名的难处与老子在《道德经》中陈述的"道可道，非常道；名可名，非常名"有一定的相通之处。表示条件含义的"如果"是这种转变的标志，由上帝准确命名的宇宙万物对人类来说是可供观察，却难以阐释的。人类作为上帝的创作物，身处宇宙之中，不是一个置身于外的批评家或者阐释者。赫伯特认识到他在自然中的位置，能够感受到自然的存在，却无法解读自然，他渴望克服人类傲慢的处境，获得自然的质朴与谦卑。

---

① Frances Cruickshank. *Verse and Poetics in George Herbert and John Donne*, Ashgate, 2010, p. 77.

无论如何,诗人是一个有意识的生命体,人类生命的短暂给有无限探求欲望的灵魂带来一丝挫败感,但是,它并没有因此而放弃,而是在模糊的意识中,当春天来临时,体会春的美好,而在冬季到来时,忍受冬的严寒。[①]

春天的到来给赫伯特带来了创造的力量,他在万物更替的节奏中发现了写作的动力、阐释的力量。在经过多年的思考以后,诗人的创造力随着春天的到来萌发:

> 现在又到我打蕾时分了,
> 在经历并书写过如此多的痛苦后;
> 我又一次闻到了雨露的气息,
> 欣赏着诗行。(CEP:157)

在赫伯特笔下,诗歌与生命紧密地联系在一起,这一思想还体现在《筵席》(The Banquet)与《枷锁》(The Collar)两首诗中的"诗行与生命"这一表达方式中。与莎士比亚不同,在赫伯特看来,创作与生命是同一过程的两个不同部分,两者并不相互矛盾。作为诗人,赫伯特用诗行阐释上帝的"天道"。花朵向读者展示的是一种成功的生命形式,它承载着诗人创作的果实,而这一切的关键在于诗人愿意融入这种自然模式与进程当中,诗人的意志与谦卑带来了丰硕的果实,这果实中不仅包含着正义,还包含着对上帝的感知(新鲜、甜蜜、清洁)与诗人之花的孕育和最终的绽放。

《人的混合织物》(Man's Medley)考察了人与宇宙中其他事物之间的不同点,人要经历"双重的快乐""两个冬天""双重死亡""双重痛苦"与"双重赞扬"。人的精神生活的内省特征使他不同于其他生物,这也就确定了人在存在之链上的独特位置。

上述分析表明,赫伯特继承了传统宇宙论思想的精髓,抓住了宇宙和谐这一总特征。

"和谐说"最早由古希腊毕达哥拉斯学派提出,他们认为世界万物按照等级与秩序存在于天地之间,其本质是和谐。其早期哲学家毕达哥拉斯和赫拉克利特明确而深刻地探讨了和谐思想。毕达哥拉斯承认对立,但是更注重对立面之间的和谐。他把和谐作为自己哲学的根本范畴,提出著名的天体和谐与天体音乐说,认为"天体之间的距离以及天体发出的声音都是

[①]　Frances Cruickshank. *Verse and Poetics in George Herbert and John Donne*，Ashgate，2010，p. 78.

和谐的。这种和谐使苍穹无限的宇宙星空处于一种纷繁而不乱,多变而有序的永恒的运动之中"①。同时,毕达哥拉斯还提出一个基本命题:美德就是和谐。他说:"美德乃是一种和谐,正如健康、全善和神一样,所以一切都是和谐的。"②

也许是受到毕达哥拉斯的影响,也许是受到亚里士多德美德伦理学的影响,"美德"作为一种类型的和谐,是赫伯特极力探究的一个重要内容,在本书的第三章,将着重探究赫伯特的美德思想,因为赫伯特借此表达了他对基督教徒行为的关照,具有重要的实践价值。

在《圣殿》中,赫伯特对待上帝的情感时而强烈、时而温和、时而责备、时而敬畏,在这些多变的情绪当中,隐约透露着一种自觉的自我克制与约束。虽然诗人虔信上帝,但是诗人对待上帝的态度与中世纪基督教徒对待上帝的单纯的"敬畏感"有很大不同。赫伯特在诗歌中描写灵性生活中的诸如怀疑、自我厌倦和偶然的绝望情绪,在这些对上帝的负面的情感体验中,也有偶然在灵性生活中实现的与上帝之间交感时所感受到的瞬间的无以言表的欢愉。所以,与早期基督教诗歌、中世纪基督教诗歌以及 19 世纪重在表现令人不安的精神孤寂的基督教诗歌相比,赫伯特诗歌中抒发的宗教情感更显真实。

赫伯特对上帝的感知,一方面表现在情绪情感的变化,另一方面表现在他对"天道"的认知。"天道",这个超验存在,在诗人看来,是世界运行的秩序。赫伯特对待"天道"的观点继承了传统的托勒密宇宙论,认为世界运行的方式以"和谐"为基本特征;同时,赫伯特也继承了毕达哥拉斯与亚里士多德关于美德的观点,因为在他们看来,美德也是一种和谐。因此,在探究赫伯特诗歌中的和谐特征时,不应该忽视美德这个重要的宗教伦理维度。

---

① 王彩云:《中西和谐观辨析》,《济南大学学报》(社会科学版)2003 年第 6 期,第 12 页。
② 北大哲学系外国哲学教研室编译:《古希腊罗马哲学》,生活·读书·新知三联书店 1982 年版,第 36 页。

第二章 《圣殿》中人与上帝 关系的玄学解读

赫伯特对上帝的多重情感体验来源于他对人与上帝之间多重关系的认知。人与上帝本身就是一个二元对立的概念,他们之间存在着张力。因为人是世俗世界中存在的具体的人,而上帝是基督教信仰中的一个冥想对象,他并不是一个具体的真实的存在。上帝是基督徒冥想的内容,是基督徒世俗生活的精神指向。如同其他 17 世纪早期诗人一样,赫伯特也清醒地意识到在诗歌中描述"上帝与我灵魂之间精神冲突的图景"①并非易事。如何才能在诗歌中找到准确而恰当的词汇与方法来描述让人难以捉摸的宗教狂喜或者绝望? 这正是赫伯特作为语言大师与诗人努力实现的目标。

在赫伯特眼中,人与上帝之间的关系,是一个重要的基督教概念。当上帝作为无限者进入到人这个有限者的时候,基督教徒才能实现自身的救赎,然而,这不能作为一个客观事实被接受,无法被人的理性所理解和超越。所以,在赫伯特看来,成为一名真正的基督教徒并不是一个自然而然的成长过程,而是需要人在精神领域体会这种难以用语言准确描述的人与上帝之间的关系,并做出一个充满热情的选择。

赫伯特擅长运用各种类型的比喻,如明喻、暗喻、奇喻等,通过运用"典型的'玄学'诗风的技巧;即推敲锤炼(与凝缩)相对、巧用心计地将辞格延伸到其极致。"②当这些修辞格扩展到整部《圣殿》时,便形成了一个庞大的隐喻。这个隐喻是诗人在世界上寻求秩序与意义的一种表现方式。在《圣殿》中,赫伯特似乎希望通过神学构建一种秩序的方式。

在评价理想的玄学诗歌的巨大价值时,艾略特认为:"艺术的终极功用

---

① Izaak Walton. *The Life of Mr. George Herbert*. See George Herbert. *George Herbert: The Complete English Poems*, John Tobin ed., Penguin Books, 2004, p. 311.

② 艾略特:《艾略特诗学文集》,王恩衷编译,国际文化出版公司 1989 年版,第 26 页。

在于赋予现实一种可信的秩序,由此在现实中引发出某种秩序的感觉,从而带给我们安宁、静谧与和谐的状态;然后告别我们,就像维吉尔告别但丁,我们继续前行,朝着那不再需要向导的领域。"①

在艾略特看来,赫伯特等玄学派诗人的诗歌将思想与情感结合在一起,体现了感受性的统一,是最成功、最有价值的诗歌。然而,自弥尔顿至叶芝这段时期,大多数诗歌的语言虽然变得更加文雅,但是感觉却变得更加粗糙了,这体现了"感受性的分裂",英国文学的伟大传统逐渐走向衰落。② 新批评派代表人物兰色姆在评价艾略特的文章《玄学派诗人》所造成的影响时说:

> 艾略特被引用得最多的评论就出自这篇文章,至少在我自己的批评圈内是这样。这篇文章的公开效应是它几乎推翻了以往人们对于历史上几个重要时期的比较性评价,它对 19 世纪痛加贬抑,对王朝复辟时期和 18 世纪同样予以否定,但有所缓和,它将 16 世纪和 17 世纪初提到了至高无上的地位,认为诗歌传统在那个阶段得到了最充分的发扬。③

兰色姆赞成艾略特对玄学派诗人的评价,在分析"奇喻"的概念时,他指出奇喻是玄学派诗人们获得成功的重要修辞,因为"奇喻"能够融感情与智性于一体,体现了感受性的统一。

赫伯特对世俗爱情诗的不屑,对世俗政治的失望,使他专心探究人类灵魂深处自我与上帝之间的神秘关系。在"圣堂"部分,赫伯特把他的神圣对手上帝想象为说话人(如《滑轮》[*The Pulley*])、戏剧诗中的人物(如《爱(三)》[*Love Ⅲ*]),甚至是一种无声的呈现方式(如《锻造(一)[*The Temper Ⅰ*]》。而在其他一些诗歌中,如在《约旦(二)》(*Jordan Ⅱ*)和《朝圣》(*The Pilgrimage*)中,上帝则隐蔽为一个不具形体的声音,在这些诗歌中,上帝并不是由于外部世界的压力向诗人呈现,而是直接向诗人内心呈现。赫伯特通过与内化在他诗歌中的上帝的较量,获得对自身与人类的认知,对人神关系有了更加深刻的理解。

---

① Dominic Manganiello. *T. S. Eliot and Dante*, St. Martin Press, 1989, p. 126. 参见邓艳艳:《从批评到诗歌:艾略特与但丁的关系研究》,中国社会科学出版社 2009 年版,第 113 页。

② 艾略特:《艾略特文学论文集》,李赋宁译,百花洲文艺出版社 1997 年版,第 12—27 页。

③ [美]约翰·克罗·兰色姆:《新批评》,王腊宝、张哲译,江苏教育出版社 2006 年版,第 117 页。

第一节　虚构场景的转换：人与上帝
关系的动态变化

在处理人神关系方面，与中世纪宗教诗表现的基督徒的灵魂对上帝的主动追求不同，赫伯特的宗教诗歌反映的是上帝对基督徒灵魂的主动接近，并进而对其进行救赎。加德纳在分析这一点时讲道，"17 世纪的诗人很少试图步中世纪诗人的后尘，通过直接追求人的灵魂来表现上帝之爱。他宁愿表现被追求者，而不是追求者；而且被追求者往往是勉强的、不情愿的和令人不愉快的"①。

《本质》(Nature)这首诗就是一个典型的例子。在这首诗中，赫伯特谈及背叛，但是他观念中的"背叛"与弥尔顿等人对背叛的理解不同。在赫伯特看来，背叛上帝，就意味着生命的终结。如果他背叛了上帝，他愿意遭受上帝各种各样的惩罚。但是，这只是该诗的开端。诗人并不完全赞同这样的观点，他认为上帝应该尽他所能驯服"他"的心灵，让"他"的心灵变得澄澈，并使之接受上帝的律法，引导基督徒归顺上帝。该诗的第一节写道：

> 因为反叛，我将死亡，
> 　或斗争，或带走，或否认
> 您不得不对我做的事。
> 　　　　啊，请您驯服我的心；
> 　　　您的最高本领
> 是把我紧紧拉向您。(CEP：39)

当上帝试图拯救世人的灵魂时，"他"与世人之间的关系呈现出多样性。"他"既要对基督教徒进行训导，又要面对他们的质疑与反抗；既要表现得严厉，又要表现得仁慈；既要表现得理性、冷淡，又要表现得感性、热情。因此，赫伯特诗歌中人神关系的内容远比中世纪宗教诗人描绘的人与上帝之间的单一关系完整得多，丰富得多，它体现了一种交往双方沟通的完整性与真实性。

---

① 　［英］海伦·加德纳：《宗教与文学》，沈弘、江先春译，四川人民出版社 1989 年版，第 205 页。

在赫伯特的诗歌中,上帝经常以有限的形式把他的无限性向世人显现,于是,对这些有限形式的理解与把握就成为深层次理解上帝的基础。因此,在《圣殿》中,赫伯特通过在一些虚构场景中设计上帝与灵魂之间的对话来展现上帝与人类灵魂之间关系的动态变化。

在《圣殿》中,赫伯特描述诗中的说话人与上帝之间的各种关系,如情人关系、父子关系、朋友关系、主仆关系等,这些都是赫伯特想象、沉思的结果,而其沉思的对象,就是《圣经》。因此,他的诗歌中充满了大量的圣经神学知识与圣经典故。我国学者胡家峦也认识到了这一点,他说:"赫伯特的诗篇大多是沉思《圣经》的产物。"①

在《圣殿》中,上帝与人类灵魂之间的追求与被追求关系在一些情况下以二者之间的情人关系展现。在展现这一关系时,诗人有时通过对世俗爱情诗的"戏仿"(parody)来表现对圣爱的观点,如《模仿诗文》(*A Parody*)这首诗的前部分内容:

> 灵魂的喜乐,当你离去,
> 　　只剩下我一人,
> 　　这不可能是
> 因为你等候我,
> 　　而是因为我依赖你。
>
> 　　然而当你压制
> 　　　你承诺
> 　　　的快乐,
> 你就无法唤醒我的力量
> 　　让我独自痛苦。
>
> 　啊,我是怎样闯入这
> 　　阴湿的泥沼与阴影! (*CEP*:173)

这部分内容用情侣之间互相埋怨而又互相依赖的情感现实来展现上帝与人类灵魂之间的交流状况。当人类灵魂感受不到上帝的爱时,他就如

---

① 胡家峦:《圣经、大自然与自我——简论 17 世纪英国宗教抒情诗》,《国外文学》2000 年第 4 期,第 65 页。

同陷入"阴湿的泥沼与阴影！"该诗的标题"模仿诗文"以及它的书写格式与
表现方式表明该诗是赫伯特对当时的一首世俗爱情诗歌的"模仿"。这要
通过对比两首诗歌的原文来证明，《模仿诗文》的前半段原文如下：

Soul's joy, when thou art gone,

And I alone,

Which cannot be,

Because thou dost abide with me,

And I depend on thee;

Yet when thou dost suppress

The cheerfulness

Of thy abode,

And in my powers not stir abroad,

But leave me to my load:

O what a damp and shade

Doth me invade!

......   (*CEP*：173)

  图夫教授认为该诗是对下面这首世俗爱情诗歌的模仿，该诗的前半部
分内容如下：

Soules Joy, now I am gone,

And you alone,

(Which cannot be,

Since I must leave my Selfe with thee,

And carry thee with me)

Yet when unto our eyes

Absence Denyes

Each others sight,

And makes to us a constant night,

When others change to light;

O give no way to griefe,

But let beliefe ...

该诗描绘了世俗爱情中的男女主人公在彼此分离时的感受。暂时的分离，对于他们来说，使他们无法否认他们关注彼此的目光；暂时的分离对于拥有真爱的双方而言，就如同他们在一起的永恒夜晚一样没有分别，分离对于他们来说显得苍白无力。

对于该诗到底出自哪位诗人之手，评论界并没有达成一致的见解。图夫教授在考察该诗的作者时指出，早期学者倾向于认为这是一首情人写给情人的世俗爱情诗，其作者是多恩；不过，图夫教授并不赞成他们的观点①。她赞成格林厄森（Grierson）的观点，认为该诗是由彭布罗克郡的第三任公爵威廉（William，third earl of Pembroke）所做。②

既然如此，赫伯特模仿这首"彭布罗克诗歌"有何用途呢？如果把赫伯特的《模仿诗文》与他初到剑桥时写给母亲的两首十四行诗联系起来就容易理解了。在剑桥大学读书的第一个新年，赫伯特写了两首十四行诗作为新年礼物献给母亲，在诗歌中，他对当时英国诗坛世俗爱情诗的泛滥与粗制滥造的状况进行了冷静的批判：

难道诗歌

披上爱神维纳斯的制服，仅仅是为满足她的欲望？

为何十四行诗不是由您写就？在

您的圣坛上燃烧？③

正如献给母亲的诗歌中所言，赫伯特认为"上帝之爱胜于妇人之爱"④，因此，他不屑于创作世俗爱情诗。他创作宗教抒情诗，用自己的诗行，表达对上帝炽热的情感。在献给母亲的第二首十四行诗中，诗人写道：

---

① 图夫与加德纳一样，认为多恩比赫伯特年长，而且多恩的诗歌是在赫伯特死后才出版，所以，图夫认为该诗并不是由多恩所做。

② Rosemond Tuve. "Sacred 'Parody' of Love Poetry, and Herbert", *Studies in the Renaissance*, Vol. 8 (1961), p. 250.

③ Izaak Walton. *The Life of Mr. George Herbert*. See George Herbert. *George Herbert: The Complete English Poems*, John Tobin ed., Penguin Books, 2004, p. 274.

④ ［英］麦格拉思:《基督教文学经典选读》(上)，苏欲晓等译，北京大学出版社 2004 年版，第487 页。

　　　　玫瑰和百合代表您讲话；用他们
　　去装扮女人的面颊，是对您的侮辱。
　　　　为何我应该把女人的眼比作宝石？
　　　　这拙劣的想象在低贱的头脑中燃烧
　　　　　　他的火焰狂野又狂野，然而它不向上
　　　　　　歌颂您我的主，请您赐予我墨水吧。
　　　　剖开拥有最美丽面庞的尸身，您满眼污秽，
　　　　　　别无其他，而我的主，您却是
　　　　　　美的栖身之处，启示的栖身之处。①

　　在赫伯特看来，上帝就是真理，就是美，就是诗人灵感的源泉。即使诗
人在《模仿诗文》中或者其他诗歌中借用世俗爱情诗歌的框架，其目的也不
是为了书写世俗爱情诗，而是使世俗爱情诗歌为神圣的宗教题材服务。

　　在《模仿诗文》中，当诗人的灵魂感受不到上帝的爱时，他就陷入了"阴
湿的泥沼与阴影"，这样的诗行表明灵魂在这神圣的爱情关系中有时也没
有快乐可寻，如同世俗爱情关系的双方一样也有失意与烦闷。《对话》
（*Dialogue*）这首诗就表现了相似的情感：

　　　　最亲爱的救世主，假如我的灵魂
　　　　　　值得被你接受，
　　　　那我就应该很快控制住
　　　　　　任何波动的思想。
　　　　但是当我所有的烦恼和痛苦
　　　　并不能给你这不幸的人
　　　　洗刷血污并冠以美名，
　　　　那又还有什么快乐或希望？

　　　　圣子啊，究竟什么是你的天平，
　　　　　　你的砝码和标准？
　　　　假如我说，你将变成我的；
　　　　　　请不要碰我的财富。

---

　　① Izaak Walton. *The Life of Mr. George Herbert*. See George Herbert. *George Herbert：The Complete English Poems*, John Tobin ed. , Penguin Books, 2004, p. 275.

得到了你，这给我
带来的收益有多大，
只有那为了人类而被出卖的人能够了解；
而他则把利益转给了我。

但由于我看不到任何长处
　　能把握导向这一恩惠：
因此这条从善的道路
　　根本引不起我的兴趣。
由于那个道理只是你的；
所以这条道路不是我的：
我放弃了这整个计划：
罪孽也抛弃了，而我只能屈从。

这就够了，假如我
　　没有烦恼就能得到；
我的肉体，我的同胞，都将
　　步我的后尘，屈从一切：
而当我自愿抛弃了
我的光荣和奖赏，
离开所有的快乐去感受所有的痛苦
　　啊！别说了：你伤透了我的心。[1]（沈弘　译）

　　在这首诗歌中，诗人试图表现赛缪尔·约翰逊（Dr. Samuel Johnson）所谓的"上帝与人类灵魂的交感"[2]状态，人类的灵魂把自己对上帝的崇敬、担忧的心态完整地展现在上帝与读者面前，然而，诗人觉得这样还不够，在诗的结尾，诗人以世俗爱情诗歌中情人对情人的嗔怪语气对上帝说"别说了：你伤透了我的心"。这句简单的具有明显人文主义色彩的诗行透露着诗人内心感受的勉强与不情愿，这在早期基督教诗歌与中世纪宗教诗歌中

---

[1] 　此处选用的是沈弘的译文，沈弘的译文中没有突出第二、四两节。在引用时参考了诗歌原文，将第二、四两节用加粗字体表示。

[2] 　John Wilson. *Recreations of Christopher North*，Vol. 2，The Project Gutenberg Ebook，2006，p. 39.

是无法想象的。

中世纪的宗教诗歌重视描绘种种基督教事实,即胜利者基督在牛棚里诞生,荣耀的君王蒙受耻辱而痛苦死去等神学事实,以及人们在面对这些事实时应该感受到的情感,这些情感往往是一种公众的情感,如赞颂、感恩、悲哀及博爱等,正如加德纳所说:"假如说中世纪诗人为灵魂的拯救而感到欣喜,那他指的便是救世主对于人类的普遍拯救;假如他描写基督在十字架上祈求,那他就是指基督向所有经过十字架的人祈求;假如他描写忏悔,那他所指的就是亚当所有后代的忏悔。"[①]所以,通过与中世纪宗教诗歌的比较发现,赫伯特的宗教诗歌表现的基督徒与上帝之间的对话,是作为个体的基督徒与上帝之间的私人对话,与中世纪宗教诗歌重视描写基督教事实有很大不同。中世纪宗教诗歌描绘的宗教情感透露着一丝威严与责任,是一种公众情感,而赫伯特笔下的基督教徒则有了灵魂,可以发出自己的声音,抒发自己对上帝的独特情感认知。"在'圣堂'这部分的一百多首诗中,只有少数几首诗把教会或者社会描述为团体。相反,正如帕默所说,几乎每一首诗都是在描述个体与上帝之间的私人对话。"[②]因此,赫伯特宗教诗歌描绘的宗教情感是一种个人的宗教情感体验,具有一定的独特性。

《十字架之梦》(*The Dream of the Rood*)是保存最为完好的古英语宗教诗歌之一。在这首诗中,十字架是抒情主体,当他在梦境中亲眼看到基督被钉在他身上时,他"因悲伤而心烦意乱";当基督的身体因为死亡而变得僵硬时,他感到"可怕";当基督复活时,他感受到了上帝的光辉。然后,十字架对所有经过他的人说:

> 亲爱的人啊,现在我要嘱托你,
> 请你把这个梦传于世人,
> 告诉他们:就是这个光荣的十字架,
> 万能的上帝为了赎人类犯的许多罪行,
> 包括当初亚当的罪行在内,
> 在这上面蒙受过痛苦。
> 他再次经历了死亡;但又以伟大的力量

---

① [英]海伦·加德纳:《宗教与文学》,沈弘、江先春译,四川人民出版社1989年版,第161页。

② Christopher Hodgkins. " 'Betwixt This World and That of Grace': George Herbert and the Church in Society", *Studies in Philology*, Vol. 87, No. 4 (Autumn, 1990), p. 466.

　　　立起身来帮助人类。

　　　……

　　　而先前将最美好的标记挂在胸口的人

　　　则无须胆战心惊，

　　　每个渴望与主在一起居住的灵魂

　　　都必须通过十字架去祈求

　　　那远离尘世的天国。

　　　……

　　　当上帝之子，万能的主率领众灵魂

　　　返回天国，回到天使和圣徒

　　　原先居住的荣耀的天堂，

　　　当他们的主，万能的上帝凯旋，

　　　回到他自己的家，

　　　胜利、强大与成功

　　　都属于他。①

　　该诗前半部分描绘在十字架上受难的基督形象，然而，重点并不在此，而是通过基督的受难来突出上帝重新塑造人的灵魂的功绩，是在突出忍受痛苦的"英雄"与"光荣的王"的力量，具有明显的英雄主义色彩。十字架的倾诉对象是经过他的许多人，表达的是一种对上帝的普遍的敬畏感。这种普遍情感与赫伯特在《对话》及《模仿诗文》中表达的个人情感有很大不同。赫伯特用情人间的嗔怪、责备与情感的阴影和泥沼来描绘他对上帝这位情人的感受，这在中世纪宗教诗歌中是无法想象的。

　　如果说在《模仿诗文》与《对话》中，赫伯特尝试用世俗爱情诗歌中的爱情关系来描绘人类的灵魂与上帝之间的爱情关系，那么这种爱情是一种温婉的、窃窃私语式的爱情。然而，赫伯特对人与上帝之间爱情关系的探索却并没有就此终止，在其他一些诗歌中，他用更加明了的世俗爱情诗歌中的称谓大胆而自信地称呼他的上帝，诗人已经不再满足于把上帝称呼为"我的上帝，我的主"（"My God，my Lord"），而是把上帝称为"我的爱人"。如在《迟钝》（*Dullness*）中，赫伯特把上帝称作"我的爱人"（"my loveliness"）、在《渴望》中把上帝称呼为"我的爱人，我的甜心"（"my love，my sweetness"）、在《召唤》（*The Call*）中把上帝称为"我的爱人，我的心"（"my

---

① 陈才宇译：《英国早期文学经典文本》，浙江大学出版社 2007 年版，第 185—187 页。

Love，my Heart"），以及在《寻觅》中把上帝称为"我的爱人"（"my Love"）。"我的爱人"这个称谓中大写的"L"不仅使这个称呼显得更加热烈，而且显得更加神圣，这远比中世纪爱情诗歌中骑士对他的贵妇人的称呼要热情得多，真挚得多。

　　在《迟钝》中，诗人不再满足于用世俗情人对彼此的称呼来称呼他的上帝，他写道，"你就是我的爱人、我的生命、我的光明，／你的美对于我来说就是唯一"（CEP：107）。上帝的神圣之美已经彻底征服了诗中的说话人，对于这位说话人来说，他的爱人"上帝"就是"纯洁的红色与白色"，是上帝道成肉身，拯救人类灵魂的颜色。在这首诗歌中，诗人把自己看作是"尘土"，等待爱人上帝的"踩踏"，需要上帝的"创造"；诗人把自己看作是迷失在"肉体"中的灵魂，等待上帝赐予他思想。如何才能找到这思想，诗人认为，作为肉体凡胎，他需要爱人给予他"智慧"，用以擦亮上帝赐予他的礼物"双眼"，使他得以一睹爱人上帝的真容。于是，在该诗最后一节诗人用"主"（"Lord"）作为对上帝的称呼，以实现世俗爱情诗歌与神圣爱情诗歌的融合。在《迟钝》这首诗歌中，诗人特别强调没有认识到上帝的人，是由于"上帝的礼物"，也就是他的双眼的肮脏不堪，他们需要上帝的洗涤，才能够看得见上帝，才能够去爱上帝，最终获得拯救。

　　"肮脏的双眼"阻止人类的灵魂认识上帝，这一思想还体现在《渴望》与《爱（三）》这两首诗歌中。在《渴望》的第一行，"病态而饥渴的眼神"似乎还是阻止诗人的灵魂感受上帝的障碍，所以诗人哭泣，他希望"泪水向上喷涌"，能够涤去眼中的污物，然而，诗中的说话人并不能如愿以偿。在接下来的第四节，诗人用了一个对偶句"我灵魂的主人，我思想的爱人"来突出上帝与人类灵魂之间的"圣爱即是救赎"的神学思想。在这首诗歌中，诗人对人与上帝之间关系的探索并没有在这种爱情关系中结束，在第九和第十两节，诗人还探究了人与上帝之间的主客关系和父子关系：

　　　　　　实际上，整个世界就是您的一本书，
　　　　一切事物都有他们所在的固定页码：
　　　　　　　　然而一个温顺的眼神
　　　　　　　　已经穿插在行间。
　　　　您的食物丰盛，然而谦卑的客人
　　　　　　　　找到一处栖身之所。

　　　　您拖延，我死去，

　　　　　化作虚无：您统治，

　　　　　　　治理天国，

　　　　　　　而我还处在

　　　　悲伤之中：我仍然是

　　　　　　　您的孩子。（*CEP*：141）

人与上帝之间的这种主客关系／爱人关系在另外一首题为《爱（三）》的诗歌中表现得更加明显，而且《爱（三）》这首诗以一种更加生动、更加戏剧化的形式来表现这一切：

　　　　爱情对我表示出热忱的欢迎，
　　　　灵魂却退缩，出于微贱和悔过，
　　　　但是，眼光极为锐利的爱情
　　　　自我进门就留意到我情绪低落，
　　　　　　于是走到我跟前，甜美地询问
　　　　　　我是否因缺少某些东西而烦闷。

　　　　我答道："作为客人，值得来到这里。"
　　　　爱情说："你正是我所需的宾客。"
　　　　"我是否无情无义？哦，亲爱的，
　　　　　我甚至不敢正眼对你投过一瞥。"
　　　　　　爱情拉住我的手，笑眯眯地答道：
　　　　　　"除了我，谁能将你的眼睛创造？"

　　　　"的确如此，可是主啊，它们已受到损毁，
　　　　让我的羞耻遭受应有的惩治。"
　　　　爱情说："你明知错不在你。谁该遭受谴责？"
　　　　"亲爱的，那么就让我来侍奉你。"
　　　　　　主说："你得坐下，将我血肉品尝。"
　　　　　　于是我坐了下来，开始进餐。（吴笛　译）

如果把《爱（三）》与《渴望》相比较，读者不难发现两者的共同点，他们都含有"损毁的眼睛"、人与上帝之间的"情人关系"及"圣餐"这三个因素。在《爱（三）》中，"上帝，如同一位触手可及的亲密爱人，热情地欢迎旅途劳顿的情人的归来"①。此时的上帝完全不同于中世纪宗教诗歌中的"胜利者基督"和"英雄基督"形象,而是犹如一位温柔体贴的女性,深情地邀请情人与她共餐。在这温柔的攻势下,人类的灵魂却退缩,原因是他觉得自己"无情无义","甚至不敢正眼对你(上帝)投过一瞥"。

视觉是人类的重要感官之一,按照基督教传统,人类的始祖亚当和夏娃因为没有充分发挥视觉的功能,没能辨别出伪装成天使的撒旦,所以才违背了上帝的命令,吃了智慧树上的果子。因此,在赫伯特看来,眼睛失去辨别事物本质的能力,是人类堕落的原因,所以,在"上帝情人"温柔的攻势下,人类灵魂依旧退缩,"让我(人类的灵魂)的羞耻遭受应有的惩治"。如果该诗就此结束,那么说明诗人对《圣经》的理解还停留在《旧约》层面,注重"惩罚者上帝"形象,与但丁和弥尔顿对上帝形象的塑造没有太大差别。然而,赫伯特对《圣经》的理解已经超出前两位诗人的理解层面,他笔下的上帝说道:"你明知错不在你。谁该遭受谴责?"这一诘问表明,上帝认为没有让人具有分辨善恶的能力,是"她"的疏忽所致,所以"她"应该受到惩罚。因此,这便是"她"苦苦等候人类的灵魂前来品尝圣餐的原因。

于是,日常生活中的"进餐"就成为基督教圣餐仪式中圣餐的隐喻。按照基督教传统,"血肉"指的是圣子基督为拯救人类而被钉死在十字架上时流出的血与破裂的身体,同时也象征着《圣经》中描绘的天国盛宴,神"必叫他们坐席,自己束上带,进前侍候他们"②。在受难的基督看来,圣餐是痛苦("bitter"),而对于食用者或者说灵魂获得拯救的人来说,是甜美("sweet"),于是"痛苦"与"甜美"便形成一个有关圣餐的永恒悖论。作为"玄学派诗圣"的赫伯特将这一悖论完美地体现在《圣殿》的创作中,关于"甜美"与"痛苦"这对玄学悖论的探讨将在有关圣餐的一节详细展开。

在《圣殿》中,赫伯特以"刚健的男性风格"描绘了上帝与人类灵魂之间的时而温柔和婉,时而激烈炽热的情人关系,使上帝在他的笔下散发出强烈的人文主义气息,这是时代精神在赫伯特笔下的独特体现。然而,赫伯特对上帝与人之间关系的探讨,并没有仅仅停留在这一层面。作为一位17世纪宗教诗人,赫伯特并没有像19世纪的霍普金斯(Hopkins)那样,在"独自铸造新词汇和新韵律的努力中"③,表现他的"偏执与愁闷",也没有像20

---

① 王卓:《别样的人生历程,不同的情感诉求——解读赫伯特诗歌中上帝与人之间的情人关系》,《阜阳师范学院学报》(社会科学版)2011年第5期,第61页。

② 《路加福音》,第12章第37节。

③ [英]海伦·加德纳:《宗教与文学》,沈弘、江先春译,四川人民出版社1989年版,第183页。

世纪的艾略特那样,以浓重的"学院风格"探究人的灵魂状态。正如《渴望》一诗所示,上帝与人的关系非常复杂,赫伯特不仅用世俗世界的具有浓重世俗色彩的情人关系探究上帝与人的关系,他还借用"主客关系""主仆关系""父子关系"这些既具有世俗色彩,又具有基督教传统色彩的概念来考察上帝与人之间的关系。

"主仆关系"是《圣经》中描绘的上帝与人之间的最基本、最重要的关系。《旧约·创世纪》把约瑟称作上帝的仆人;《旧约·出埃及记》把摩西描绘为上帝拣选的仆人,让他作为以色列人的头领,带领他们摆脱埃及法老的统治、走出埃及。在《圣经》的其他部分,如《申命记》和《诗篇》等多处章节也明显把人与上帝之间的关系定义为主仆关系。上帝与人之间的主仆关系不仅在《圣经》中随处可见,而且,这一认知早就被基督教作家们吸收进他们的文学作品中。

在《圣殿》中,赫伯特通过巧妙的语言与修辞来阐释上帝与人之间的主仆关系。而且,在《圣殿》的三个部分,诗人都反复用到人是上帝的仆人这一观点。仅以"圣堂"部分的第一首诗《破碎的圣坛》为例,诗人开篇就把人称作"您的仆人":

> 破碎的圣坛,主啊,您的仆人精心看护,
> 　　用一颗心造就,用泪水加固;
> 　　它的各部分如同你亲手塑造的形状;
> 　　工匠的工具从未造出过这等模样。①

在接下来的题为《牺牲》(*Sacrifice*)的这首诗歌中,说话人是在十字架上讲述自己整个受难过程与心灵体验的基督:

> 仆人与下流的人愚弄我;他们欢笑:
> **现在预见一下是谁在鞭挞你**,是他们的歌谣。
> 他们一点也不怜悯我:
> 　　　　悲痛永远都像我的悲痛这样吗?(CEP:28)

这是该诗的第 36 节,基督把无知的民众称为"仆人",在基督教语境中圣

---

① 〔美〕乔伊斯·卡罗尔·欧茨:《浮生如梦:玛丽莲·梦露文学写真》,周小进译,人民文学出版社 2002 年版,第 365 页。

父、圣子、圣灵的"三位一体",决定了此处的"仆人"是基督对普通民众的一个称呼。在接下来的第 59 节,赫伯特通过运用悖论,衬托出基督内心的痛苦与世人对基督身份认知的茫然:

> 我的头衔是王,这一指控高高插在我头顶;
> 然而我的臣民却给我宣判死刑
> 在仆人的陪伴中屈从的死亡:
> > 悲痛永远都像我的悲痛这样吗?

原文为:

> A king my title is, prefixed on high;
> Yet by my subjects am condemned to die
> A servile death in servile company:
> > *Was ever grief like mine?*
> > > (CEP:30)

在这一小节,与"仆人"(servant)有相同词根的"servile"这个形容词被诗人连续用了两次,第一次用来描绘基督如同"(上帝的)仆人"一般经历肉身的死亡,第二处指的是基督在"仆人的陪伴"[1]下走向死亡。在这个小节中,基督虽然承认了自己"王"的身份,然而这一身份并没有使他获得与该身份相匹配的待遇,反而是获得了与之相对立的仆人的待遇。于是,赫伯特借用这一悖论书写了基督为拯救世人的罪孽而做出的巨大牺牲。

《人》这首诗也探究了上帝与人之间的主仆关系,不过在这首诗中,诗人对这一关系的探索并没有让读者感受到他在《牺牲》中渲染的那种悲伤与痛苦。在《人》中,赫伯特说:

> 有这么多的仆人在精心照料,
> 受优待的人却并不知晓。
> > 到处奔走,践踏那些同他亲善的小草,
> > 当他疾病缠身时,可少不了这些草药。

---

① 在这一小节中,第二个"servile"有两层含义,一是指那两个和基督一起吊在十字架上等待死亡的小偷;二是泛指那些观看基督受刑的普通民众。

> 啊！人虽自成一个世界，他却需要另一个世界的
> 关心照料。①

在这一小节，赫伯特把大自然的万物都看作是人类的仆人，表明诗人继承了传统宇宙论的观点，认为在存在之链上，人类的等级高于自然界的动植物，自然界一切动植物的存在都是为人类服务的。

而在该诗的最后一节，诗人又将在上一节中表明的观点向前推进了一层，说：

> 我的主啊，您建造的宫殿
> 如此华美，那么，请您居住在此，
> 最终您将在这宫殿停留！
> 那时，宫殿将给予我们更多智慧；
> 因为整个世界都是为了我们，我们将侍奉您，
> 整个世界和我们都是您的仆人。（CEP：85）

至此，诗人阐明了他的完整的宇宙论思想，虽然相对于自然界的万物而言，人类是他们的主人。但是，因为是上帝创造了这一切，所以人与整个自然世界都是上帝的仆人。

《武器》（*Artillery*）这首诗展现了上帝与人之间主仆关系的另一层含义：

> 但是我也有星星和流星，
> 在您仆人使用两种武器的地方产生。
> 我日夜流泪祷告恳求，
> 逐渐达到您的高度；然而您却拒绝我。（CEP：131）

诗人直接把诗中的抒情主体"我"看作是"您（上帝）仆人"。在诗人看来，"仆人"只有通过"眼泪"和"祷告"这两种"武器"，才能够实现与上帝的交

---

① George Herbert. *The Temple*. See George Herbert. *George Herbert：The Complete English Poems*, John Tobin ed. , Penguin Books, 2004, p. 84. 同时参见［美］爱默生：《爱默生集（上）：论文与讲演录》，波尔泰编，赵一凡等译，生活·读书·新知三联书店 1993 年版，第52—53 页对赫伯特诗歌《人》的节选诗行的翻译。

感。诗人把祷告比作武器这个奇喻早在《祈祷（一）》中就已经有所体现：

> 祈祷是教堂的盛宴，天使的时光，
> 是上帝给人生命的呼吸，
> 是灵的释义，心的朝拜，
> 是基督徒的呼喊响彻天空大地：
>
> 祈祷是上帝的引擎，罪人的高塔，
> 是倒转的响雷，是耶稣锋利的长矛，
> 是六天世界在一小时的转变，
> 是闻之胆寒的小曲。①

《祈祷（一）》这首诗歌阐释了基督徒祈祷的本质。在诗人看来，祈祷是一种公众行为（"祈祷是教堂的盛宴"），能够给基督徒带来力量（"祈祷是上帝的引擎"），能够使基督徒的生命得以延长，使他们的灵魂感受天国的永恒（"天使的时光"）。纵然诗人认识到祈祷的价值，但是，在他的冥想中，并不是每一次祈祷都能够实现其目的。在《武器》这首诗中，诗人表明虔诚的祈祷并不是总能如愿以偿，"我日夜流泪祷告恳求，/ 逐渐达到您的高度；然而您却拒绝我"（*CEP*：131）。

《气味 哥林多后书2》（*The Odour. 2 Corinthians 2*）这首诗中的说话人反复评价"我的主人"这一称呼多么的"甜蜜"。在该诗中，"我的主人"（"My Master"）这个称呼共用了5次，其中仅第一小节就用了3次，尤其是第一小节的第一行用了"我的主人"这个称呼两次，可见诗中说话人对上帝的渴望是何等强烈。每当诗人谈及"我的主人"或者暗指上帝时，都用"甜美"这个词来描绘，该诗共用了该词9次，这样，诗歌的内容与标题实现了对接，在诗人看来，"我的主人"上帝是一种"甜美的"气味，能够使诗人的灵魂感到富足。

与"我的主人"相对的称谓是"我的仆人"。当诗人两次用到这个称谓的时候，诗中的说话人"我"的立足点似乎发生了变化，由诗中的世俗说话人转变为"上帝"。于是，在这种朦胧的指称转换之间，诗人突出强调了上帝针对人的"不完美"所进行的灵魂拯救活动，这种拯救活动对于"仆人"而

---

① ［英］麦格拉斯：《基督教文学经典选读（上册）》，苏欲晓等译，北京大学出版社2004年版，第492页。

言,并"不是不高兴"。

"父子关系"是《圣经》中描绘的上帝与人之间的另一层重要关系。上帝之子基督的人神双重属性,以及上帝按照自己的形象创造人类都具有这方面的暗示,此外,在《圣经》的其他一些章节,也有相关描述。基督教作家们经常在作品中称呼上帝为"父",如英国早期诗人凯德蒙(Caedmon)在他的《赞美诗》中就把上帝称为"永恒的主,荣耀的父"。①

根据基督教的创世神话,上帝是宇宙间唯一一位拥有非凡力量的男性神祇,他创造了宇宙间的一切,包括人类。作为人类的天父,他慷慨大方,为人类创造出大自然中的一切,让大自然中的一切动植物都成为人类的仆人,为人类所用,在分析《天道》一诗的时候,这一点已经有所论述。同时,作为家长,上帝也关心人类的成长,尤其是人类灵魂的成长,他要用自己的信仰与博爱引导人类,带领他们的灵魂最终走向天国的大门。《神圣的洗礼(二)》(Holy Baptism II)展现了赫伯特心中上帝与人之间和谐的父子关系:

<blockquote>

主啊,因为对于您,
一条狭窄的通道和一扇小门
是所有的通道,在我
婴儿期,是您把
信仰预先植入。

啊,请您让我仍然
把您写作伟大的天父,把自己写作孩子:
请您让我变得温柔,服从您的意愿,
视自己无足轻重,对他人温和,
疾病除外。

虽然我的肉体
悄然生长,然而让她的姐妹
我的灵魂无欲无求,但是却保存她的财富:
肉体的生长只是疤疮;
孩童时代才健康。(CEP:39)

</blockquote>

---

① [英]麦格拉斯:《基督教文学经典选读(上册)》,苏欲晓等译,北京大学出版社 2004 年版,第 149 页。

人类作为上帝的孩子,心甘情愿地接受上帝的意愿,按照天父上帝的指示,完善自身的行为,"温和地"对待他人。"一条狭窄的通道和一扇小门"是《圣经·马太福音》中的一个典故"要进窄门"。在谈及该如何对待他人时,《圣经》告诉基督教徒要以希望自己被他人对待的方式来对待他人,要用《摩西律法》与《预言书》中的戒律来规范自己的行为。接下来,《圣经》写道:"你们要进窄门。因为引到灭亡,那门是宽的,路是大的,进去的人也多;引到永生,那门是窄的,路是小的,找着的人也少。"①在赫伯特看来,处于婴儿时期与童年时期的人最纯真,他毫无芥蒂地接受上帝赐予他的信仰,然而,肉体的成长使人的欲求增加,在诗人看来,这些世俗的欲望就像疱疮一样,使人变得丑陋不堪。由此可见,诗人在乎上帝与人之间的和谐的父子关系,在乎灵魂的纯真状态。

《神圣的洗礼(二)》这首诗的标题表明赫伯特认为"洗礼"是基督教圣礼传统中的一个重要内容,通过象征性的洗礼,基督徒能够实现与上帝的交感。自宗教改革以来,在基督教世界不同教派对洗礼的合理性进行过无休止的论争,然而,在赫伯特看来,洗礼仍然是基督教传统中的一个重要内容。他对洗礼的重视从《圣殿》第一部分的箴言集《洒圣水的容器》(*Perirrhanterium*)②就可窥见一斑。"洗礼",在赫伯特看来,就是通过象征性的"圣水"——约束个体行为的种种律法,改善自身的行为,提高自身的精神境界,最终引导个体的灵魂升腾至天国家园,与天父团聚。

《约瑟的外衣》(*Joseph's Coat*)是《圣殿》中的一首十四行诗,其标题本身是一个重要的基督教隐喻。根据《圣经·创世记》,约瑟是雅各的老来子,因此,雅各对约瑟有着一种有别于对其他儿子的特别深厚的父爱。为了表示对约瑟的爱,雅各给约瑟做了一件彩衣,约瑟的哥哥们因此心生忌妒,想要除掉约瑟。然而,上帝眷顾约瑟,并没有让他的哥哥们杀死他,而是被他的哥哥们卖到埃及做了奴隶。他们把带血的彩衣带给雅各,告诉雅各约瑟被野兽吃了,雅各认为约瑟已经死了。

---

① 《马太福音》第 7 章第 13、14 节。

② 《洒圣水的容器》是《圣殿》开篇的第一首长诗,在这部分,诗人对准备进入教堂的年轻人提出了道德与行为方面的具体要求。该诗包含有 77 个六行诗节,是"教堂门廊"的主体部分。该标题让人联想到基督教仪式"洗礼",赫伯特笔下的"洗礼"是对年轻人精神上的洗礼、行为上的约束与基督徒个体生活在世俗世界中应该履行的职责的描述。赫伯特对青年人行为的要求与当时的宗教改革领袖路德的观点有些相似,路德认为完成世俗生活的职责是个体所能实现的道德活动的最高形式。由此可见,在现代早期的英国,普遍认为基督教徒的个体行为方式与道德有着密切联系,完美地履行个体职责、约束个体行为,就能够拥有美德。

约瑟的经历与上帝之子耶稣的经历非常相似,他们都遭到与自己最亲密的人的背叛与迫害。与耶稣一样,约瑟的人生历程并没有因为成为奴隶而结束。约瑟的杰出表现,得到主人的赞许,使他成为管家。然而,主人的妻子却被约瑟的俊美外表所吸引,于是,她设法诱惑约瑟,约瑟不为她所动,因此,他又遭到女主人的迫害,被投进监牢。然而,上帝依然眷顾约瑟,让他成了法老最信任的宰相,一人之下,万人之上,最终成为那些抛弃他迫害他的哥哥的保护人,在饥荒之年挽救了父亲和哥哥们,让他们来到埃及,得以在埃及过富足的生活。

对于老父亲雅各来说,约瑟在他眼中的地位与之前相比提高了许多。然而,这个地位的获得却是在经历了一系列由上帝主观促成的灾难与拯救中实现的。当初如果没有鲁本的干预,约瑟就会被他的哥哥们杀死;如果没有犹大劝说哥哥们把他卖到埃及做奴隶,他就有可能死在坑里;如果没有那个埃及女主人的指控,约瑟可能永远都是奴隶;如果没有法老厨师与酒政向法老举荐他具有解梦的能力,约瑟可能终生都在监牢中度过。无论约瑟一生中遇到的那些人是残酷还是仁慈,他们都受到上帝的指派,改变约瑟的命运,彰显上帝的力量,正如赫伯特在诗歌中所写:

> 我在受伤中歌颂,在折磨中写作,
> 被上帝抛下,坠入眠床安息:
> 悲伤改变了歌颂的曲调:这就是他的意愿,
> 他按照自己的愿望改变一切。
> 因为他最懂得悲伤与疼痛这一情感,
> 在我的众多情感中不受打扰继续前行,
> 它定然带着我的心儿,
> 一同前进直到发现一个担架
> 运送躯体;因为这身与心都注定悲痛。
> 但是他却阻止了这项比赛;让一件
> 约瑟的外衣悲痛万分,然后用解脱
> 诱惑它常驻我心,一起悲痛。
> 我活着就是显示他的力量,他曾经
> 让我的**快乐哭泣**,现在让我的**悲痛歌唱**。(*CEP*: 149—150)

在诗人看来,上帝具有按照自己的意愿改变一切的力量。上帝不仅让约瑟经历与耶稣相似的痛苦,而且在这首诗歌中,诗人也意在表明他在感受上帝时所体会到的痛苦是促使他创作诗歌的动力,诗中说话人在该诗的第一行便表达了一思想,并把这一思想延伸到以下几行中。

诗中说话人虽然感到痛苦,但他并没有因此而绝望,因为赞颂上帝,上帝改变了诗中说话人悲伤的曲调,把他安置在眠床休息,并把"约瑟的外衣"送给他。于是,"约瑟的外衣"在该诗中象征父亲对儿子的爱的含义进一步得到加强,或者说诗中说话人在用诗行歌颂上帝的过程中,感受到了自己也是上帝的儿子这个身份,他注定要体会悲伤与快乐的双重情感。至此,该诗通过上帝与耶稣之间的父子关系、雅各与约瑟之间的父子关系形成的隐含框架来描绘的父子关系也是上帝与世人之间建立起关联的方式之一,赫伯特将这一关系隐含在自己的诗行之中,因为感受不到上帝而悲痛,因为感受到上帝的恩典而快乐。

孩童时代的纯真无法永远在人类身上驻足,因为成长,人类为自己的罪孽感到悲伤与痛苦,上帝的恩典却让人感到快乐。但是,人类作为上帝的孩子与创造物,却需要受到上帝的管教,按照基督教传统,基督徒要遵守许多戒律,这些戒律具有法律的功能,规范基督徒的行为,同时,也作为惩罚他们的依据。人类作为上帝的儿子,就应该意识到这一点:上帝不仅是位仁慈的天父,同时,也是位严厉的父亲。从某种程度上说,《枷锁》这首诗恰好阐释了上帝与人之间的父子关系在这一意思层面上的含义。

《枷锁》是《圣殿》中一首备受评论界关注的诗歌,诗歌批评家们从多个不同侧面阐释了其中的意象。例如莱维特(Paul M. Levitt)和约翰斯顿(Kenneth G. Johnston)认为该诗中有大量的航海学意象,甚至该诗的标题"collar"也被解释为给主桅杆提供支撑的绳索,两位学者认为诗中的说话人厌倦了他所在的灵魂港湾,他要起来反抗,要驶出港湾,到国外去。这样,在经历灵魂的暴风雨之后,诗中的说话人返回到了原点,重新获得了灵魂的安宁。[①]两位学者对该诗思想的阐释,容易让读者接受,但是,他们一味地用航海学词汇来解释《枷锁》中的词语,有时显得过于牵强。

帕特里兹对"collar"含义的解释,至今仍受到学者们的普遍认可。首先,帕特里兹认为诗人用了该词的比喻意"摆脱衣领的束缚"。17世纪初,按照英国教会传统,牧师必须穿立领长袍,对于这一点,赫伯特在《痛苦(一)》中就已经有所提及,"您背叛我,把我带到徘徊的书前,/给我披上长袍"(CEP:42)。诗中说话人似乎感到自己受到上帝的诱骗,于是心有不

---

① Paul M. Levitt and Kenneth G. Johnston. "Herbert's 'The Collar': A Nautical Metaphor", *Studies in Philology*, Vol. 66, No. 2 (Apr., 1969), pp. 217—224.

甘,苦苦挣扎,把这种痛苦情绪一直延伸到《枷锁》这首诗中。其次,针对莱维特和约翰斯顿两位学者用航海学意象对该诗所做的阐释,两年后雷乌贝尔(D. F. Rauber)指出这种分析不合逻辑。在经过上述分析之后,帕特里兹认为,"Collar"可能引起两对双关语,"collar/caller"与"collar/choler"。①

《枷锁》的倒数第二句"我好像听到有人喊,孩子"促使读者认为"caller"是"collar"的双关语。首先,"caller"与"collar"读音相同,在朗诵时,听不出二者之间的区别,这就为听众解读该词语提供了广阔的想象空间。在基督教语境中,上帝是人类的缔造者,这一声温柔的呼唤"孩子"让读者联想到上帝的"天父"形象。另外,排在《枷锁》后,与之隔着两首诗的是《召唤》一诗,诗中的说话人在赞美上帝的过程中,热切地呼唤上帝的到来,这两首诗前后形成一种互文。《枷锁》中的说话人对信仰充满怀疑与敌视的态度,但是,天父上帝对此却并不介意,他呼唤着诗中的说话人"孩子",而这个孩子,在经过心灵的蜕变以后,对上帝的"召唤"做出回应,真诚而热烈。

在《枷锁》的开篇,诗中的说话人"我"如同一个被家长宠坏了的孩子,在家里"敲着餐桌,(对着父亲)喊道,不要再这样了"。"孩子"的这种极端表现处于发怒的状态,即看起来非常孩子气,又是一个十足的坏孩子形象,他对"父亲"的一切表示怀疑,想离家出走,独自去寻找真理。孩子的反叛行为,甚至疯狂言行,并没有激怒"父亲",他最终对孩子发出温柔的召唤。这是赫伯特笔下独特的"天父—上帝"形象,在人与上帝的关系中,处于主动地位。

那么,在《枷锁》这首诗歌中,"我"这个孩子到底是怎样一个角色呢?诗人是如何来描绘他的呢?《枷锁》中的"我"到底做了些什么呢?

> 我敲着餐桌,喊道,不要再这样了。
> 　　　　我要到国外去。
> 　什么? 我将永远叹息憔悴吗?
> 我的诗行与生命如马路般自在,
> 　　如风儿般自由,如仓库般包罗万象。
> 　　　　我将仍然祈求吗?
> 　我不会有任何收获,只会得到
> 　一根让我流血的刺吗? 无法用

---

① Dale B. J. Randall. "The Ironing of George Herbert's 'Collar'", *Studies in Philology*, Vol. 81, No. 4 (Autumn, 1984), pp. 475—476.

热忱的果实恢复我失去的一切吗？

   是的,是我的悲叹饮完

这葡萄酒:是我的泪滴

    把这一切谷物淹没。

   只有我错失这一年了吗？

    我没有桂冠给予它荣耀吗？

没有鲜花,没有鲜艳的花环吗？他们都枯萎了吗？

    他们都被损坏了吗？

   我的心灵并没有这样:这里注定会有果实,

    因为你有双手。

   恢复你在哀叹岁月失去的那些

双重欢乐:放弃你那些关于适合与不适

的毫无生气的辩论。抛弃你的牢笼,

   你的沙之绳索,

它由微小的思想织就,成为你

   结实的缆绳,坚持你的律法,制定你的律法,

    成为你的律法,

   在你眨眼,没有注目之时。

    走开;听着:

    我要到国外去。

把你的骷髅头骨叫回去:收紧你的恐惧。

    那些忍耐追随

   满足他需要的人,

    活该承担他的负担。

但是我却胡言乱语,每一个词

    都变得激烈狂暴,

我好像听到有人喊,**孩子**:

    我答道,我的**主**。(*CEP*:144—145)

兰德尔(Dale B. J. Randall)认为如果把"collar"看作是"collar/choler"构成的双关语,那么,就会对理解该诗提供新的线索。他认为"choler"这个形式本身就是"collar"一个废弃不用的变体,但是,随着时间的推移,"choleric"却作为形容词流传下来,意思是"生气的、发怒的、脾气暴躁的"。如果从这

个角度来理解,《枷锁》就可以被理解为在叙述一个脾气暴躁的人的发怒过程。①

在《奇异格言集》(*Outlandish Proverbs*)中,赫伯特记录了两则格言:"不要期待从发怒的人身上获得任何回报"②;"发怒的人从不需要烦恼"③。此外,在由赫伯特翻译为英语的随笔《论戒酒与节制》(*A Treatise of Temperance and Sobrietie*)中,有这样一句话:"如果世界由秩序组成,如果我们的肉体生命依赖体液与元素的和谐共存,那么维持秩序与摧毁无序也就不足为奇了。"④于是,在"教堂门廊"中,赫伯特告诫读者"不要迷失你自己,不要被你的脾气所左右"(CEP:11)。实际上,在格言集的第 924 条,赫伯特已经暗示读者只有"发怒的人饮酒"⑤,饮酒是一个不可取的行为,他在论述理想的乡村牧师的行为时,写道:"乡村牧师要在他的生活中表现得完全正确,在生活中的各个方面,必须举止神圣、公正、节俭、节制、勇敢而庄重。耐心与禁欲是他生活中最重要的两个方面……牧师要小心避开一切可见的奢侈行为,尤其是饮酒,因为饮酒是一种最常见的恶习。如果他贪杯,他就是自取其辱,使自身蒙受罪孽……就会使自己失去指责他人的权威。"⑥

在《枷锁》的第一行,诗中的说话人敲打着桌子,犹如一个醉鬼,表现出一种否定一切的愤怒情绪,说道"不要再这样了",他已经厌倦了曾经的"叹息憔悴"。然而,在接下来的几行,却找不到工整的韵律与节奏,这对于一向关注诗歌韵律节奏的赫伯特来说,很难说不是他有意而为的。赫伯特似乎在以这些混乱的节奏和没有韵律的诗行告诉读者,诗中的说话人已经愤

---

① Dale B. J. Randall. "The Ironing of George Herbert's 'Collar'", *Studies in Philology*, Vol. 81, No. 4 (Autumn, 1984), p. 477.

② George Herbert. *Jacula Prudentum*. See George Herbert. *The Works of George Herbert*, F. E. Hutchinson ed., Oxford University Press, 1953, p. 326. 原文为"no. 164 From a chollerick man withdraw a little."

③ George Herbert. *Jacula Prudentum*. See George Herbert. *The Works of George Herbert*, F. E. Hutchinson ed., Oxford University Press, 1953, p. 339. 原文为"no. 536 The cholerick man never wants woe."

④ Lud. Cornarus. *A Treatise of Temperance and Sobrietie*, trans. by George Herbert. See George Herbert. *The Works of George Herbert*, F. E. Hutchinson ed., Oxford University Press, 1953, p. 297.

⑤ George Herbert. *Jacula Prudentum*. See George Herbert. *The Works of George Herbert*, F. E. Hutchinson ed., Oxford University Press, 1953, p. 351. 原文为"no. 924 The Chollerick drinkes."

⑥ George Herbert. The Country Parson. See George Herbert. George Herbert: The Complete English Poems, John Tobin ed., Penguin Books, 2004, pp. 203-204.

怒了,他就像一个醉鬼一样,无法控制自己的言行,正如他自己所说:"我的诗行与生命像马路般自在,/如风儿般自由。"

那么,诗人如何对说话人的愤怒、抱怨,甚至反抗的言辞做出回应?一方面,混乱的节奏与没有韵律的诗行,是诗中这个愤怒的说话人的精神状态的展现;另一方面,如果从"我"这个人称代词的指向对象上去思考,却还可以发现一个独特的视角。在接下来的几行中,诗人写道:"我不会有任何收获,只会得到/一根让我流血的刺吗?无法用/热忱的果实恢复我失去的一切吗?"(CEP:144)这几行中的"我"让读者情不自禁地联想到《牺牲》这首诗中的基督。基督对发怒的"我"的回应既具有讽刺意味,又充满了爱意,这一含混的实现既具有戏剧色彩,又具有神学色彩。与"我"起初的反抗言辞相比,基督反问的合理性就被凸显出来。①于是,在《枷锁》中,诗人通过"我"的双重视角对圣餐这个基督教概念进行了反思。

接下来,该诗中还有几个含义丰富而深刻的意象:"沙之绳索"("rope of sand")、"牢笼"("cage")和"骷髅头骨"("death's head")。

霍顿(Ronald A. Horton)认为,"沙之绳索"与"牢笼"不是两个孤立的意象,读者应该把他们放在一起去理解,因为这二者正好构成用来计时的沙漏。有资料证实,在 14 世纪早期,欧洲人就已经开始广泛使用沙漏了。到 15 世纪时,海员用沙漏作为值班时间的记录,在修道院里,教士们用沙漏记录祈祷时的休息时间。因为沙漏广泛应用于学校和大学,所以,沙漏又与学识联系在一起,成为"博学与学问"的象征。另外,沙漏的时间意识与细沙形成的"尘土"不可避免地让读者产生一系列宗教联想,让读者联想到死亡。②所以,在接下来的诗行中出现"骷髅头骨"也就不足为奇了。结合上下文语境,诗人提到"你的律法",所以读者很容易把"沙之绳索"与"牢笼"暗示的知识理解为神学知识。

诗中的说话人在学习神学知识,在与上帝交流的过程中,感受到了困难,所以对其产生了强烈的抵触情绪,他与上帝之间建立起的"父子关系"就变得非常紧张。这一紧张关系在倒数第三、四行走向了极致,"但是我却胡言乱语,每一个词/都变得激烈狂暴"(CEP:144)。这可以理解为全诗的高潮所在,诗中的说话人,似乎无法控制住自己的胡言乱语,到达了精神

---

① Ilona Bell. "The Double Pleasures of Herbert's 'Collar'". See Claude J. Summers & Ted-Larry Pebworth ed. *"Too Rich to Clothe the Sunne"*, University of Pittsburgh Press, 1980, p. 81.

② Ronald A. Horton. "Herbert's 'Thy Cage, Thy Rope of Sands': An Hourglass", *George Herbert Journal*, Vol. 21, No. 1 and 2 (Fall, 1997/Spring, 1998), p. 83.

崩溃的边缘。然而，赫伯特却在这里用连续的"d"韵告诉读者，物极必反，宽厚仁慈的天父上帝对宠坏的孩子发出一声呼唤："孩子"。而诗中顽劣的孩子在经历内心的剧烈起伏变化之后，顺从地对上帝的召唤做出回应："我的主"。

经过对《神圣的洗礼(二)》《约瑟的外衣》和《枷锁》这三首诗歌的分析，可以发现，在《圣殿》的创作中，赫伯特并没有用同一的色彩去描绘他心中的"父子关系"中的基督徒形象。在神学语境下的"父子关系"中，基督徒作为上帝的"孩子"反映出许多世俗语境中孩子的特征，同时，诗人也承认孩童时代是人类的灵魂最纯洁、最健康的时代。但是，不管这个孩子如何顽劣，天父上帝都会接纳他，只要他心中承认天父上帝的存在，天父的爱就不会置他于不顾。

在《圣殿》中，父子关系不仅成为赫伯特诗歌创作的题材，同时，也成为他评论的对象。在《儿子》(*The Son*)这首诗中，赫伯特从评价英语这门语言开始，为英语的独特与美展开辩论，利用"son"与"sun"之间的谐音关系，在"儿子"与"太阳"之间建立起连接，在从东方升起的太阳与在东方出生的圣子基督及发源于东方的基督教这三者之间建立起关联，显示出英语语言用来表现神圣主题的独特魅力。

在诗集《圣殿》中，赫伯特巧妙地利用"情人关系""主仆关系"与"父子关系"来探索上帝与人之间的多重关系，使世俗作品中描绘这三组关系的理想风格和语气在描写宗教主题的过程中折射出神圣的光芒。温婉而炽热的情人关系、忠诚的主仆关系、忤逆而又顺从的父子关系，这些最高的、也是最有价值的人类经验，在《圣殿》中被赫伯特贴切地表现出一种神圣感。虽然如此，《圣殿》中的上帝却摆脱了早期基督教作品及中世纪基督教作品中的威严形象，而更加人性化，更加温柔多情，更加动人。赫伯特试图在这温柔虔诚中加入他自己对神学的理解，通过在想象中创设的一个个场景，加深对这一神学概念的想象，激励自己对上帝博爱的意志。这样，在赫伯特的宗教诗歌中，他通过将记忆、理解与意志三种思维能力结合在一起，形成较为系统的冥想方式。

"实际上，《教堂》中的所有诗歌都是诗人对基督教生活冥想的记录，也是在自己内心建立精神圣殿过程中的体验。"[1]《圣殿》中有些诗歌是诗人对自己精神状态的冥想，如《良心》(*Conscience*)；有些诗歌则是对耶稣受难节

---

[1]　胡家峦：《建立在大自然中的巴别塔——亨利·沃恩的宗教冥想哲理诗》，《国外文学》1993年第 2 期，第 2 页。

期间所纪念的各种事件的冥想,如《牺牲》。

在《圣殿》的创作中,诗人经常通过创设一些戏剧化场景,来探究他冥想中的上帝与世人灵魂之间的多种多样的动态变化关系。无论是"情人关系""主仆关系""父子关系",还是偶然用到的"主客关系",以及"地主/佃农关系",诗人思考与冥想的本质都是在对人神关系的探究中考察人类对自身的存在状态以及整个世界的认知。由于受到现世生活的限制,受到世界已经堕落这个基督教真理的限制,人类把获得拯救看作是此生要完成的一个使命。然而,如果从上帝的永恒视角来看待这个问题,可以发现上帝早已经让圣子基督来到世间,用他的死来拯救人类的罪孽,这个拯救活动早就已经实现了。

赫伯特在《牺牲》一诗中描绘的基督形象,是一位正在十字架上受难的救世主形象,他身遭鞭抽与凌辱,头上戴着荆棘编制的王冠,被悬挂在十字架上垂死挣扎,直至死亡。赫伯特对基督展开冥想的场景,可能是他在教堂中祷告时面对十字架上的基督展开的联想,也可能是他在头脑中虚构出来的一个场景。在这个场景中,受难的基督是诗中唯一的说话人,他在痛苦中诉说自己的一生,赫伯特用无限丰富的描绘心灵感受的虚构语言让诗中的基督尽情地抒发自己的心灵感受。这样的基督形象"温柔动人",是道成肉身的人性的最高体现,取代了早期基督教艺术家们在绘画和雕塑作品中塑造的安详而威严的基督形象。在加德纳看来,"这些早期的艺术表现充满着理性主义的象征。它们是用来激起宗教的敬畏,而不是唤醒温柔和婉的怜悯和热烈的感情"①。

《牺牲》以叙事诗的形式再现基督为人类赎罪的过程,使读者在倾听基督的叙述中,感受上帝为拯救人类罪孽所做的努力,使基督教徒个体对其自身的生活获得一个新的认识视角,促使他们的思想发生蜕变,完成灵魂的救赎之旅。

在《牺牲》中,诗人用在十字架上受难的基督唤起基督教徒的基督教记忆,在基督的言辞与语气中,理解基督的道成肉身与生死救赎。图夫教授认为《牺牲》这首诗是对中世纪抒情诗传统与基督抱怨诗传统的继承与发展。②基督要用"温柔的爱"对待世人,将他们的铁石心肠熔化,而不是用威吓与残酷的律令使基督徒顺从。基督身体感受到的痛苦与心灵感受到的

---

① [英]海伦·加德纳:《宗教与文学》,沈弘、江先春译,四川人民出版社 1989 年版,第 197 页。

② Rosemond Tuve. "On Herbert's 'Sacrifice'", *The Kenyon Review*, Vol. 12, No. 1 (Winter, 1950), p. 52.

满足形成一个充满讽刺意味的悖论,为解读基督教中的圣餐提供了无限丰富的空间。

第二节 《圣殿》中圣餐的多重意义阐释

《牺牲》是《圣殿》主体部分"圣堂"中的第二首,然而,诗人对"基督自传"悖论性质的描述却一点也不显得突兀。因为"圣堂"开篇与结尾的诗歌都关注了圣餐仪式中的"吃"("eat")与"品尝"("taste")这两个动作。《破碎的圣坛》是"圣堂"部分的第一首诗,而且该诗还是一首非常典型、非常明了的图形诗,赫伯特笔下"破碎的圣坛"图形一方面隐喻诗人破碎的、寻求安宁的灵魂;另一方面也隐喻基督受难的圣所。这就为诗人在第二首诗叙述耶稣的受难与哀怨做好了铺垫。

《牺牲》是一首具有叙事诗性质的诗歌,诗中的说话人是在被吊在十字架上的耶稣,赫伯特通过耶稣之口回顾了上帝之子受难的整个过程。加德纳在分析《牺牲》这首诗歌时,认为该诗自始至终都在强调"基督自愿牺牲的反讽性"[①]这一神学观点。因为基督的敌人用来摧毁他的力量,正是由与基督三位一体的上帝给予的,所以在十字架上的基督哀叹道:"他们用来对付我的力量,正是我所给予的。"(CEP:24)

加德纳指出,在《牺牲》这首诗歌中,基督的话语与中世纪宗教诗歌中基督的话语有很大不同。在中世纪宗教诗歌中,基督直接明了地说:"看吧,人,我为你遭受了多少痛苦。爱我吧,因为我一直爱着你。"当《牺牲》中的基督说话时,"他不仅显示了使他忍受耻辱与痛苦之死的仁爱,而且还显示了完整的救世思想"[②]。赫伯特在诗歌中囊括了对耶稣受难的全部叙述,他讲述了从亚当偷食禁果开始的整个圣经故事,其中包括上帝对亚伯拉罕的召唤,把以色列从法老的奴役下解救出来,选举大卫为王,并最后在圣餐上宣布:

> 不,我死以后他们的怨恨仍然存在;
> 因为他们要戳穿我的肋骨,我清楚地知道;
> 当罪孽来临时,圣餐就会涌出:

---

① 〔英〕海伦·加德纳:《宗教与文学》,沈弘、江先春译,四川人民出版社 1989 年版,第 200 页。
② 〔英〕海伦·加德纳:《宗教与文学》,沈弘、江先春译,四川人民出版社 1989 年版,第 200 页。

悲痛永远都像我的悲痛这样吗？（CEP：31）

长矛戳穿耶稣的肋骨，对于耶稣来说，这是一种充满反讽色彩的体验。赫伯特在处理这个神学事实时，则用"圣餐"直接指代从耶稣肋骨奔涌而出的鲜血，表明诗人接受了伊丽莎白时代制定的《三十九条信纲》，其中第 28 条是关于圣餐的：

> 圣餐不仅是基督徒应彼此相爱的表记，而且是基督受死赎罪的圣礼。凡合法用信心领受的，吃那擘开的饼，便是领受基督的身体，喝那祝谢的杯，便是领受基督的血。……在圣餐中基督的身体仅是属天属灵地给了，取了，吃了，而在圣餐中领受并吃基督身体的工具乃是信。①

第二十八条信纲承认圣餐在基督徒生活中的重要价值，并对其意义进行了分析。结合诗人在《牺牲》中对圣经故事的叙述，赫伯特似乎是在表明：在基督教信仰体系中，人类的罪孽起源于对上帝的怀疑，而怀疑的直接行为表现是"吃"禁果；所以，在《牺牲》一诗的结尾，耶稣以幽怨的口吻说："当罪孽来临时，圣餐就会涌出。"诗人似乎认为，既然人类的罪孽因为"吃"而始，那么也要因"吃"而终，基督徒要在吃"基督身体"的时候，领受上帝的教义与恩典。由此可见，赫伯特在《圣殿》的创作中，凝结着他对"圣餐"中"吃"的行为的悖论含意的认知，所以，在《圣殿》中，当诗人论述到"圣餐"时，诗人经常用到的动词是"吃"与"品尝"。

在第三首诗《感恩》（The Thanksgiving）中，诗人表达了对基督为拯救世人罪孽而牺牲的无以言表的感激之情，诗中诗人虔诚的心灵状态流溢于笔端。在接下来的第四首诗《报复》（The Reprisal）中，诗人阐明自己要战胜那些曾经迫害基督的人，以表达自身对基督的感激之情。在做好铺垫以后的第五首诗《痛苦》中，诗人用了一节的内容阐释圣餐的意义：

> 不懂得仁爱的人，让他尝试
> 品尝那汁液，它从十字架上随着长矛
> 奔涌而出；然而让他说
>   他曾经品尝过这味道。

---

① ［美］尼科斯选编：《历代基督教信条》，汤清译，宗教文化出版社 2010 年版，第 142 页。

> 爱是那甜美神圣的液体，
>
> 我主感觉是血，而我尝着却是酒。(*CEP*：34)

在这一小节，诗人两次用到"品尝"("taste")这个词，他用"甜美的"("sweet")味道来描摹"神圣的"("divine")宗教情感体验。在这里，诗人向"不懂得仁爱的基督教徒"发出邀请，请他们品尝圣餐仪式中的葡萄酒，希望他们能够通过饮用这"甜美神圣"的"血液"，感受到基督的博爱，在精神上获得救赎。

在诗集《圣殿》中，"sweet"（有时也用做"sweets""sweetly"和"sweetness"）是赫伯特最喜欢使用且使用次数最多的词汇之一，它在《圣殿》中的出现次数达到 70 次之多。赫伯特用这个词来表达自己对上帝的强烈的情感体验。海伦·威尔科克斯认为赫伯特的"甜美概念"没有感伤的基调，而是包含了从感官享乐、艺术美感、美德以及到对救赎的热爱等多重含义。赫伯特在诗歌中抒发的甜美感受几乎涉及感官的各个方面，如上帝用"甜美而仁慈的眼神"注视世人（《一瞥》[*Glance*]，第 1 行）、上帝对世人的爱品尝起来犹如"甜美神圣的液体"（《痛苦》，第 17 行）、圣餐中的面包与葡萄酒将"甜美""注入世人的灵魂"（《筵席》，第 7 行）。

在《气味 哥林多后书 2》一诗中，"sweet"一词出现八次，"sweetly"出现一次。"sweet"除了与味觉、视觉、嗅觉产生联系以外，还与听觉相关联。对于作为诗人兼音乐家的赫伯特来说，"天国音乐"给他带来终极甜蜜，礼拜仪式上的音乐是"最甜美的事物"（"sweetest of sweets"，《教堂音乐》[*Church-Music*]，第 1 行），使一切音调变得和谐是上帝"美妙艺术"的重要特征。另外，诗人还用"东方香料"称呼他的主人耶稣，认为这一称呼对品尝者来说，犹如"甜美的物体"。

在《美德》这首诗中，"sweet"出现五次，分别用来形容"day""rose""spring""days and roses"与"soul"。该诗的高潮在于将"美好"从转瞬即逝的物质世界层面提升到精神层面，认为只有"美好而圣洁的心灵"（"sweet and virtuous soul"）才能战胜死亡，获得永生，这里的"美好"（"sweetness"）是健全的道德，也就是美德的标志。实际上，在《圣殿》中诗人对"甜美"的物理属性的感知是他对精神的甜美特性的隐喻和预告；在赫伯特的宗教情感中有"上帝在博爱之中撰写了甜蜜"（"There is in love a sweetness ready penned"）（《约旦（二）》[*Jordan II*]，第 17 行），有《圣经》经文包含的"无尽的甜蜜"（"infinite sweetness"）（《神圣经文（一）》[*The Holy Scriptures I*]，第 1 行）。

在赫伯特的诗歌中,《旧约》描述的那段上帝与雅各和亚伯拉罕密切接触的时期是"甜美的……白日"("Sweet were the days")(《衰退》[Decay],第1行),而上帝的选民从他拯救的"甜蜜汁液"("sweet sap")中获得好处(《犹太人》[The Jews],第1行)。相比之下,《新约》中神圣的三位一体体现出的"甜美"("sweet")则更加复杂:上帝的花朵是"甜蜜的安乐窝"("That hive of sweetness")(《家》[Home],第20行);圣灵被诗人称为"甜美而神圣的白鸽"("sweet and sacred Dove")(《以弗所书4:30 不要为圣灵悲伤》[Ephesians 4:30. Grieve not the Holy Spirit, etc.],第1行);从描述道成肉身的意象来看,"上帝的所有甜蜜都放在"("all thy sweetness are packed up in the other")耶稣的身上(《忘恩负义》,第19行)。

在赫伯特看来,心灵对甜美、上帝和灵魂的感知,犹如蜜蜂一点一滴收集蜂蜜,点点滴滴、悄然无声。蜂蜜的甘甜渗入《圣经》的每一行文字,与礼赞者对神圣的"比蜜更甜的言语"[1]的感知交相呼应,这样,蜂蜜这一意象便与天父上帝、圣子基督产生了关联,将它的甜蜜特质传递给基督,反之,亦然。于是,在赫伯特的诗歌中,"甜美"成为上帝的隐喻。舍伍德在诗歌中发现了赫伯特的一个预设概念,即心灵(heart)能够吮吸到《圣经》经文的甜美。[2]而要清楚地阐释这一观点,就要仔细审视赫伯特如何将人体的官能融入诗歌的创作之中。

舍伍德(Terry G. Sherwood)认为,最具代表性的诗歌是《神圣经文(一)》和《神圣经文(二)》(The Holy Scriptures II),而将这两首诗联合在一起的黏合剂是上帝之爱与真理、上帝的甜蜜与光芒,它们是《圣经》经文的两个基本要素,由意愿与理智、心灵与大脑分别接受和感知。《圣经》经文中的每一个字母都蕴含着上帝之爱的甜蜜,[《神圣经文(一)》,第1、2行],真理的光芒不仅在每一首诗歌中"闪光",而且在"故事中的所有星座"中闪光,形成一本"星之书""照亮上帝的永恒祝福"[《神圣经文(二)》,第4—14行]。真理即光芒,并与经文相关这一点在《神》这首诗歌中已经得到了言简意赅的阐述:

> 但是,他教授与给予的全部教条,
> 都来自天国,如天国般澄澈,

---

① 《诗篇》,第119篇第103节。
② Terry G. Sherwood. "Tasting and Telling Sweetness in George Herbert's Poetry", *English Literary Renaissance*, Vol. 12, No. 3 (Sep., 1982), p. 324.

> 至少,那些唯一能够拯救世界的真理之光
> 　的光泽超过任何火焰。(*CEP*:126)

　　在《天国》([*Heaven*],第13—16行)这首诗中,赫伯特也以同样精简的方式诉说天堂释放的光芒启迪"思想"与理智,给意愿带来喜乐。

> 　那么请你告诉我,终极快乐是什么?
> 　　　回声。　　光芒。
> 光芒普照思想:那么意愿要享受什么呢?
> 　　　回声。　　喜乐。(*CEP*:178)

理智帮助诗人判断、雄辩、认知和理解;而意愿则是诗人的恐惧、热爱、悲伤与享受的情感体验。

　　赫伯特认为甜美感觉是灵魂本身的一种状态。在教堂举行的宗教仪式中品尝圣餐的甜美,身体就会将这种感觉传递给灵魂,使灵魂感到喜乐,最终获得身心愉悦。而且,由至善流溢出的"甜美而圣洁"("sweet and virtuous")的灵魂(《美德》,第13行)能够保护它,阻止它受到罪过的破坏性影响。美德是至善管理的意愿,它的甜美是由上帝之爱激发而促成的健康的道德状况与灵魂状况。[①]《美德》一诗就是对这种灵魂状况的描述。在诗歌中,诗人描绘了美好的白天、芬芳的玫瑰、美好的春天,所有这一切描绘了一个田园牧歌式场景,体现了诗人浓重的怀旧情结。诗人虽然对这种世俗美景充满期待,然而他并没有就此止步,而是在诗歌的结尾用了"seasoned timber"这样一个短语,"seasoned"暗示着季节的循环往复、周而复始,也预示着人类的道德要经历一次又一次考验,才能最终获得美德,并使美德万古长青。赫伯特不仅在诗歌中表达了美德可以永远留存的信念,在格言集中,他也表达了相同的观点,他说"美德永远常青"[②]。

　　赫伯特对自然美景的书写与歌颂,对精神领域的美德的歌颂与赞美,表明他对这二者同样器重,没有因为自然美景的短暂而对它嗤之以鼻,自然世界物质的死亡也是真理的体现。例如,在《生命》(*Life*)这首诗中,赫

---

　　① Terry G. Sherwood. "Tasting and Telling Sweetness in George Herbert's Poetry", *English Literary Renaissance*, Vol. 12, No. 3 (Sep., 1982), p. 325.

　　② George Herbert. *Jacula Prudentum*. See George Herbert. *The Poetical Works of George Herbert*, Rev. George Gilfillan ed., James Nichol, 1817, p. 294. 原文为"Virtue never grows old."

伯特写道：

> 再见了,亲爱的花儿,你已经度过了甜美的时光,
> 当你盛开的时候,可以散发香气或者用作装饰,
> 　　死亡以后,成为草药治愈疾病。
> 我毫无怨言、毫无悲痛地紧跟着你,
> 如果我的香气也如此甜美,如果我的生命也像
> 　　你的生命一样短暂,我也不介意。(CEP：87)

虽然自然界中美好的事物注定消亡,然而,如果他们能够为人类服务、提升人的心灵,那么他们就实现了自身的价值,获得圆满。

在《安宁》(Peace)这首诗中,诗人引用《圣经》中的典故,指出"圣餐"的来源,再次阐释了"甜美"与"美德"之间的关系,点名了美德对于基督徒的意义,即心灵的内在美德能够"驱走罪孽","带来安宁与快乐"：

> 甜美的安宁啊,你在哪里？我谦卑地请求你,
> 　　请你让我立刻知晓。
> 　　我在一处隐秘的洞穴寻找你,
> 　　并且问安宁是否在那里。
> 一阵空洞①的风似乎回答说,不：
> 　　去别处找找吧。

> 　　　　……

> 他甜蜜地生活着,然而他的可爱没有
> 　　使他的生命免遭敌人的毒手。
> 　　但是,死后,他的坟墓
> 　　生出十二株小麦：
> 许多人都想知道哪些小麦
> 　　可以采来种植。

_____

① 在山洞中寻找安宁是徒劳的。这与基督教故事中,圣母在耶稣遇难后,到山洞中寻找他的尸体而不得,这一故事相对应。

> 它异常繁茂,但是很快分散
>
> 　在土壤中:
>
> 因为品尝到它的人都说,
>
> 　美德就在此处,
>
> 内在的美德带来安宁与快乐
>
> 　　驱走罪孽。(*CEP*:116—117)

在赫伯特歌颂"甜蜜的美德"这一行为背后,隐藏着一个假设,即世人可以通过品尝在基督坟墓上生长出来的谷物,而体会基督的"甜蜜"。那种谷物的"秘密美德"可以给那些品尝由谷物制作的食物的人带来灵魂的"安宁与欢乐"(*CEP*:117)。品尝谷物制作的面包和葡萄酒可以给基督教徒带来精神上的洗礼,这是基督教的一个基本思想,这一思想也反映在加尔文的宗教著作中,在《基督教要义》一书中,他写道:

> 当我们把饼当作基督身体的象征时,我们必须立刻明白这比方,就如饼滋养、保守以及保护身体的性命,同样只有基督的身体才能使我们的灵魂兴盛。当我们看到酒代表血时,我们就当想到酒对身体的滋养,而因此明白基督的血以某种属灵的方式滋养我们。其特色是滋养、更新、坚固,以及使我们喜乐。[①]

舍伍德认为"爱"是诗集《圣殿》的核心[②],他的观点与许多读者和评论家相契合。不过舍伍德又将这一思考向前推进了一步,认为赫伯特在《圣殿》中表达的"爱"的主题具有传统神学与灵性生活的特征,赫伯特在诗歌创作中试图有意识地把自己对上帝之爱的体验放到这一传统中去。这一点尤其体现在赫伯特将"甜美的感觉"弥散在他诗歌的宗教精神之中。[③]

在《痛苦》(*Agony*)这首诗中,赫伯特通过将"爱"与"罪"这对概念进行形象化的对比,表明为实现神圣之爱而进行的自我牺牲是道德生活的一个新型原则。然而,这一观念的实现并不是通过语言说教来实现,而是用意

---

① 〔法〕约翰·加尔文:《基督教要义》,钱曜诚译,生活·读书·新知三联书店 2010 年版,第 1403 页。

② Terry G. Sherwood. "Tasting and Telling Sweetness in George Herbert's Poetry", *English Literary Renaissance*, Vol. 12, No. 3 (Sep., 1982), p. 320.

③ Terry G. Sherwood. "Tasting and Telling Sweetness in George Herbert's Poetry", *English Literary Renaissance*, Vol. 12, No. 3 (Sep., 1982), p. 320.

象,尤其是表示味觉的这对词语"sweet"与"bitter"来实现。在赫伯特看来,品尝耶稣血液酿成的"甜美的液体"("liquor sweet")能够让读者去了解神爱的独特品质,这样,赫伯特把品尝这一官能描述为对上帝情感体验的一部分。同样,在《爱(三)》这首诗中,诗中的说话人在品尝"他"的肉的同时,也一定会感受到耶稣为人类献身的甜美。

按照图夫的观点,诗歌首先通过意象吸引读者的注意力。如果意象艰涩,那么,他们就不能立刻走进读者的心灵,就会阻碍读者对诗的理解。而对于诗人来说,使用何种意象却是他可以选择和控制的。例如,在《痛苦》这首诗中,在第二诗节与第三诗节的意象就形成了一组鲜明、强烈的对比:

第二诗节	第三诗节
痛苦(pain)	甜蜜(sweet)
鲜血(bloody)	酒(wine)
罪过(Sin,vice)	爱(Love)

这些意象的独特之处不是在于其艰涩难懂,而是在于他们太过传统,在十字架上被长矛刺穿肋骨的基督又一次与被挤压的葡萄联系在一起。由此可见,赫伯特认可用自我牺牲去获得"爱"。然而,赫伯特对"爱"的本质的理解却并不悲观,他对此充满希望,并因此而感到快乐。

图夫认为赫伯特在诗歌中使用了大量的隐喻语言与巧智,这对于17世纪早期的读者而言,很容易理解,但对于我们这些当代读者来说,理解起来则很困难。图夫认为赫伯特的所有象征都是围绕基督这个中心象征展开的:一串葡萄就是基督的象征,这是选民从上帝那里继承而来的,选民跨过约旦河,来到应许之地。于是,在赫伯特的诗歌中,葡萄、选民、约旦河、应许之地、压榨、葡萄酒就成为一连串相关的象征,读者要将这些作为一个整体来理解,不能单独视之。赫伯特在对这些象征物进行诗学处理的过程中,使葡萄藤上的果实象征基督,而葡萄酒则象征基督的血液。葡萄藤是对绑在十字架上的基督的模仿,是赫伯特诗歌中的一个奇喻。因此,在赫伯特的宗教诗歌中,葡萄藤作为暗示基督受难的隐喻不应该被忽视。虽然,这些象征看起来有些古怪离奇,却在变换之间显示出诗人思路的跳跃。《那串葡萄》(The Bunch of Grapes)就是这样一首诗,将这些与基督有关的意象联系在一起。[①] 这些意象贯穿在赫伯特的一系列诗歌中,如《那串葡萄》《痛苦》等。

"sweet"与"bitter"是一对对立的词汇。"sweet"专门用来描述"wine"。葡萄酒的味道,在世人品尝起来,是甜美的;然而,在赫伯特的诗歌中,它却是在十字架上受难的基督的感受,被长矛刺痛、挤压出鲜血的痛苦的感觉。基督不畏痛苦,勇敢地接受世人对他的惩罚暗示着上帝神爱的博大,上帝不惜以自己儿子的痛苦来唤醒满身是罪的世人,所以,"sweet"这个词不是一般意义上描述味觉的词汇,而是一个具有神学意义与基督教美学意义的概念。

"sweet"的多重含义阐释了基督的博爱精神(caritas)。在图夫看来,赫伯特认为"博爱"是基督教对世界的独特贡献。[②]基督的痛苦而甜蜜的道成肉身是对这一概念的独特阐释。例如,赫伯特在《犹太人》(*The Jews*)这首诗中写道:

> 可怜的民族,你的甜蜜汁液与汁水
> 被我们的罪孽盗取,让你干涸:
> 我们用金色水管获得你拯救的溪流,
> 用于洗礼,然而你却憔悴死亡:
> 你受到旧约立法的束缚,成为债主;
> 而现在你却因为因循旧法而远离教义:
>
> 啊,我的祈祷啊! 我的祈祷,唉!
> 啊,某位天使可能因为教堂
> 在他面前堕落而奏响喇叭;
> 祈祷的声音如此嘹亮,以至把号角声湮没,
> 那声对她亲爱的上帝的呼唤使得,
> 你的甜蜜汁液重新流淌! (*CEP*:143)

在这首诗中,"盗取的"救赎是赫伯特运用的一个反讽。

---

① Rosemond Tuve. *A Reading of George Herbert*, Uinversity of Chicago Press, 1952, p. 112.

② Rosemond Tuve. *A Reading of George Herbert*, Uinversity of Chicago Press, 1952, p. 124.

基督教认为,人间充满了罪恶,将来基督从天降临,审判地上的活人和死人,信基督者将进入天国获永生,不信基督者将被抛入地狱受永罚。基督教会把天堂描绘成一个极乐世界。它是"黄金铺底,宝石盖屋","眼看美景,耳听音乐","口尝美味,每一个感官都能有相称的福乐"。地狱则到处是不灭之火,蛇蝎遍地,可怕到了极点。天主教和东正教还在天堂和地狱之间设立了炼狱,认为有一定的罪,但不必下地狱者,就被暂时放在炼狱里受苦,等所有的罪过炼净,补赎完了,方可进入天堂。① 在基督教视阈中,上帝派他的儿子基督来到人间,拯救世人的罪孽,然而,这却需要通过基督受难来实现。"在基督教教义背景中,这当然是无须任何假设的已然事实。但是,另一个事实也非常关键:在基督教文化中,耶稣受难的意义指向救赎……受难未必是耻辱的象征,自愿选择的受辱与受难可能是美德和爱的表征。"② 由此可见,基督教具有深厚宽广的道德维度,象征基督受难的圣餐与基督教美德具有一种内在的精神关联。

在《圣殿》中,赫伯特用"甜美"描绘人的多种感知,尤其是味觉体验,激发读者的宗教想象与宗教情感。在信徒的头脑中,基督教信仰中的上帝不再是一位画上的毫无生气的图像,而是诗人想象中一位挚爱的父亲、一位宽厚仁慈的债主,甚至是一位温柔甜蜜的情人。这一点可以参见《爱(三)》一诗吴笛先生的译文,他直接把"爱"("Love")翻译为"爱人"。

用"sweet"一词来描述对上帝的味觉体验,是赫伯特对基督教文学经典《圣经》的独特理解。例如《诗篇》就对上帝语言的"甘美特性"③进行过描绘,而《雅歌》中芳香扑鼻的新郎形象可以被理解为阐释神爱具有甜美特性的隐喻。

在《雅歌》第一首的开篇,新娘唱道:"你的膏油馨香,你的名如同倒出来的香膏,所以众童女都爱你。"馨香的香膏暗示着男女青年之间亲密的爱慕关系,使基督教徒对上帝的神圣之爱具有世俗爱情的维度,扩大了读者对上帝的情感体验的范畴,而接下来在第一首临近结尾的地方,新娘唱道:"王正坐席的时候,我的哪哒香膏发出香味。"这句话具有描述甜蜜的世俗爱情生活与神圣的基督教灵性生活的双重含义,是圣经中唯一一处暗示女性拥有香膏的段落,从一个侧面反映了热爱上帝、从精神上皈依上帝所产

---

① 李雅娟、王德才:《基督教常识》,吉林人民出版社 2008 年版,第 56 页。

② 褚潇白:《明清之际中国基督教画像中的基督形象》。刘光耀、杨慧林:《神学美学(第三辑)》,上海三联书店 2009 年版,第 161—163 页。

③ 见《诗篇》第 119 篇第 103 节"你的言语在我上膛何等甘美,在我口中比蜜更甜"。原文为:"How sweet are your words to my taste, sweeter than honey to my mouth!"

生的效果,上帝的馨香能够感染世人,帮助他们提升自己的心灵境界。

按照基督教传统,把气味芬芳的香膏涂在人的头上,表示对他的尊敬和爱戴,或拣选他做某种特殊的工作。基督教中的"被膏者"在很多情况下指的是耶稣,他是上帝为拯救世人而拣选出的拯救者和王,他在被捕以前曾被人在头上涂满馨香的香膏。

《圣经》中"香膏"首次出现在《撒母耳记(上)》中。撒母耳年老体衰,立他的两个儿子为士师,然而他们却不依照撒母耳的道行事,激起众长老的愤怒,他们要求撒母耳重新为他们立王,撒母耳得到神谕,把耶和华的话传给求他立王的百姓,里面有一句话这样说道:"必取你们的女儿为他制造香膏,作饭烤饼。"由此可见,香膏由女性收集制作,具有顺从与爱的含义,丰富了甜蜜香气的宗教内涵。

《马太福音》的第二十六章和《马可福音》的第十四章均记载着耶稣在伯大尼长大麻风的西门家里坐席的时候,有一个女人拿着一玉瓶至贵的真哪哒香膏来,打破玉瓶,把膏浇在耶稣的头上。有几个人心中很不悦,说这女人浪费了香膏,因为这香膏可以卖三十多两银子周济穷人,他们因此而对这女人十分生气。耶稣却说:"由她吧!为什么难为她呢?她在我身上做的是一件美事。因为常有穷人和你们同在,要向他们行善,随时都可以;只是你们不常有我。她所做的,是尽她所能的,她是为我安葬的事,把香膏预先浇在我身上。"而《路加福音》与《约翰福音》也记载了类似事件:犯了罪的女性马利亚在耶稣脚边哭泣,用自己的头发擦干耶稣脚上的泪水,然后用香膏涂抹耶稣的脚。

《马可福音》记载着耶稣被害死亡以后,"过了安息日,抹大拉的马利亚和雅各的母亲马利亚并撒罗米,买了香膏,要去膏耶稣的身体"。鉴于此,在基督教信仰中,香膏、香气、香味就与耶稣联系起来,气味甘甜("sweet")的香膏成为耶稣在场的象征,是基督徒灵魂得到净化、提升的象征。

由此可见,在《圣经》中,"甜美"经常用来描绘香膏的气味,与人子耶稣相联系,是神圣与生命的象征。而歌颂上帝之爱的"甜美特性"则成为赫伯特宗教诗的核心精神。这是赫伯特对《圣经》中"甜美"概念的独特理解。然而,赫伯特对"甜美"概念的理解,并没有仅仅停留在嗅觉方面,而更多的是通过对"品尝"("taste")这个动作的描述实现的。

因为人体对味觉的接受是在味道接受者的身体内部完成的。树木可以被看到、岩石可以被触摸、音乐可以被听到,而花朵可以被闻到——所有这些都是在身体的外部进行的。与之相比,吃下的面包与喝下的酒都是在人们的身体内部被消化吸收的。品尝、消化与吸收这一系列动作描述了信徒与他亲爱的上帝之间的更加亲密的关系,上帝进入信徒的身体、在其体内停留、为其提供养料并最终使信徒与其自身达成一致,灵魂也因此而品尝到停留在其身体内部的上帝的甜美。上帝的甜美味道反过来改善信徒的心灵状态,使其充满喜悦与喜乐,诗人因此而达到自己的写作目的。

在基督徒的宗教生活中,盛放圣餐的餐桌位于教堂中心,上面摆放的面包和葡萄酒传递着基督因为爱世人而牺牲的讯息,精神因为身体得到养料而被滋养。西比斯(Richard Sibbes)向赫伯特时代的读者反复重申:"圣餐中有一种庄严的美;我们可以由此品尝上帝的博爱,基督的博爱。"①在赫伯特看来,"圣餐桌"上的救世主的血液具有净化信徒的作用(《良心》,第14—15行)。于是,赫伯特在多处创设圣餐情境,描绘基督徒在圣餐仪式上的行为与感受,如在《人——这混合物》(*Man's Medley*)这首诗中,诗人用到了"品尝"("taste")以及"啜饮"("drink")这些与喝有关的意象,该诗的第四节如下:

> 不,他不会在这
> 　　　享受欢乐,
> 但是他却像鸟儿饮水一样,立刻抬起头颅,
> 　　因此,他定能啜饮和想到
> 　　　　在死后
> 得到更甜美的酒。(*CEP*:123)

"更甜美的酒",比喻人类死后灵魂获得的更高层次的生命喜乐,这暗示着圣餐中具有神秘宗教象征意义的葡萄酒本身预示着天国盛宴的来临。鸟儿喝水和天国中更甜美的酒之间的对比,使基督徒回想起基督在第一次行神迹的时候,把水变成了酒,这"美酒"被一直保留着。同样,在《神》这首诗中,诗人用到了"品尝"("taste")这个词:

> 但是,他命令我们饮下这血当作酒。
> 　　　这命令使他高兴,然而我确信,
> 端起并品尝他设计的一切
> 　　就是救赎,这不难理解。(*CEP*:126)

---

① Richard Sibbes. "A Breathing after God," *Works*, Vol. Ⅱ, Edinburgh University Press, 1862. p. 233.

诗中的说话人通过品尝葡萄酒,可以尝到"救赎"的味道。

由此可见,在对"sweet"的几种感知方式当中,赫伯特特别注重"品尝"(taste)与基督教信仰之间的关系。由于圣餐这一意象已经潜移默化地渗透到基督徒的宗教生活之中,他们深谙面包和葡萄酒代表着耶稣因为爱世人而进行的牺牲,品尝基督的"肉"与"血"就意味着从基督身上获得灵魂的滋养,拯救自身的罪过。

瞿明安则从文化人类学的角度对食物的文化价值进行了分析。他认为饮食也是一种文化象征符号,特定的食物、饮食器具和饮食行为在仪式活动或日常生活中可充当媒介或载体,通过类比、联想等直观而形象的思维方式和表现手法,表达个体或群体内心深处的欲望、愿望、情感、情绪、个性及相应的价值观,并能传递信息、沟通人际关系、规范行为活动及认识自然和超自然现象。[1]对于基督教这个有着悠久历史的信仰体系而言,不同时代不同教派对圣餐仪式价值与意义的论争恰好从侧面证实了饮食与基督教传统之间的重要关系。据此,路威认为在基督徒看来,所有美好的事物都是上帝所赐的礼物,每一餐都有深刻的象征意义。[2]

赫伯特认为基督教徒在参加圣餐仪式时倒葡萄酒和切圣饼、品尝葡萄酒和圣饼,就会想到基督为拯救世人而流的血和破裂的身体,就会因此在灵魂上获得滋养,得到救赎,完满地实现诗人的宗教理想。

对于基督来说,那从他身体涌出来的血液虽然具有神圣的性质,然而,这一受难的过程却是痛苦的,基督已经在《牺牲》这首诗歌中,彻底抒发了他内心的苦楚;对于诗中说话人"我"来说,象征基督血液的酒却是"甜蜜的液体",象征着诗中说话人在获得救赎以后的灵魂状态。

圣餐仪式是基督教语境中基督重临与基督受难这一历史事件在当下的反复再现,其目的在于唤起基督徒的宗教想象,帮助他们在宗教冥想中牢记基督教真理。赫伯特笔下基督受难的反讽性,因此也体现在对圣餐仪式的描写中。

圣餐仪式,是赫伯特作为牧师举行的最重要的宗教活动。[3]同时,圣餐仪式作为隐喻,是诗人对天堂盛宴所做的思考。一般来说,圣餐仪式是基督徒生活中一个非常重要的仪式,因此,解读圣餐仪式这个隐喻,对理解赫

---

① 瞿明安:《隐藏民族灵魂的符号:中国饮食象征文化论》,云南大学出版社 2001 年版,第 3 页。

② [美]罗伯特·路威:《文明与野蛮》,吕叔湘译,生活·读书·新知三联书店 1984 年版,第 100 页。

③ [英]麦格拉斯:《基督教文学经典选读(上册)》,苏欲晓等译,北京大学出版社 2004 年版,第 493 页。

伯特的诗歌非常重要。在赫伯特看来，圣餐仪式的本质就是牺牲仪式，基督将自己的身体作为祭品献给上帝，帮助人类实现灵魂救赎。

　　赫伯特对待圣餐的态度，具有深厚的神学渊源。在阿奎那看来，圣餐仪式是一个宗教记号，它具有重要的神学意义：

> 给予人的记号或标记，其任务或作用是使人从已知者到达未知者。所以依其本义而言，圣事（sacrament）是属于人的或与人有关的神圣事物的标记；即是说，按照我们现在谈论圣事的方式，圣事依其本义，是"对人有圣化作用的神圣事物的标记"。①

阿奎那在论述圣餐仪式与上帝的恩典之间的关系时，认为：

> 此圣事本身就有赋予恩宠的能力。一个人在领受此圣事之前，除非有领受它的愿望，或者是自己的愿望，例如：成年人；或者是基于教会的欲望，例如：幼儿；便不会获有（此圣事的）恩宠，正如前面已经说过的。因此，一个人因有领受此圣事的愿望获得恩宠，并因而获赐属神的生命，这也是基于此圣事之能力的功效。②

因此，在阿奎那看来，圣餐不仅具有符号学意义上的含义，同样，他也强调领受圣餐的愿望与获得"属神的生命"之间的因果联系。

　　在席卷欧洲的宗教改革的浪潮中，法国神学家、宗教改革家约翰·加尔文也对圣餐的符号属性和神学意义进行了分析，认为：

> 且敬虔的人应当用诸般的方式守住这原则：他们每当看到主所吩咐的象征时，就当思考并确信其所代表的真理真正与我们同在。因为主为何要将那代表他身体的象征放在你的手中，除非他要使你确信你在他的身体中有分。但如果主给我们可见的象征，好印证某种看不见的恩赐是真的，那么当我们领受那代表基督身体的象征时，我们也当一样坚定地相信基督同时也赏赐我们他的

---

　　① ［意］圣多玛斯·阿奎那：《神学大全·第十五册·论圣事、圣洗、坚振、圣体、告解》，王守身、周克勤译，中华道明会、碧岳学社联合出版2008年版，第4页。
　　② ［意］圣多玛斯·阿奎那：《神学大全·第十五册·论圣事、圣洗、坚振、圣体、告解》，王守身、周克勤译，中华道明会、碧岳学社联合出版2008年版，第4页。

身体。①

加尔文就此论证了象征物及其不可见的所指之间的密切联系。加尔文认为在圣餐仪式上出现的饼和酒,代表着某种人类无法看见的存在,这个存在因为圣餐仪式而与人同在。因此,他说:

> 人所设计的象征,既然代表不在的东西,而不是彰显在场的东西(而且常常是错误地代表),但它们有时也光荣地被叫作它们所代表的事物,同样地,神有更大的理由让他所设立的圣礼借用那些含义一直很确定、不会误导人的事物之名,并赋予它们实质。②

由此可见,在加尔文看来,圣餐仪式不仅强调圣餐符号与他们的名称,还强调基督徒要接受圣餐。加尔文对圣餐的阐释是对阿奎那观点的继承,因为加尔文认为当基督徒看到象征符号时,基督徒就"确信其所代表的真理真正与我们同在"。

伊丽莎白女王统治时期主持定稿的《三十九条信纲》中有关圣餐的观点与阿奎那和加尔文的观点非常接近,所以,这份信纲在制定以后,受到不同教派人士的认可,而且这份信纲被编入《公祷书》,至今仍在英国教会沿用。其中,第二十八条"论圣餐"的内容强调"圣餐不仅是基督徒应彼此相爱的表记,而且是基督受死赎罪的圣礼。凡合法用信心领受的,吃那擘开的饼,便是领受基督的身体,喝那祝谢的杯,便是领受基督的血"③。

从以上对阿奎那、加尔文和《三十九条信纲》对圣餐的论证分析可以得知,基督教传统的主流观点认为圣餐是一个重要的宗教符号,是上帝恩典的象征,它能够帮助世人拯救灵魂的罪过,最终感受到上帝的博爱。在这个过程中,基督徒主观地向往上帝,渴望与上帝沟通的愿望是一个必不可少的因素。在《圣殿》的多首诗篇中,赫伯特以较为隐晦的方式阐释了他对圣餐仪式的独特理解,在赫伯特看来,圣餐不仅与基督教徒的信仰有关,而且还与基督教徒的行为方式以及教会政治密切相关。由此可见,"圣餐"是

---

① [法]约翰·加尔文:《基督教要义》,钱曜诚译,生活·读书·新知三联书店 2010 年版,第 1411—1412 页。

② [法]约翰·加尔文:《基督教要义》,钱曜诚译,生活·读书·新知三联书店 2010 年版,第 1428 页。

③ [美]尼科斯选编:《历代基督教信条》,汤清译,宗教文化出版社 2010 年版,第 142 页。

赫伯特宗教诗创作的一个重要内容,是理解他诗学思想的一个关键因素,这也就不难理解,学者罗伯特·惠伦(Robert Whalen)将赫伯特的诗学思想命名为"圣餐诗学"①的原因了。

对圣餐的态度问题是16、17世纪英国社会中的一个非常重要,而且非常敏感的问题。虽然在以上论述中,我们可以发现圣餐在赫伯特的思想中占有非常显著的位置,但是,作为特殊时代的诗人,赫伯特在阐释他对圣餐的观点时,却表现得非常隐蔽。众多西方学者认为赫伯特采取了一种较为"中庸"的姿态,指出诗人既不将自己的信仰明显地表现为天主教信仰,也不明显地表现为英国国教派或者是清教派。

在诗人看来,在举行圣餐仪式这个特殊的时间和空间中,虽然基督本身并没有在这个场景中出现,但是面包和酒却被人们看作是基督这个他者的化身。于是,在圣餐仪式中,"基督"的持续存在与反复回归使他们得以坚定自身的信仰。赫伯特通过反复提及"吃圣餐"与"品尝圣餐",意在通过在当下的语境中反复再现历史事件,强调基督牺牲的幸福与痛苦。

《圣殿》中多首诗歌直接或者间接论述到圣餐仪式。首先来分析两首直接以圣餐为主题的诗歌《邀请》(*The Invitation*)与《筵席》。海伦·文德勒在对《邀请》一诗进行细致分析之后,指出赫伯特以圣餐仪式为契机,要求读者节约使用自然资源:

> 你们全都到这里来,你们的品味
>   就是你们失败的原因;
> 节省你们的成本,改善你们的饮食。(*CEP*:169)

在这首诗中,上帝就是圣餐,他把"所有美食都云集于他一身"。同时,在该诗中,诗人多处用到"all"一词,例如每一个诗节都以"你们全都到这里来"("come ye hither all")作为开头;而在最后一个小节,"all"的出现频率最高:

> 主啊,我已经邀请了所有人,
>   我将
> 继续邀请,直到我得以拜访您的真容:

---

① Robert Whalen. "George Herbert's Sacramental Puritanism", *Renaissance Quarterly*, Vol. 54, No. 4(Winter, 2001), p. 1274.

> 因为在我看来，这一切看起来
>
> 　　既公正又正确，
>
> 一切本该就如此。（*CEP*：170）

这里，赫伯特既强调了上帝的人类属性，也强调了上帝的神圣属性。上帝的显现使得邀请这个行为最终得以完成，同时也赋予集会以意义。

在这首诗中，诗人意在表明在此次邀请中邀请人们饮用的酒与之前人们喝的酒有很大的不同：

> 为你错误地喝下的酒哭泣吧，
>
> 　　喝下这一杯，
>
> 在你饮用之前它还是血。（*CEP*：170）

诗人在诗歌中担当牧师角色，继续邀请各种人物参加圣餐，这些人包括那些被痛苦指控的人（"痛苦已经来此指控过你们"）、破坏享乐而又无止境索取的人（"你们全都到这里来，是你们／破坏了享乐，／然而你却毫无止境地索取。"），在此之后，诗中的牧师对所有受邀的客人说：

> 你们全都到这里来，你们的爱
>
> 　　就是你们的灵魂之鸽，
>
> 把你引向天堂。（*CEP*：170）

与阿奎那一样，赫伯特认为，基督徒对圣餐的渴望和对天国的渴望，或者说对信仰的坚定态度最终将使他们自身获得上帝的恩典，获得救赎。

《邀请》这首诗共有六个诗节，每节的韵律都是"abbcbb"，正是这相同的韵律规则和相近的主题，把读者带入到下一首诗《筵席》。在《筵席》这首诗中"sweet"出现一次，"sweetness"出现三次，"sweetly"出现一次，是《圣殿》中该词出现频率最高的诗歌之一。诗人五次用这个词强调天国盛宴带给人的味觉与嗅觉感受，然而在诗人看来这还不足以描述天国带给他的全部感受，于是在诗中，诗中的说话人问道："难道是某颗星辰逃离天体／在此融化？"接下来，说话人对面包甜美的气味提出质疑，问这是否是"征服罪过的气味？"罪过的出现，暗含着"苦涩"这一个与"甜蜜"相对立的概念的出现。接下来诗人指出，散发出这甜蜜香气的不是花朵，也不是星辰，这一切来源于上帝，"只有上帝……释放香气"，但这香气获得的前提是上帝的"道

成肉身",正是上帝的"道成肉身使我心满溢香气"。接下来,赫伯特又使用了封闭的盒子意象来描绘上帝这个抽象概念:

> 但是就像香盒与木料
>   虽然馨香,
> 在被毁坏时释放的香气更浓:
> 上帝啊,请你向我显示他的爱
>   能走多远,
> 在这,他呈现给我们的是破碎。(CEP:171)

"破碎"这个词语的出现,让读者联想到"圣堂"部分的第一首诗《破碎的圣坛》及诗人以在十字架上受难的基督的口吻创作的第二首诗《牺牲》。"破碎"这一词语传递给读者的是痛苦与苦涩的感受,而这里,赫伯特却运用了矛盾修饰法,用"馨香"与"香气"来描绘香盒"被毁坏",基督的身体"破碎"时的另一种感受。对基督而言,这"破碎"是苦涩,是痛苦,然而,对于读者而言,却感受到香盒被毁坏时所散发出的香气,这种矛盾对立的描绘在《苦涩与甜蜜》这首诗中同样可以感受到。

诗人对圣餐双重属性的关注,以及反复使用"品尝"与"吃"两个动词还与《圣殿》的结构安排以及其中蕴含的上帝与人之间的关系有一定的关联。在"教堂门廊"部分的《门楣》(Superliminare)这首短诗中,诗中的说话人邀请学习过《洒圣水的容器》中列出的基督教行为准则与道德规范的青年信徒"过来,/品尝教堂的神秘圣餐"。对该诗中说话人身份的不同理解,对理解《圣殿》的结构非常重要。一般而言,《门楣》中的说话人应该是"诗化上帝",因为教堂是上帝的居所,上帝是世人的灵魂导师,他最有资格邀请世人品尝教会的圣餐。但是,此处的听话者"你",也就是准备进入教堂的年轻基督徒,并没有对"上帝"的要求做出回应。上帝对世人的帮助与救赎,在"教堂门廊"部分并没有取得任何实质性进展。

在"圣堂"这部分的最后一首诗《爱(三)》中,上帝与诗人的关系表现为情人关系。"爱"是"博爱"的上帝的代表,而诗中的"我"可以理解为"诗人自身",也可以理解为接受过灵魂洗礼的基督教徒。在"圣堂"部分,基督教徒在经历过面对上帝的各种情感体验、各种宗教仪式以后,终于能够领会上帝的博爱精神与真谛,获得内心的平静,肯坐下来"进餐"("eat"),在仪式上彻底完成对上帝的皈依,完成心灵圣殿的建造。上帝与世人之间的沟通最终得以实现,并以上帝成功地说服世人为结尾。然而,在《爱(三)》中,上帝的形象并不严肃,而是以一位温柔的、主动提供食物的女性形象出现。

由此可见,《圣殿》的结构与圣餐密切相关。《圣殿》在上帝邀请基督徒"品尝"圣餐的请求中开始,在基督徒心甘情愿地坐下来"进餐"中结束。而在由"品尝"到"进餐"的过程中,诗人与上帝,或者说基督徒与上帝的关系,表现为一种被追求的关系,而不是基督徒主动地对上帝的追求过程。

第三节 《圣殿》中的玄学意象与巧智

"圣餐"是赫伯特关注的一个非常重要的基督教仪式,在"教堂门廊"部分的第二首诗《门楣》中,赫伯特号召读者在宗教生活领域不仅要遵循他在《洒圣水的容器》中提出的各项行为准则,用以维护诗人向往的社会秩序;同时,诗人也坚持无论读者如何理解这些行为准则,他们都应该来到教会品尝圣餐。由此可见,"圣餐"不仅在"教堂门廊"与"圣堂"之间建立起一种结构上的连接,同时,还使这两部分在主题与内容上实现一种连续。

然而,在《圣殿》整体宗教诗歌的语境下,诗人还通过其他的符号与意象阐释自己的神学思想,使一些日常物品获得了形而上的神学意义。在诗人的这些奇思妙喻中,丝巾成为传统宇宙论中存在之链的隐喻,并隐喻上帝与世人订立的契约,而音乐则承载着诗人追求灵魂秩序与社会秩序的理想。

"丝巾"("twisted silk")是《珍珠 马太福音 13:45》(*The Pearl. Matthew* 13:45)第四小节中的一个意象。在该诗的前三节,诗中的说话人分别谈到了对"学习方式""获得荣誉的方式"以及"享乐的方式"的认知,然而,诗中说话人对真理的探究并没有仅仅停留在这个层面,因为在这三个小节中,每一小节的最后一行,诗人都用与上面九行的五音步抑扬格完全不同的二音步抑扬格,且前三小节的最后一个诗行完全相同,都是"然而我爱您"("Yet I love thee.")。由此可见,在前三小节,诗中说话人,这个世俗人类的代表,利用该诗结构上的不对称来展开他对世俗与神圣二者之间孰轻孰重的思量,世俗世界的沉闷冗长与神圣天国的轻盈简练形成了明显对比。

然而,这一系列灵魂斗争的结果,都显示在最后一个小节:

> 这一切我都知道,而且都掌握在手中:
> 所以我,不是蒙住,而是睁着眼睛

飞向你,因为你卖的货物我全懂,

什么是你主要出售的,还有什么别的品名;

我要付出多大代价才能买到你的爱,

以及什么情况才能感动你爱的心怀:

但在迷津中,不是我卑劣的智慧,

而是你在天上朝我放下的纱巾

给我指引,教我随着它高飞

登上天国,听取福音。(何功杰　译)

在这一小节中,诗中说话人提到的"买卖"意象与该诗的副标题中隐含的买卖意象形成了一种互文。《马太福音》的第十三章第四十五和四十六两节写道:"天国又好像买卖人寻找好珠子,遇见一颗重价的珠子,就去变卖他一切所有的,买了这颗珠子。"对于珍珠商人来说,好珍珠就是一切。为了得到好珍珠,他愿意与好珍珠的所有者订立契约,不惜一切代价,购买到这颗罕见的珍珠。于是,在这首诗中,诗人利用该诗的基督教背景,用珍珠商人隐喻基督教徒,用诗行来暗示上帝与世人灵魂进行的交易,或者说这是上帝与人类订立的契约,而契约的具体表现形式就是说话人在倒数第三行提到的"丝巾"意象。这条"丝巾"是上帝"在天上朝我放下的 / 给我指引,教我随着它高飞 / 登上天国,听取福音",学会对上帝的顺从。

"丝巾"意象的出现,在读者的想象世界中构建出一个立体的宇宙模型,连接天国与代表世俗世界的大地,成为传统宇宙论中的存在之链的隐喻。作为 17 世纪诗人,赫伯特对这条存在之链非常熟悉,在《雇佣(一)》(Employment I)这首诗中,诗中的说话人说道:"我不是您伟大链条上的一环, / 但是我的同伴都是杂草"(CEP:51)。很显然,赫伯特谙熟传统托勒密宇宙论中的存在之链,并对存在之链上的等级排序非常了解。在《珍珠》这首诗中,赫伯特似乎要把他心目中理想的宇宙模型展现给读者。

"丝巾"是"宇宙存在之链"在赫伯特诗歌中的独特呈现,是宇宙秩序、等级与和谐的象征。"根据传统宇宙论,人在存在之链上,处于物质世界和精神世界的中间位置,他把两者联系在一起,成为两个世界的联结环。"①赫伯特构建的宇宙模型与但丁在《神曲》以及弥尔顿在《失乐园》和《复乐园》中构建的宇宙模型有所不同。

在《神曲》中,宇宙的结构主要呈现为天堂、让人倍感煎熬的炼狱和痛

---

① 胡家峦:《历史的星空》,北京大学出版社 2001 年版,第 66 页。

苦可怕的地狱;而弥尔顿的宇宙结构模式也与此相差不大。相比之下,赫伯特的宇宙结构模式相对简单,地狱意象不是十分明显,即使有时提及,也只是利用这一词汇而已,他并没有像但丁或者弥尔顿那样对地狱的恐怖进行描绘。在赫伯特的宇宙空间中,只有充满善与恶的人类世界和代表至善的天国,以及引领人提升精神境界的丝巾。丝巾是登上天国的雅各的螺旋形楼梯的置换变形,是向往与追求天国精神的显现。

"丝巾"这个意象独特而神秘,在《珍珠》最后一节出现。然而通读该诗,会发现在其他诗节也有许多与"线"或"绳索"相近的意象。在第一节,赫伯特用"纺线"("spun")这个意象来描述人们运用学识和理性发明"法律和政令"("laws and devices")的方式。接下来,诗人写到世人因为荣誉用"爱的同心结"("true-love-knot")将自身与世界相连。在第三节,诗人写到了象征世俗肉欲享乐的丝竹之声的"悦耳般的曲调"("sweet strains")。人类发明的纺线、编织的同心结、弹奏出的弦乐,所有这些与线绳有关的词汇都是人类的创造,然而,这看似能够担当一切的世人,却无法拯救自己,需要不属于他们自己的丝巾才能获得救赎。读者在诵读该诗的时候,很容易把丝巾理解为上帝给予世人的恩典,也就是说上帝通过这条扭曲的丝巾将天国的恩典传递给世人。另外,也可以把它理解为世人只有沿着这条经过置换变形的宇宙存在之链向上攀爬才能获得上帝的神圣恩典。[①]于是,丝巾这一意象就具有了朝上与朝下两个方向的维度,获得了独特含义。

在《星期天》第五节中的意象"时间的绳索"("time's string")表达的含义与丝巾颇为相似:

> 人类命运的星期天,
> 全都串连在时间的绳索上,
> 做成手镯去装饰
> 永恒的荣耀之王的妻子。
> 星期天,天国的大门敞开;
> 祝福丰饶富足
> 远远超过希望。(*CEP*: 69)

在赫伯特看来,在基督徒进行祷告的星期天,他们可以在祷告声中,通过

---

① Miller Blaise and Anne-Marie. "'Sweetnesse Readie Penn'd': Herbert's Theology of Beauty", *George Herbert Journal*, Vol. 27, No. 1 & 2 (Fall, 2003/Spring, 2004), p. 2.

"时间的绳索",抵达天国,实现灵魂救赎。

那么,赫伯特是否要在这首诗中表明他的宗教立场?究竟是先有了上帝的恩典,还是先有了人类的智慧?这就需要将《珍珠》与《神》结合起来进行思考。

在《神》一诗中,赫伯特有意遮蔽自己的宗教意图。在该诗的第五至十行,诗人写道:

> 他们井井有条地侍奉另一层天国,
>> 那另一层神的超验天空:
> 他们用智慧切磨雕琢那片天空。
>> 理智获得胜利,信仰就在旁边。
>
> 上帝的智慧首先端起酒,它能不用
>> 教义就使这酒更醇厚吗?(CEP:126)

在这部分,诗人将智慧与信仰并置,赞扬人的理性,将世人渴望上帝的向上精神运动与上帝垂爱世人的向下精神运动结合起来,描绘出造物主与他的创造物之间的相互爱慕的状态:"但是,他教授与给予的全部教条,/ 都来自天国,如天国般澄澈。……信仰不需要肉体做支撑,但是 / 信仰自身却完全可以引导你"(CEP:126)。

在诗人心目中,信仰拥有巨大的力量,能使基督徒对它产生无限渴望;而基督徒却只能通过理性实现自己的宗教愿望,到达光明的彼岸世界。但是,这一切的实现,也与绳索、线绳密切相关。如同《珍珠》这首诗一样,在《神》的第十一行,赫伯特用了"没有缝隙的外衣"[①]与第二十行的"戈尔迪之结"[②]形成强烈对照,表明世人对《圣经》经文的看重。

《珍珠》这首诗意在表明无论是学术性知识,还是实践性知识,都无法拯救世人。诗人对学识的否定还可以通过一个意象来证明。在《珍珠》的

---

① 没有缝隙的外衣象征上帝的博爱与恩典。

② 戈尔迪是古希腊神话传说中小亚细亚弗里吉亚的国王,他在自己以前用过的一辆牛车上打了个分辨不出头尾的复杂结子,并把它放在宙斯的神庙里。神示说能解开此结的人将能统治亚洲。这就是被人们广为传说的"戈尔迪死结"。然而,多少个世纪过去了,无数聪明智慧的人面对"戈尔迪死结"都无可奈何,直到亚历山大远征波斯时,有人请他看了看这个古老的"戈尔迪死结"。经过一番尝试后,亚历山大挥剑将此死结劈成两半,"戈尔迪死结"也就被破解了。因此,"戈尔迪之结"常被喻作缠绕不已、难以理清的问题。

最后一节,诗中的说话人发现了一个他正在其中行走的"迷宫",而走出迷宫的唯一线索就是上帝从空中抛下的丝巾。这条"扭曲"的丝巾影射阿里阿德涅之线①,给该诗蒙上了一层神话色彩。就像这则希腊神话故事中的忒修斯一样,《珍珠》中的说话人既不是完全依靠自己的智慧,也不是完全依靠自己的力量,而是需要上帝光芒的指引才能到达期许之地。因此,从神话角度阐释丝巾还不够恰当,需要从《圣经》的角度对该诗进行阐释。在《约翰福音》第一章的第五十一小节,基督说:"你们将要看见天开了,神的使者上去下来在人子身上。"人子基督是神往来天国与世间的通道,在基督教故事中有时呈现为雅各的梯子,于是,赫伯特在《珍珠》中使用的丝巾很难说与这个宗教意象毫无关系。

赫伯特的丝巾与雅各的梯子有着异曲同工之妙,成为虔诚信徒往来凡间与天国的必经途径,以一种较为明显的方式展现神秘的灵魂内在运动。赫伯特为何不用雅各的梯子这个意象呢?他为什么用扭曲的丝巾替换雅各的梯子呢?这些问题很难解释清楚,但有一点是明确的,在《圣殿》和《格言集》中,"丝巾"和"扭曲"在大多数情况下传递的都是否定含义,象征世俗世界的富庶与痛苦、虚荣与挣扎。可是,在《珍珠》一诗中,扭曲的丝巾却获得了神圣的含义,成为基督道成肉身的象征。有学者甚至认为丝巾就是十字架的象征,是基督受难的象征。②只有通过丝巾这个媒介物,诗中的说话人才能获得荣登天国的洞察力,获得对上帝之子基督牺牲价值的进一步认知。扭曲的丝巾,这个经过置换变形的十字架,一方面是一个"教我"的标

---

① 阿里阿德涅之线,来源于古希腊神话。在克里特岛上有位弥诺斯国王,他的儿子被雅典人出于忌妒害死了,他于是便向雅典人民挑战。雅典也因为这件事而遭到了神的惩罚,充满了灾荒和瘟疫。阿波罗神庙降下神谕:雅典人如果能够平息弥诺斯的愤恨,取得他的谅解,那么雅典的灾难和神祇们的愤怒都会立即解除。雅典人只能向弥诺斯求和,求和的结果是雅典人每隔九年送七对童男童女到克里特岛,供奉看守岛上著名迷宫的人身牛头的弥诺牛。而这个迷宫据说为伟大的建筑师代达罗斯所造,道路曲折纵横,谁进去都别想出来。到了第三次进贡的时间,忒修斯十分心痛,决定杀掉米诺牛,解救自己的祖国。作为童男之一,忒修斯到了克里特岛。被带到国王弥诺斯面前时,这位充满青春活力的美男子深得国王妩媚动人的女儿阿里阿德涅的青睐,她偷偷地向忒修斯吐露了爱慕之意,并交给他一只线团,教他把线团的一端拴在迷宫的入口,然后跟着滚动的线团一直往前走,直到丑陋的弥诺牛(即弥诺陶洛斯)居处。另外,她又交给忒修斯一把用来斩杀弥诺陶洛斯的利剑。他用两件宝物战胜了弥诺牛,并带着童男童女顺着线团又幸运地钻出了迷宫。他们出来以后,阿里阿德涅跟他们一起出逃。英雄忒修斯在克里特公主阿里阿德涅的帮助下,用一个线团破解了迷宫,杀死了怪物弥诺陶洛斯。这个线团称为阿里阿德涅之线,是忒修斯在迷宫中的生命之线。后来,"阿里阿德涅之线"常用来比喻走出迷宫的方法和路径,解决复杂问题的线索。

② Douglas Thorpe. "'Delight into Sacrifice:' Resting in Herbert's Temple", *Studies in English Literature*, 1500—1900, Vol. 26, No. 1 (Winter, 1986), p. 66.

志;另一方面,也是一个号召我行动的标志,用我所拥有的一切来交换上帝的博爱与恩典。

在赫伯特时代,人们对丝巾的材质——丝绸(silk)的看法存在很大分歧。当时,清教徒甚至撰文攻击丝绸,他们认为大祭司和上帝的法衣应由棉麻羊毛制作,而不是用丝绸,因为丝绸象征着虚荣和把人类头脑冲昏的荣耀。[1]然而,赫伯特把"雅各的梯子"置换为丝绸,并不是试图卷入当时的宗教纷争,而是用自己的方式展现上帝的神圣之美。在他看来,丝绸是身份、地位的象征,以扭曲的丝绸作为通往上帝的通道,能够凸显上帝的崇高与神性;另外,丝绸与其他布料相比,拥有更多的光泽,能够折射出太阳的光辉。正如诗人在《晨祷》(Matins)一诗的最后一行写道:"通过一缕日光,我攀爬向您"(CEP:56)。此处的"攀爬"("climb")与《珍珠》最后一句"登上天国"("To climb to thee.")用了相同的动词,应该说这不是诗人偶然为之,很可能是因为他注意到了丝绸与日光之间的相似之处。另外,通过基督教图画或者寓意画都可以发现,日光形成的光轮经常被用来凸显上帝/基督的神性。所以,结合基督教的文化传统,赫伯特将丝巾意象与攀爬这个动作联系起来,意在展示他对上帝、对宇宙秩序的独特理解。

在赫伯特的宇宙模型中,天国有着太阳的光晕,丝巾是存在之链的独特显现,而与之相对的世俗世界,诗人则用迷宫(labyrinth)意象来描绘。因为《圣殿》在结构上模仿了教堂,所以可以从教堂结构的角度去阐释"迷宫"这一意象。教堂地板上的迷宫就是前来教堂接受洗礼的朝圣者的朝圣之旅中的必经之路。朝圣者在迷宫的中心屈膝下跪,领略神恩,抬头看见十字架上扭曲的基督,领略他痛苦的美,获得心灵的净化。

由此可见,在冥想中,"丝巾"这个日常生活中的普通物品在赫伯特的笔下获得了无限丰富的含义。它是传统宇宙论中存在之链的置换变形,是通往天国的雅各的梯子的隐喻,是基督受难的十字架的隐喻,是上帝的神性光芒的隐喻。《珍珠》前三节的结尾句"然而我爱您"表明了诗人的虔诚之心,而第四节的结尾句"登上天国"更加凸显出诗人在面对上帝时的坚定态度与恭顺。于是,在诗人内心进行的世俗与神圣的斗争中,以上帝从天国抛下的丝巾代表的神圣的宗教生活取得胜利而暂时告一段落。

《珍珠》是《圣殿》中一首较为奇特的诗。在这首诗歌中,诗人探究了世俗与神圣之间的关系,尤其是在第一小节,诗人在探究学识与上帝之间的

---

[1] Miller Blaise and Anne-Marie, "'Sweetnesse Readie Penn'd': Herbert's Theology of Beauty", *George Herbert Journal*, Vol. 27, No. 1 & 2 (Fall, 2003/Spring, 2004), p. 5.

关系时,表明了他对待科学知识的态度。赫伯特对信仰与知识的热情与他的好友培根有一定的相似之处。在《新大西岛》(*New Atlantis*)这部乌托邦幻想小说中,培根描述的岛国本色列科学技术高度发达,人们的生活井然有序,和谐完美,令人心驰神往。在这座理想城市中,领袖是基督徒,基督教负责调节人们内心信仰的和谐,并且在本色列,人们在社会中的地位并不完全平等,有等级之分,各等级和职位的教徒各司其职,促进社会的发展,维护社会的和谐,和谐社会是本色列居民和谐内心的反映;同时,基督教信仰维系着本色列这一岛国的伦理道德观念,为本色列的科学技术的发展掌控正确的方向。

在杂文集《乡村牧师》的第四章"牧师的知识"(*The Parson's Knowledge*)一文中,赫伯特对乡村牧师应具备的知识进行了论述,他说,乡村牧师应该具有各方面的知识,从播种耕耘到牧师职责,同时,他对各类知识按照等级进行划分,认为乡村牧师首先应该把握和理解的知识是神圣经典。由此可见,在赫伯特的内心,知识是有等级的,人类对自然科学和社会科学的认知都要符合基督教的伦理道德规范。

赫伯特在诗歌《珍珠》的第一节对上帝的"博爱"与"知识"之间关系的探讨,是对同时代的"大学才子派"剧作家马洛(Christopher Marlowe)的《浮士德博士的悲剧》(*The Tragical History of Dr. Faustus*)中的浮士德这一人物的反思与批判。在该剧的第一幕第一场,浮士德说:"在固定的两极之间的万物,都将听从我的指挥。皇帝和国王只在他们各自的领域中受到遵从,他们也不能呼风唤雨;而他(魔术师浮士德)的领域则远远超过这些,一直延伸到人的思想所能及的远方。"后来,浮士德居然把自己的灵魂出卖给魔鬼,以换取对一切学识的掌控权。而赫伯特对此则不赞同,他在《珍珠》中写道:

> 我知道获得学识的方法;是给压榨机
> 提供原料的头脑和管子,使之运行;
> 何理性从大自然中借得,
> 或者它自身,如同好主妇,
> 在法律和政策中打转;何事由星宿共谋,
> 何事由自然心甘情愿地倾诉,何物由炉火锻造,
> 旧有的发现和新找到的海洋,
> 贮存和剩余,历史和原因:
> 所有都向我敞开,或者赋予我门匙:

然而我爱您。（何功杰　译）

诗人承认人类在知识领域已经获取的知识，诗人的态度是客观的，非狂热迷醉的，然而诗人对上帝持一种"爱戴"的态度，可见诗人在评判知识和信仰的关系时，与培根有些类似，知识是促进人类进步的一个重要条件，但是科学知识引领社会的发展要受到基督教伦理道德的控制和制约，不能随心所欲。

　　由此可见，《珍珠》这首诗将赫伯特对不同层次知识的理解与对宇宙结构的理解结合在一起，"丝巾"意象的出现表明赫伯特受到毕达哥拉斯—托勒密宇宙论关于宇宙结构学说的影响。此外，按照传统宇宙论，宇宙中的每一个天体都会产生特定的音调，这些曲调在一起汇合奏响，形成一曲美妙和谐的音乐。爱与和谐是文艺复兴时期英国诗人追求的最高理想。[①] 16世纪英国批评家兼诗人锡德尼（Sir Philip Sidney）（1554—1586）在《为诗辩护》（*The Defense of Poesy*）一文中就曾经论及"诗歌的行星般的音乐"，将诗歌的音乐特性与传统宇宙观联系起来，指出诗歌的音乐美不仅是诗歌的特性之一，而且也是传统宇宙论中天体音乐的显现。

　　毕达哥拉斯—托勒密宇宙论在西方思想传统中占据统治地位近两千年，历经各时期哲学家、神学家的修订，广为人知，对各行各业的人们产生了广泛而深远的影响。由此可以理解，文艺复兴时期，诗人们对诗歌的音乐性特别关注的原因。通过追求诗歌的音乐性，诗人想与宇宙达成联系，通过诗歌音乐的和谐，反映宇宙的和谐。

　　在诗歌中，当赫伯特对上帝创造的万物的完美展开冥想的时候，他经常借助音乐的手段，例如在《天道》这首诗中，他写道："如果我们能够听到 / 您的技艺与乐音，那将是何种音乐！"（*CEP*：109）音乐的美感与秩序不仅象征着上帝的力量，同时也是赫伯特追求和谐的诗歌创作目标的具体体现，以《感恩》这首诗最为典型：

我的乐音将找到您，每一根琴弦
　　都为您歌唱；
所有的琴弦都因您而和谐，
　　证明世界上只有一位上帝，一种和谐。（*CEP*：32）

---

① 胡家峦：《历史的星空》，北京大学出版社 2001 年版，第 70 页。

当赫伯特用诗行表现他对秩序的追求时,他往往依靠诗歌的音乐特性来表现。托马斯·布朗爵士(Sir Thomas Brown)已经注意到了这一点,他说:"音乐所在之处,必有和谐、秩序与匀称。"[1]

在拉丁语诗集《追忆圣母》(*Memoriae Matris Sacrum*)中的第二首诗中,赫伯特也论述到了音乐的和谐性质:"使其他才能得以协调和舒适的(音乐艺术)/似乎是由天国的和谐编制的简短序曲。"[2]

在赫伯特笔下,音乐主要是来自天国的音乐,是上帝的象征,因此,在《圣殿》中,读者可以发现,赫伯特经常用"sweet"来描述天国音乐的性质。

音乐是赫伯特诗歌中一个反复出现的意象,任何初读《圣殿》的读者基本上都会赞同萨默斯的观点,据他估计,"在《圣殿》中,大约有四分之一的诗歌都直接与音乐有关"[3]。然而,迪尔康夫(Theodore Andre Diaconoff)并不完全赞同萨默斯的观点,他认为任何具有洞察力的读者都会发现,在《圣殿》中处处弥漫着音乐,弥漫的范围远远超过萨默斯的估计。[4]

鉴于此,从 17 世纪赫伯特的首位传记作家沃尔顿到当今的赫伯特研究学者都使用了大量篇幅来论证赫伯特个人对音乐的热爱以及他在诗歌创作中对音乐的运用。例如萨默斯在专著中利用一章的篇幅来探讨赫伯特诗歌创作中的音乐元素,然而他只是提出了几个问题,并没有给出解决方案;图夫分析和探讨了赫伯特诗歌创作中的几个音乐意象以及宗教起源,指出他诗歌中音乐的独特特性,然而她并没有发现这些意象隐含的普遍原理;马兹则论述了赫伯特诗歌中的音乐元素与 17 世纪英国音乐发展的黄金时代之间的关系,并用相关的音乐理论对赫伯特诗歌的音乐元素进行了分析。到目前为止,对赫伯特诗歌中的音乐及其相关理论进行了深入探讨的是迪尔康夫,他在自己的博士学位论文中用了大量篇幅来探讨这些音乐意象,发现这是赫伯特对传统的"世界和谐理论"("World Harmony Theory")的吸收和再创造,凝结着诗人自身对音乐与时代的独特理解。

音乐最早出现时与宗教仪式有关,可以说是人神沟通的一种方式。通

---

[1] Helen Wilcox. "Countrey-Aires to Angles Musick". See Edmund Miller and Robert DiYanni ed. *Like Season'd Timber*: *New Essays on George Herbert*, Peter Lang Publishing, 1987, p. 49.

[2] George Herbert. "Memoriae Matris Sacrum", *George Herbert Journal*, Vol. 33, No. 1 & 2 (Fall, 2009/Spring, 2010), p. 9.

[3] Joseph H. Summers. *George Herbert*: *His Religion and Art*, Harvard University Press, 1954, p. 157.

[4] Theodore Andre Diaconoff. *George Herbert's Use of The World Harmony Theory in The Temple*, Thesis for Ph. D., University of California, 1973, p. 1.

过音乐,人对上帝有了认识。音乐和宗教崇拜的关系非常密切,因为这二者皆源自上帝植入人心的那种寻求真理和秩序的渴望。音乐是这种寻求在心灵和物质领域的表现,而崇拜是这种寻求在宇宙领域的表达。崇拜是人类的一个最基本的特征,是对上帝的完美的承认和庆祝。[①]

柏拉图继承了毕达哥拉斯传统宇宙论并将之发扬光大,他认为既然天体间存在着以"和谐"为特征的天体音乐,那么,在人类生活的世俗世界中必然也存在着与之相配合的优美动听的旋律。与之形成对照的世人,在其特定的小宇宙内部必然也存在着音乐。如果世人的灵魂充满了和谐的乐音,则此人健康;否则,生病。亚里士多德把老师柏拉图的观点向前推进了一步,认为音乐不仅与人身体的健康有关,还与人的品质有关,能够改造人的灵魂,他认为"音乐能影响人的道德观念。聆听优美的音乐,可以帮助一个人形成高尚的品质"。[②]

中世纪著名基督教学者奥古斯丁认为歌曲能够激励一种虔敬的感情,音乐与人们精神情感之间惊人的相似激发人们对上帝的渴求。[③]通过音乐的美,人们的心灵向美的源泉——上帝敞开,并对作为美的上帝有所认识。

掀起宗教改革运动的德国神学家马丁·路德,对音乐在基督教徒生活中的作用评价很高。他认为除了神学以外,没有其他艺术可以被置于与音乐等同的地位;没有任何东西比音乐更接近上帝的话语。即使脱离其所伴奏的神圣经文,路德认为,音乐仍然是上帝的奇妙创造与礼物。在教堂中,音乐如同讲道一样震撼人心。在路德看来,音乐不仅是神圣经文的载体,而且其本身就是一面映射上帝之美的镜子。音乐可以用言语无法表达的形式来触摸人的灵魂,使人认识上帝。路德非常重视音乐在神圣与世俗领域的运用。作为一位作曲家和作词家,路德本身也身体力行,开创了会众唱诗的形式,并使会众唱诗成为基督教崇拜仪式的一个重要组成部分。路德还创作了许多用作灵修的宗教歌曲。[④]

---

① Andrew Wilson-Dickson. *The Story of Christian Music*,Minneapolis:Fortress Press,1992,p. 11. 参见王忠欣:《音乐与上帝之美》,刘光耀、杨慧林:《神学美学第二辑》,上海三联书店2008年版,第89页。

② [英]约翰·拜利:《音乐的历史》,黄跃华、张少鹏等译,希望出版社2003年版,第14—15页。

③ Richard Viladesau. *Theology and the Arts*:*Encountering God through Music*,*Art and Rhetoric*,New York:Paulist Press,2000,p. 22. 参见王忠欣:《音乐与上帝之美》,刘光耀、杨慧林:《神学美学第二辑》,上海三联书店2008年版,第89页。

④ Richard Viladesau. *Theology and the Arts*:*Encountering God through Music*,*Art and Rhetoric*,New York:Paulist Press,2000,p. 22. 参见王忠欣:《音乐与上帝之美》,刘光耀、杨慧林:《神学美学第二辑》,上海三联书店2008年版,第90页。

　　和谐的音乐不仅成为哲学家阐释宇宙秩序、神学家阐释上帝秩序的方式,也成为文学家们描绘理想的人以及理想的社会秩序的方式。莎士比亚在《威尼斯商人》中就曾说过,凡是不能被"美妙音乐的和声"打动的人,凡是灵魂中"没有音乐"的人,必然会以邪恶的手段残害他人,为自己谋得利益,其精神犹如黑夜,情感犹如地狱,因此,不要信任这样的人。在《世界的解剖》(*An Anatomy of the World*)一诗中,多恩也赞同前人的观点,认为人类的灵魂也是由"和谐的音乐"构成的。

　　赫伯特对上帝与音乐和谐性质的联想,明显继承了传统托勒密宇宙论中与天体音乐相关的观点。正如《武器》这首诗所示,在宇宙的各天体之间存在着天体音乐:

> 我,曾经听到过天体音乐,
> 但从未听闻星星的话语,于是开始冥思:
> 转而求助上帝,星星与万物都是
> 他的使者;如果我拒绝美好的启示,
> 　　我就是畏惧上帝;
> 　　然后我拒绝用鲜血
> 　　洗去我顽固的思想[①]:
> 因为我将如此,或者遭受我必承受的痛苦。(*CEP*:130)

天体音乐是上帝的使者,对诗人的宗教冥想产生影响。据说,古希腊哲学家毕达哥拉斯最早发现了天体音乐。胡家峦对天体音乐的性质进行了论述,说:"公元5世纪罗马作家马克罗比乌斯对此曾作过一段记述:毕达哥拉斯推测各天体在按一定轨道围绕地球运行时必会产生一种和谐的音乐。"[②]

　　在《雇佣(一)》这首诗中,赫伯特写到了"伟大的存在之链",诗中的说话人说道,"我不是您伟大链条上的一环,/但是我的同伴都是杂草。/主啊,您把我安放在您的乐师中间;/请您赐予我这可怜的芦苇一首乐曲"(*CEP*:51)。很显然,赫伯特谙熟传统托勒密宇宙论中的存在之链,并对存在之链上的等级排序非常了解,诗中的说话人认为,灵魂中没有了和谐乐音的人就如同一根野草,处在伟大的存在之链的最底层,即将脱离存在之

---

① 顽固的思想指的是内心对上帝的不顺从这件事。
② 胡家峦:《历史的星空》,北京大学出版社2001年版,第112页。

链,失去存在的意义。而要获得生命的意义,使灵魂得到和谐,最有效的办法就是去聆听和谐的音乐,恢复人在存在链条上的位置。诗中的说话人称自己为"可怜的芦苇"①,足以表明诗人的谦卑、虔诚之心,以及对和谐乐音由衷的向往之情。

赫伯特对神性的向往以及上帝的拒绝给他带来的痛苦、挣扎的矛盾心理在《拒绝》一诗中显露无疑。《拒绝》一诗共有六个诗节,每节五行,其中在前五节每一节的前四行押"abab"韵,第五行不押韵,且都是一些具有否定意义的词,如"混乱""警告""未听见"和"不满意",制造出一种令人不安的气氛,这是对整首诗向前发展的否认与拒绝。诗人想用这种表现形式来说明当他的祈祷无法被神听到,也就是说,在某种程度上,当诗人发现自己被上帝拒绝时,他就丧失了和谐的乐感,无法创造出音调和谐的诗行,甚至连和谐的灵魂也失去了,所以,在该诗的第五节,诗中的说话人说到当"上帝无视我的灵魂"时,它就"走了调"。只有当上帝承认诗中抒情主体的存在,默许他的要求时,他的鲁特琴和灵魂才能演奏出和谐的乐声,此时诗人将他自己处于上帝的意愿和恩典范围之内,上帝的"怜爱"给整首诗带来最终的和谐,所以,该诗第六节的最后一句和上面的一句押韵,形成了完美的韵律。

赫伯特的这两首诗把和谐的音乐、对上帝的信仰和人的和谐的灵魂联系在一起,向读者阐释了他对宗教信仰的独特的心理体验和情感变化,使宗教信仰不再超然物外,而与人的活动密切相关。在《世界末日》(Doomsday)一诗中,赫伯特进一步把宗教玄思、音乐与尘土这一"土元素"联系起来:

> 走开,
> 让今天就成为世界末日。
> 啊,尘土再也感受不到音乐,
> 但是,您奏出了小号的乐音:狼蛛屈膝下跪,
> 好像这独特的音调和乐曲
> 治愈了它叮咬的剧痛。(CEP:176)

上帝奏出的优雅、和谐的曲调,不仅能够抚平诗歌韵律的缺憾、灵魂的激荡,更能治愈毒虫的咬伤。在该诗的最后一节,赫伯特再次呼吁:"主啊,招

---

① "芦苇"是一个经典的基督教意象,出自《以赛亚书》,象征脆弱的世人。

募您分散了的乐队,/他们演奏出的音乐将成为荣耀。"(CEP: 177)。

和谐的乐音不仅是宇宙秩序的反映,也是人类灵魂秩序的反映。对传统世界和谐理论的掌握和运用不仅是赫伯特的追求,也是英国文学家们的共同追求。比赫伯特晚些的新古典主义作家约翰·德莱顿(John Dryden),在诗作《圣塞西莉亚之歌》(*A Song for St. Cecilia's Day*)中有这样一段论述:

> 于是那里一切冷、热、燥、湿,
> 各安其位,依次跃起,
> 　　完全听命音乐指挥。
> 从那和谐,那神圣的和谐,
> 　　宇宙秩序由此肇始:
> 　　始于和谐,终于和谐,
> 其间虽然经过千音万籁,
> 全部吕律最后至人为止。[①]　(高健　译)

在这首诗中,德莱顿认为宇宙的和谐与音乐的和谐融为一体,最终给世人带来和谐。

关注音乐教育功能的西方音乐家和学者不胜枚举。柏拉图将艺术驱除出理想国时,唯独对音乐情有独钟,认为"音乐教育比其他教育重要得多",因为"节奏与乐调有强烈的力量侵入心灵的最深处",从而能够对城邦中个体公民的行为产生积极影响。的确,音乐具有震撼人心灵的能力。《警察与赞美诗》(*The Cop and the Anthem*)中的苏比(Soapy),为了躲避即将到来的冬季,决心做点坏事,让警察把他送进监狱,去过一个"舒适"的冬季。但是,每当他告诉警察是他做了那些坏事时,警察却偏偏不相信他。而当他走在教堂附近聆听赞美诗的神圣曲调时,他的灵魂受到震撼,下定决心改邪归正,做一个行为高尚的人。然而,此时,警察却认为他做了坏事、犯了法,把他送进了监狱。苏比的故事虽然充满了强烈的讽刺,但是音乐,尤其是圣洁的宗教音乐对人的心灵产生的震撼力却可见一斑。

另外,以著名音乐家舒曼(Robert Schuman)为例,他认为美育主要体现在音乐作品的思想和道德层面上,并认为这两者有机地联系在一起。他认为音乐作品的成功首先取决于乐曲的思想性,"乐曲构思必须广阔深刻,

---

[①]　高健:《英诗揽胜》,北岳文艺出版社 1992 年版,第 73 页。

乐曲的思想必须明确"①,同时他还认为"道德的法则也就是艺术的法则",强调道德在音乐中的体现,相信艺术的道德伦理作用,要求作曲家的创作与为人一致,即乐如其人。②

嗜书、爱书,而又一生穷困潦倒的英国小说家、散文家乔治·吉辛(George Gissing)虽然对改革社会不抱任何幻想,但对于音乐的热爱却给他带来了灵魂的安宁和为数众多的作品。他说:"即便是我有时听到的'五指练习',也比什么都没有好。因为我在桌旁辛勤工作时,钢琴的乐音在我听来是那么可喜宜人。我相信,有些人在这样的情况下会发狂的。对于我,任何像音乐之声一样的东西总是犹如天赐之物,它调和着我的思绪,使我的语言流畅起来。即便街上的管风琴,也使我心情愉快。我许多页都是在它们的乐音中写成的,否则我便会陷入忧郁之中。"③

音乐对于赫伯特来说,不仅是他神圣宗教生活的一部分,而且也是他世俗生活的一部分。音乐表达了他的真诚情感与对宗教的向往,容纳了他的忧伤与神圣情感。在赫伯特生活的时代,英国的音乐经历了一次复兴,在英国这场复兴运动被称为音乐史上的伊丽莎白时代。此次音乐复兴不仅对王室以及贵族家庭产生了影响,而且对广大群众产生了巨大影响,并促进了英国合唱艺术的发展。当时,如果一个人不能演唱合唱曲目中的一个角色,就会被人认为没有受到良好的教育。④

合唱艺术虽然流行,但是赫伯特时代的人们演奏乐器和唱歌大多都是为了自娱自乐。他们在家庭聚会时使用四开本的音乐书,给适宜歌唱的诗歌配上自己谱写的曲子并进行演唱,用以取悦自己所爱的人或者给一位重要的朋友留下印象。因此,音乐成为赫伯特诗歌中一个常见因素也就不足为奇了。

赫伯特与其他人一样经常参加音乐活动,他擅长演奏诗琴,歌唱自己创作的诗歌。按照沃尔顿的记载,赫伯特经常定期走到索尔兹伯里大教堂与朋友们一起演奏乐曲。有些学者甚至猜测赫伯特的一些诗歌就是以当时的流行歌曲为蓝本创作的。

---

① [德]舒曼:《舒曼论音乐和音乐家——论文选》,陈登颐译,人民音乐出版社 1960 年版,第146 页。

② [德]舒曼:《舒曼论音乐和音乐家——论文选》,陈登颐译,人民音乐出版社 1960 年版,第223 页。

③ [英]乔治·吉辛:《四季随笔》,刘荣跃译,四川文艺出版社 2009 年版,第 114 页。

④ Alec Robertson and Denis Stevens. *The Pelican History of Music*, Vol. 2, Penguin Books,1963, p. 194.

总体而言,赫伯特诗歌中的音乐激发读者产生一种精神上的共鸣:和谐的教堂音乐将运送并帮助世人的灵魂到达天堂。正如《复活节之翼》一诗所示,音乐意象使得上帝与人之间的和谐关系得到进一步加强。此外,在赫伯特看来,光也是上帝的标志,而且这二者相得益彰。即使这光遭到忽视(《先驱》[*The Forerunners*]),或者上帝的使者受到人类苦难所阻(《暴风雨》[*The Storm*]),音乐与光都是上帝的显现。当人的躯体死亡时,上帝的号角将再度使它复活(《世界末日》)。

有时,赫伯特将歌曲作为礼物送给上帝,在歌唱中赞美上帝与光芒。例如在《圣诞节》(*Christmas*)这首诗歌中:

> 然后我们即将歌唱,让我们的节日闪光,
> 　　　　还有另外一种好处:
> 基督的光芒让我们胸中充满喜悦,萦绕心头,
> 直到他的光芒歌唱,我的音乐闪光。(*CEP*:75)

在赫伯特看来,世人感知上帝智慧的方式是通过倾听,于是,在《圣诞节》这首诗中,上帝的智慧"光芒"能够歌唱,被诗人听到,而诗人,作为一个走了调的"可怜的芦苇",在感受到上帝的恩典之后,内心变得和谐,能够演奏出和谐而神圣的曲调,具有了上帝的"光芒",而闪闪放光。赫伯特在该诗的最后两行运用了巧智,试图在"光芒"与"音乐"之间找到共同点,在听觉与视觉之间建立起连接。

赫伯特的音乐素养既来自天生的禀赋,也得益于他所受到的良好教育。赫伯特出身贵族,在十个孩子中排行第五,其母玛格达琳(Lady Magdalen Herbert)非常重视对子女的教育,她为他们创造良好的教育条件,并注重在家庭教育中培养他们的宗教热情。此外,她还把音乐纳入日常生活。玛格达琳一家经常邀请著名的音乐家和作曲家共进晚餐。她家的管家保留了一本杂志《厨房阅读手册》,上面记载了赫伯特一家与当时著名的作曲家和音乐家约翰·布尔以及威廉·伯德共进晚餐时的情形。而且,该杂志还记载了赫伯特一家为支付音乐家们在他家演出所付的费用。赫伯特精通诗琴和六弦琴,他的家人经常在他的伴奏下演唱歌曲。多恩,赫伯特一家的亲密朋友,在玛格达琳的葬礼上,详细地讲到赫伯特一家每到星

期天的晚上，都要在一起"愉快地唱赞美诗"①。

1609 年 12 月 18 日，赫伯特被剑桥大学三一学院录取，他的母亲和他一起来到剑桥监督他的学习。正是在这段时间，赫伯特开始写诗，此时他创作的诗歌，从本质上来说，绝大多数都是宗教诗。在业余时间，赫伯特经常陶醉在音乐世界里，他经常弹诗琴和六弦琴。在《赫伯特传记》(The Life of Mr. George Herbert)中，沃尔顿写道："赫伯特除学习以外，做得最多的事就是练习弹琴，用赫伯特自己的话来说，'音乐能减轻他无力灵魂的负担，使他集中注意力，使他自己疲乏的灵魂升腾在地球之上，使他在真正体验天堂快乐之前，提前享受天堂的欢乐。'"②

在伯默顿担任牧师的那几年，赫伯特进一步培养了他的音乐兴趣。沃尔顿写道：

> 他最主要的娱乐就是音乐，而赫伯特本身就是一位真正的大师，他自己就谱曲创作了许多圣歌和赞美诗，创作完成之后，他就弹拨琴弦，进行演奏。虽然他喜欢隐退山林，但是他对音乐的热爱如此强烈，以至于他常常按照事先约定好的日子，每周到索尔兹伯里的大教堂两次；回来以后，他会说，'他用在祈祷和大教堂音乐上的时间，提升了他的灵魂，使他的灵魂跃然于地球之上……，他经常会说，宗教并不驱逐欢乐，而是使之变得节制，并为其制定规则。③

萨默斯认为，虽然赫伯特谱写的曲子没有保留下来，但是，据猜测，赫伯特必定为他自己创作的诗歌谱曲。④

赫伯特对音乐的关注和热爱与注重音乐灵修的时代相契合。音乐灵修是 17 世纪一种流行的灵修形式，可以在晨祷、晚祷、圣餐礼、弥撒和歌唱赞美诗中进行。这种灵修方式在清教徒织布工和伦敦机修工中非常流行，

---

① Izaak Walton. *The Life of Mr. George Herbert*. See George Herbert. *George Herbert：The Complete English Poems*，John Tobin ed.，Penguin Books，2004，p. 276.

② Izaak Walton. *The Life of Mr. George Herbert*. See George Herbert. *George Herbert：The Complete English Poems*，John Tobin ed.，Penguin Books，2004，p. 276.

③ Izaak Walton. *The Life of Mr. George Herbert*. See George Herbert. *George Herbert：The Complete English Poems*，John Tobin ed.，Penguin Books，2004，p. 302.

④ Joseph H. Summers. *George Herbert：His Religion and Art*，Harvard University Press，1954，p. 160.

从本质上来说,音乐灵修与默观和冥想相比,内省色彩更弱,更适合在公共场合使用。于是,17 世纪的宗教诗人在创作诗歌时,就考虑到运用这一手法的可能性。他们关注诗歌的节奏和音乐性。而对于赫伯特来说,他不仅注意到诗歌应具有和谐的乐音这一属性;而且,还特别注意到诗琴与钟这两种乐器意象所承载的不同的宗教内涵。因此,诗琴与钟是《圣殿》中两个非常重要的意象,是赫伯特展开宗教冥想的媒介。

诗琴演绎诗人心中的爱情、幽怨和其他情感,大概描述了人类的状况,即人类因忧愁和祈祷而歌唱。受到世俗生活束缚的基督教徒一心向往上帝,为了得到精神上的舒缓与解脱,他们为信仰而祈祷,而他们表达痛苦的乐器——诗琴则因为上帝而得到舒缓。例如,在《以弗所书 4:30. 不要为圣灵悲伤》这首诗歌中,诗人写道:

> 啊,请您拿起诗琴,调整它的曲调,
> 　　它将终日
> 　　向您抱怨。
> 一切都将停止,但是没有不和谐。
> 　　大理石也会哭泣;而琴弦定能
> 　　比这坚硬的物体激起更多的怜悯。(*CEP*:127)

诗中的"不和谐"("discord")是一个比喻,用于表达乐音的不和谐。在诗中,该词的用意并不是批评音乐,而是借助音乐这个途径,探究音乐与人的灵魂之间的关系。因此,"曲调"("restraint")这个词是一个双关语。一方面,"曲调"是诗琴用来表达音乐的途径;另一方面,"曲调"用来描绘基督徒在精神或者情感方面感受到的压力。于是,在诗人看来,通过诗琴的"曲调",上帝能够感受到世人对他的"抱怨",能够感受到基督徒的苦恼、悲伤、呻吟。如《锡安》这首诗:

> 呻吟短促即逝,犹如生着羽翼,
> 　　向上升腾;
> 一边飞升,一边歌唱如云雀;
> 曲调幽怨,然而这乐音却是献给一位君王。(*CEP*:98)

在《锻造(一)》这首诗中,诗人还谈到了上帝尝试用诗琴改善人类的方式:

　　　　然而，请您依照自己的方式；因为您的方法最好

　　　　　松开或拉紧您可怜的罪人吧：

　　　　　　这只是我内心的曲调，

　　　　　　　使乐音更加美好。（CEP：49）

当赫伯特想要拉紧或者放松一根琴弦的时候，他都请求上帝帮助他平衡悲伤与幸福。他在《痛苦（五）》（Affliction V）这首诗中写道："我主，请您缓和快乐与悲伤，／您明亮的光线将驯服船舶。"（CEP：90）诗琴描述了受到世俗生活束缚的基督教徒的生活，基督教徒一心向往上帝，为了得到精神上的舒缓与解脱，他们为信仰而祈祷，而他们表达痛苦的乐器——诗琴则因为上帝而得到舒缓。因此，在赫伯特的宗教诗歌中，诗琴意象有代表诗人世俗愿望的意味。

　　再看《复活节》（Easter）一诗的第二节和第三节，诗人使用复活节颂歌的形式来歌颂他的乐器——诗琴。

　　　　我的诗琴啊，醒来吧，唱出你的心声，

　　　　十字架教会你传唱他的圣名。

　　　　他的力量注入琴弦美妙之音，

　　　　庆祝这神圣时刻的来临。

　　　　让心灵与琴儿组成乐队，奏出一曲

　　　　愉快而悠长；

　　　　既然音乐由三个主旋律交织复现

　　　　就让你蒙福的灵进来参与，

　　　　用你美妙的艺术弥补我们的缺失。①

在这首诗中，赫伯特将"诗琴"与十字架两个意象融合在一起，随着"他"（基督）的力量注入琴弦，"诗琴"成为在十字架上受难的基督的隐喻，而"美妙之音"则是基督对世人博爱的隐喻。在 17 世纪，把受难的基督比喻为某种弦乐器并不是赫伯特的独创，在多恩的诗歌中，也有相近的表述。在《葬礼哀歌》（A Funeral Elegy）中，多恩把"风琴"（"Organ"）看作是爱与和谐的象征。

────────────

　　① ［英］麦格拉斯：《基督教文学经典选读（上册）》，苏欲晓等译，北京大学出版社 2004 年版，第 490 页。

> 但那些和着曲调演奏风琴的美妙
>
> 灵魂，是产生奇迹与爱情的乐曲；
>
> 这一切都是她……

> But those fine spirits which do tune, and set
>
> This Organ, are those peeces which beget
>
> Wonder and love; and these were shee ...[1]

多恩在评论一首由菲利普·锡德尼与玛丽·锡德尼译为英语的赞美诗时，把整个宇宙比喻为一个巨大的由基督演奏的风琴，在诗中，他说道："**风琴**啊，你就是**和谐**……他就是**风琴手** / 演奏**上帝**与**人类**的双重曲调，而我们就是那**风琴**。"[2]

在《亚伦》这首诗歌中，赫伯特也特别强调了音乐的特殊作用："只要我还有……另一首乐曲，/ 就可以使生者不亡，/ 拥有它，我就拥有安息。"同时，诗人还注意到了基督的音乐性："基督是……我唯一的音乐……我的信条由基督调和。"

"调整它（诗琴）的曲调"就是调谐诗人自身的灵魂，使其获得上帝的旋律。多恩与赫伯特一样，在韵律、灵魂与上帝之间找到一种内在的和谐关系，只有把这三者统一起来，诗人才能够实现灵魂的和谐，使灵魂最终获得拯救。

在赫伯特看来，诗琴是基督徒抒发世俗情感的工具，是十字架的隐喻，用来传达上帝的和谐乐音与博爱，进而拯救基督徒的灵魂。在《圣殿》中，除了"诗琴"这个重要的乐器意象以外，还有一个非常重要的乐器意象"钟"。在赫伯特笔下，钟声也表现为和谐的乐音。

赫伯特的性格与诗文作品蕴含的和谐特性，在其诗歌出版以后就受到人们的普遍关注。1675 年沃尔顿出版的《约翰·多恩博士、亨利·沃顿爵士、理查德·胡克先生和乔治·赫伯特先生传》(*The Lives of Dr. John Donne*, *Sir Henry Wotton*, *Mr. Richard Hooker*, *Mr. George Herbert*) 第四版前言部分收录了一首查尔斯·科顿写给沃尔顿的诗歌，该诗有三节

---

① John Donne. *Poems of John Donne*, Vol Ⅱ, E. K. Chambers ed., Lawrence & Bullen, 1896, p. 121.

② John Donne. *Upon the Translation of the Psalms by Sir Philip Sidney*, *and the Countess of Pembroke His Sister*. See John Donne. *John Donne: The Complete English Poems*, A. J. Smith ed., Penguin Books, 1996, p. 333.

对赫伯特的人生和创作生涯进行了概述：

> 那位赫伯特先生：他的学识、
> 风度、角色，受到高度赞扬，
> 却曾经被仕途野心玷污；
>
> 他生就适合侍奉宫廷，那是他的目标：
> 可是最后，他抛开高贵的出身与名声，
> 做了一名人人都不愿意做的乡村牧师；
>
> 他的灵魂，由和谐的乐音铸就，
> 犹如甜美的天鹅，他柔声鸣唱，于是当他逝去
> 他的造物主赞扬他，而他谦恭不傲。①

在科顿看来，"和谐的乐音"与赫伯特的"和谐的灵魂"融为一体，"谦恭不傲"是诗人行为举止的特征。因此，科顿赞美他，而和谐的乐音，尤其是统摄整个宇宙的钟声，成为《亚伦》这首诗歌的重要主题之一。

此外，《亚伦》还是一首图形诗。全诗含有五个诗节，每个小节由五个诗行组成，第一行到第五行分别用的是三步抑扬格、四步抑扬格、五步抑扬格、四步抑扬格、三步抑扬格。在诗行的排列方面，赫伯特也用了不少心思，如果将这首诗横着看，这五个诗节犹如五个并列放着的钟：

> 头顶的神圣，
> 胸膛的光芒与完美，
> 下界和谐的钟声，使死人站立
> 引导他们走向生命与安息。
> 于是真正的亚伦已经穿戴整齐。
>
> 我头脑中的污秽，
> 我胸中的缺点与黑暗，
> 激情的喧嚣为我把死神召唤

---

① Robert H. Ray. "The Herbert Allusion Book：Allusions to George Herbert in the Seventeenth Century", *Studies in Philology*, Vol. 83, No. 4 (Autumn, 1986), pp. 119—120.

来到一处没有安息的场所。
我这可怜的牧师已经穿戴好。

只要我还有另一颗头颅，
另一颗心，另一个胸膛，
另一首乐曲，就可以使生者不亡，
拥有它，我就拥有安息。
在他看来我穿戴得很好。

基督是我唯一的头颅，
我唯一的心，唯一的胸膛，
我唯一的音乐，直至把我撞击至死亡，
到了老年，我将安息，
在他看来，穿戴一新。

于是我的头颅变得神圣
我珍贵的心房变得完美而轻盈，
我的信条由基督调和，(他没有死
在我安息时，而活在我心中)
人们来了，亚伦已经准备好。(*CEP*：164)

该诗的韵律非常富有节奏感，以第一节原文为例：

Holiness on the head,
Light and perfections on the breast,
Harmonious bells below, raising the dead
To lead them unto life and rest.
Thus are true Aarons dressed.

《亚伦》的每一小节都使用相同的"dtdtd"韵律，这使该诗在诵读时犹如钟声在读者耳边回响。由此可见，《亚伦》这首诗既具有明显的视觉图形感，又具有强烈的音乐性。在诗人看来，和谐的钟声是统摄宇宙的声音。与诗琴相比，钟代表了上帝与其创造物之间的和谐，钟显示出上帝与人双方为实现共同目标而进行的努力。于是，赫伯特将其命名为"和谐之钟"

（"Harmonious bells"）。

在赫伯特笔下，钟声是和谐的钟声，是上帝的乐音，这一含义和用法的最好例证是在《寻觅》一诗中：

啊，你要逃到哪里，哪里，
　　　我的主，我的爱？
我的寻觅是我每日的食粮；
　　　然而终不能兑现。

我的双膝戳破泥土，我的目光穿越苍穹；
　　　然而星球
和中心这二者都对我否定
　　　你在那里。

　　　…………

你的愿望是一段奇怪的距离，
　　　因为它可以触及
东西，吻及两极，
　　　使两条平行线相遇。

　　　…………

因为您的缺席超出
　　　所有已知的距离：
所以您的周围最先听到钟声，
　　　使二合为一。（CEP：153—154）

整首诗的发展以钟声意象的出现为终结。上帝与人，这两种不同的存在形式，因为钟声而呈现为一种平行状态。是钟声将二者统一为一种全新的、不同于二者的实体存在形式。人与上帝的团结即将形成一种渴望的、令人满意的关系；钟声制造出一种让人期待的，如空气般轻柔的声音，在人与上帝之间建立起一种神秘的连接，使上帝与人二合为一。人与上帝之间的距离越大，人与上帝的连接就越艰辛，这和谐的钟声也就越响。人与他的创造者上帝在和谐中实现统一。

赫伯特的宗教诗歌表明基督徒有两种认知世界的方式。第一种观点认为世俗世界充满泪水、痛苦与罪孽,这一切只能与基督徒的死亡一起消失;第二种观点同样承认地上的世界是一个堕落的世界,但是世人对美与秩序的追求却彰显出上帝的智慧。前一种观点对世俗世界持否定态度;而第二种观点则引导世人在世俗世界中寻找上帝:

> 既然神的全能和智慧的荣耀在天上照耀得更明亮,天便常常称为他的王宫(诗 11:4)。然而无论你往何处看,宇宙中神荣耀的点点火花随处可见。你无法一眼看透宇宙这无比宽广和美丽的体系,故而不得不叹服其明亮的荣光。《希伯来书》的作者绝妙地说:宇宙并不是从显然之物造出来的(来 11:3)。他的意思是,宇宙如此井然有序地运行,宛如一面镜子,叫我们思想到那位肉眼看不到的神。[①]

《痛苦(五)》属于第一种类型的诗歌,描绘了一个充满痛苦与绝望的世俗世界,而人类本身是其痛苦的根源。虽然赫伯特在诗歌中认识到了这一传统的神学观点,但是,他的宗教诗歌却具有超越时代、超越传统的价值。与《痛苦(五)》相比,《滑轮》一诗则阐释了另一种完全不同的思想。《滑轮》中的说话人认为人类焦虑不安的根源是上帝。因为在《滑轮》中,诗人似乎认为人类的堕落是由上帝的命令引发的,而不是由上帝的惩罚造成的:

> 当初上帝造人的时刻,
> 　旁边立着一只杯盛满祝福,
> "让我尽量向他倾注。"上帝说,
> "让世上散置的财富
> 　　聚集于一握。"(傅浩　译)

我们可以想象当初上帝造人的时候,召集来一些天使作为造人这一庄严时刻的见证人。当天使们站在他身边时,上帝把祝福倾注到人类的身上,不过,却在最后杯子里只剩下"安宁"的时候,停了下来,他不想把"安

---

① [法]约翰·加尔文:《基督教要义》,钱曜诚译,生活·读书·新知三联书店 2010 年版,第 21 页。

宁"这个宝物送给人类。文德勒认为,上帝在造人的过程中,"改变了想法"①:

> 　　在这首诗歌中,人类的"堕落"发生在上帝造人的过程中,因为这个世界被上帝设计得无法满足人类的欲望。起初,诗中的上帝好像要创造一个小宇宙,创造一个如同他自身一样的人物;但是,后来上帝意识到这一创造本身就是一个谬误,因为创造的结果将是另一个可以自足的神,而不是人类。因此,在造人的过程中,上帝经过重新思考,决定保留"盛满祝福的杯子"中的珍宝"安宁"。②

贾奇(Jeannie Sargent Judge)同样也认为上帝完全有理由"重新思考",因为人类并不是上帝的第一个创造物。因为在创造人类以前,上帝已经创造了天使,然而,一些天使却对上帝给予的"力量""美""智慧""荣耀"与"享乐"不满意,对上帝的显现不满意。以天使长路西法(Lucifer)为代表,一些天使开始反对他们的创造者。因此,上帝在创造人类的时候,就必须谨慎地思考人类有滥用上帝赐予的宝物的趋势。如果上帝把人创造为自足的个体,那么人的这种所谓的"完美"不仅会威胁到预期的上帝与人之间的关系,也会对人类自身产生灾难性的威胁。③

> 　　"如果我竟然,"他说,
> "把这份珍宝也赐予我的造物,
> 他就会爱惜我的赠礼而不敬奉我,
> 就会依赖造化,而不信赖造世主。
> 　　因此双方都将是损失者。"(傅浩　译)

　　虽然在造人的过程中,上帝表现得非常担忧,但是该诗的最后一节表明上帝是一位仁爱的,而非自私的父,他并没有收回已经赐给人类的财宝:

---

① Helen Vendler. *The Poetry of George Herbert*, Harvard University Press, 1975, p. 32.
② Helen Vendler. *The Poetry of George Herbert*, Harvard University Press, 1975, p. 34.
③ Jeannie Sargent Judge. *Two Natures Met：Geroge Herbert and the Incarnation*, Peter Lang Publishing, Inc., 2004, p. 142.

> "还是让他拥有其余的财宝，
> 但拥有的同时却抱怨不得休息。
> 让他富有而厌倦，这样至少，
> 即使善行不能引导，厌倦也会
> 把他抛向我的怀抱。"（傅浩　译）

《滑轮》这首诗揭示了上帝对人类的恩赐与照顾，同时也揭示了该诗的救赎主题，如该诗最后一行表明上帝把"安宁"（"restlessness"）看作是把人引回他的滑轮。此外，该诗的诗行排列形式与韵律结构的独特性也暗示了上帝拯救人类的动机：如果把每一个诗节横着看，就会发现缩进的首行与末行如同越过滑轮的两根绳索，而中间三个较长的诗行则如支架使滑轮稳固；阅读原文，就会发现，每个诗节的首行与末行都是三步抑扬格且押韵，而中间的三个较长诗行用的是五步抑扬格，且中间一行与首尾两行押韵，它与第二和第四诗行的不同韵律暗示这是固定滑轮的支点。

《滑轮》中的绳索意象暗示绳索是上帝拯救人类的途径，人类只有沿着这条绳索，通过诗行的升降机，登上天国，才能获得上帝的救赎。在该诗中，诗人赋予滑轮这个科学意象以巧智，在巧妙的科学构思中，阐释抽象的神学思想。

对上帝与人之间关系的探讨是基督教作家们的永恒主题，通过与中世纪基督教抒情诗的比较发现，《圣殿》中表现的人与上帝之间的情人关系与中世纪基督教诗歌有很大不同。赫伯特用情人间嗔怪、责备的语气来表现抒情主体对上帝的情感体验，同时，在上帝与人类灵魂互动的过程中，是上帝化作自责的情人主动地追求人类，设法救赎他的灵魂。《圣殿》中表现的上帝与人类之间的主仆关系具有反讽的性质，在《牺牲》这首诗中，圣子基督作为上帝的代言人却没有得到主人般的待遇，诗人用"servile"一词形成的悖论来突显基督作为圣子为拯救人类罪孽而做出的巨大牺牲。赫伯特对上帝与人类之间父子关系的刻画也入木三分，上帝不再是一个枯燥的权威天父形象，他的威严遭到"儿子"的挑衅。

《牺牲》具有叙事诗的性质，诗中的叙事者是吊在十字架上的基督，赫伯特通过基督之口回顾了基督受难的整个过程。该诗是"圣堂"部分的第二首。其实，"圣堂"开篇与结尾的诗歌都关注了圣餐仪式中的"吃""品尝"与"进餐"这几个动作。"圣堂"部分的第一首诗《破碎的圣坛》是首图形诗，诗人笔下"破碎的圣坛"图形一方面隐喻诗人破碎的、寻求安宁的灵魂，另一方面也隐喻基督受难的圣所。在"圣堂"部分,赫伯特描写了"基督受难""基督复活""圣灵降临"等众多基督教事件,并对圣餐的"甜美"与"苦涩"的双重性质进行阐释。在对"不懂得仁爱"的基督徒发出邀请之后,在"圣堂"部分的最后一首诗《爱(三)》中,诗人的灵魂在与上帝的交锋中,感受到了圣灵的来临。隐喻上帝的圣灵犹如一位温柔体贴的主人,热情地招待人类说话者的灵魂,而这个"我坐了下来,开始进餐"。

于是,"圣堂"的开端与结尾通过描绘基督教传统中的两个重要事件——基督受难与基督重临将"圣堂"这部分内容融合、贯穿起来。然而,在"圣堂"中反复出现的圣餐仪式,使基督受难与基督重临这两个事件在圣餐仪式的当下反复呈现,打破了这一线性时间观,而诗人,作为上帝的读者之一,立刻对上帝的行为做出回应,用一系列诗行表达自己对上帝的无限向往、愁苦和期待的心情。于是,"纱巾"与天国音乐就成为诗人抒发内心情感体验的工具。

掌控音乐、运用音乐是赫伯特天生的禀赋,是一种与生俱来的优雅。他用和谐的乐音统摄所有的诗行,使自己内心对上帝的渴望而不可得的焦虑心情得到调和。他用诗歌的和谐乐音来鼓舞、安慰、激励读者,让他们在和谐的乐音中净化心灵、陶冶情感。同时,他在诗行中抒发自身对上帝的和谐音乐的由衷的向往之情,引导读者去领会上帝的恩典,在音乐中体会基督教对"真、善、美"的追求。因此,他的诗歌具有一种肃穆、庄严而又不失快乐的特性。

第三章　个体的救赎与宗教美德

　　赫伯特认为人作为一个个存在的个体,不仅要在灵魂生活中体认上帝的存在,感悟上帝的恩典,还要对自我的行为进行约束。这是《圣殿》和《乡村牧师》中的一个主要观点,赫伯特的这一观点明显继承了《新约·雅各书》中第二章第十七节的核心思想,即"信心若没有行为就是死的"。

　　14世纪伊始,在欧洲大陆掀起的文艺复兴运动,给中世纪的基督教思想带来了巨大变化,在人神关系中,人的地位的提升使得这一时期的宗教观具有了浓重的人文主义色彩,有些学者将这一宗教观称之为人文主义宗教观。

　　人文主义宗教观提出了有别于传统基督教信仰的上帝观,他们为了说明新的人神关系而对上帝做出新的阐释,认为上帝不是手持利剑向人间播撒愤怒火焰的恐怖形象,而是爱与美德的化身。人文主义者以现世生活和人本身为中心的神学对以后世天国和上帝为中心的神学进行间接批判,使真善美从遥远的天国复归人世,使人的价值从上帝那里重返人间。①

　　位于赫伯特代表作诗集《圣殿》主体部分"圣堂"的第二首诗《牺牲》,是一首含有63个四行诗节的长诗,该诗以吊在十字架上受难的基督的口吻,表达了上帝之子基督在拯救人类的罪孽、帮助人类获得救赎时所面临的"在生死之间进行选择"的伦理选择难题。门徒的背叛与教徒的无知使耶稣内心痛苦无比、饱受煎熬,然而,这并没有熄灭耶稣拯救教徒的信心,他以牺牲自己的生命为代价,追求崇高,使自身成为美德的化身。

　　与《牺牲》一诗兼具叙事与抒情的风格不同,《圣殿》开篇长诗《洒圣水的容器》的写作具有智慧文学的特点。在这首长诗中,赫伯特对当时英国社会的贪婪、酗酒、撒谎、懒惰、说脏话和爱好排场等不良价值观念进行了规劝,并鼓励和倡导相应的美德:忠诚、持重、真实、勤奋、朴素等。马兹就此认为《洒圣水的容器》主要涉及三方面的内容,分别是对个人行为的过失

---

　　①　刘新利、陈志强:《欧洲文艺复兴史·宗教卷》,人民出版社2008年版,第59—69页。

（第 1 到 34 节）、社会行为的过失（第 35 到 62 节）和宗教义务的过失（第 63 到 77 节）的批评和纠正。[①]在该诗最后一节，诗人这样写道：

> 即使是最微小的美德，也不要将其推迟：
> 生命的可怜的短暂时光不足臂长，在你的痛苦中虚度。
> 　如果你作恶，喜乐就会消失，而痛苦留存：
> 　如果你行善，痛苦就会消失，而喜乐永存。（CEP：21）

诗人在《圣殿》开篇长诗的结尾部分论及美德（"virtue"），说明美德是他视阈中的一个重要主题。

第一节　美德与基督教：西方美德思想的流变

　　探究赫伯特作品的美德主题是比较赫伯特宗教诗歌与中世纪宗教诗歌的一个重要切入点。"virtue" 及其相应的形容词"virtuous"在《圣殿》中总共出现了 16 次。其中"virtue"出现了 13 次；"virtuous"出现了 3 次，分别是在"virtuous soul""virtuous deeds"与"virtuous actions"中。"virtue"这个关键词在《圣殿》中出现的频率并不高，但是在渲染美德方面，赫伯特却使用"sweet"及其相应的同根词 79 次之多。在《圣殿》中，诗人通过多次运用通感这一修辞手法，将美德给基督教徒带来的"甜美"影响贯穿在诗集始终，激发基督教徒去追求不仅给他带来愉悦的身体享受，也给他带来愉悦的精神享受的美德。

　　爱德华·赫伯特（Edward Herbert）是乔治·赫伯特的长兄，在论述自然神论时，谈到了美德对提升灵魂境界的作用。他说："由于自然永不停歇地努力，想把灵魂从它的肉体负担中解放出来，所以说自然本身给我们逐渐灌输了一种隐秘的信念，即认为对于让我们的精神逐渐从身体里面分离和解放出来，进入其所适宜的领域而言，美德构成了最有效的手段。而尽管在这个问题上还有很多的论据可资引用，我所能想到的最有说服力的证据却是这样一个事实，那就是唯有美德有能力把我们的灵魂从它所陷入的欢愉之中提升出来，甚至还能使它回到自己本来的领域之中，从而脱离罪恶的魔掌，并且最终摆脱对死亡本身的恐惧，它可以发挥自己应有的作用，

---

① Louis L. Martz. *The Poetry of Meditation*，Yale University Press，1954，p. 291.

并且获得内在的永恒喜乐。"①美德帮助人摆脱罪恶的行为,脱离对世俗欢乐的向往,使人的灵魂得到提升,并获得最终的快乐。

在《洒圣水的容器》中,赫伯特对人们的行为提出要求,要求人们无论在公共生活领域还是在个人生活领域,都要注重约束自身的行为。但是,赫伯特并没有把人作为一个集体或者统一体来要求,在他看来,只有每个人使自己的行为符合规范,做一个最好的自己,才能从根本意义上改进社会秩序,促进英国国教和国家的进步。

由此可见,在赫伯特看来,基督徒个体美德的获得与他的行为实践密切相关,个体行为的品质直接关涉基督教徒能否得到喜乐,获得基督的救赎。赫伯特的名诗《美德》直接以"美德"为题,突出表现了美德主题的重要价值。因此,可以认为赫伯特的诗学具有行为美学的性质。

关注基督徒的行为实践是文艺复兴时期众多基督教学者的精神追求。1633 年,韦尔特郡牧师罗伯特·戴尔(Robert Dyer)出版了专著《基督教徒神学实践》(*The Christians Theorico-Practicon*),该书由他在牛津郡布道时撰写的两篇布道词组成。第一篇布道词的核心内容是基督徒的学识,第二篇布道词的核心内容是基督徒的实践,纵观两篇布道词,戴尔并没有孤立地谈论基督徒的学识与实践,而是在分别论述二者的过程中,探究学识与实践在基督徒生活中的价值与意义。在他看来,"我们的学识必须在实践中指导我们的意识,我们的实践就是使我们的学识变得十全十美。"接下来,戴尔强调,"实践的必要性在于获得灵魂的拯救。"②

《圣殿》中《花环》(*A Wreath*)这首诗表达的观点可以与戴尔的观点相媲美,尤其是在该诗的后四行,赫伯特写道:

> 请您赐予我简洁,我将因此而生,
> 我像基督一样活着,我将认识您的道路,
> 认识您的道路并将就此前行:随后我把
> 这可怜的花环献给您,把这赞扬的王冠献给您。(*CEP*:75)

---

① ［英］爱德华·赫伯特:《论真理》,周玄毅译,武汉大学出版社 2006 年版,第 277 页。

② Robert Dyer. *The Christians Theorico-Practicon*:*or*,*His Whole Duty*,*Consisting of Knowledge and Practise*,London,1633,p. 21. See Kenneth Graham. "Herbert's Holy Practice". See Christopher Hodgkins ed. *George Herbert's Pastoral*:*New Essays on the Poet and Priest of Bemerton*,University of Delaware Press,2010,p. 72.

　　在这四行诗中,诗人通过运用顶真①这种修辞手法,以及与该诗第一个四行诗节的韵律恰好相反的韵律,强调了圣洁的实践活动的本质是重复与循环,甚至是螺旋上升的状态:生活实践带来学识的积累,而学识的积累反过来带来更有意义的生活实践。赫伯特对神学理论与实践之间关系的重视,显然不应该被读者忽略。

　　散文集《乡村牧师》集中体现了赫伯特认为基督徒应该注重社会行为实践的观点,这一宗教体验是他对基督教信念的独特解读。此外,《圣殿》与《乡村牧师》的创作年代非常接近,几乎都是在诗人来到伯默顿担任牧师以后完成的。于是,《圣殿》和《乡村牧师》在思想方面存在一定的相通性,他们互相补充、互相阐释,形成互文。

　　《圣殿》是赫伯特的基督教抒情诗集,同时也是他发表德行观点的阵地。《洒圣水的容器》的 77 个六行诗节是关于德行与智慧的诗性布道文。而"圣堂"部分的一百多首诗或直接以基督教节日为题,或直接以教堂中的物体为题,或是诗人对日常生活中的物品展开沉思。在这些标题中,"Virtue"这个标题显得异常耀眼夺目,而对该题目的理解、阐释与翻译对理解赫伯特的诗学思想至关重要。是否应该像何功杰等译者那样,将其译为"美德"呢? 还是结合诗人在《洒圣水的容器》中表达的思想,将其译为"德行"呢? 这需要考察"Virtue"这个词的内涵及其发展变化。

　　在 13 世纪早期,"Virtue"写作"vertu",意思是"有德性的生活与行为"。"vertu"这个词来自盎格鲁－法语和古法语词"vertu",而"vertu"的词源是拉丁语"virtutem"(其复数形式是 virtus),意思是"道德上的优秀、男子气概、英勇、卓越、有价值"②;该词在希腊语中的现代写法是"arête",是一位女神的名字。③ arête 主要指一种与实践(praxis)相关的能力,也能使实践行为最好地实现其目的。因而,"对于古希腊人来说,一种美德(virtue)就意味着一种卓越(excellence)"④。一个是指抵制诱惑的正确的道德行为;另

_____

　　①　用上句结尾的词语作下句的开头,前后顶接,蝉联而下,促使语气衔接的修辞法,叫做顶真,又称联珠、蝉联、连环。《花环》一诗的最后四行原文为:"Give me simplicity, that I may live, / So live and like, that I may know thy ways, / Know them and practice them; then shall I give/ For this poor wreath, give thee a crown of praise."

　　②　Online Etymonline Dictionary, "Virtue". http://www. etymonline. com/index. php? allowed_in_frame＝0&.search＝Virtue&.searchmode＝none.

　　③　Theoi Greek Mythology, "Arete". http://www. theoi. com/Daimon/Arete. html.

　　④　Lear Jonathan. *Aristotle*: *The Desire to Understand*, Cambridge Unirersity Press, 1988, p. 164.

一个是指"力量"。^① 在考察"virtue"的词源之后,结合本文对赫伯特诗歌及其创作思想的理解,认为"virtue"译为"美德"更能突出本文的研究重点和研究价值。

当代西方最重要的伦理学家阿拉斯戴尔·麦金太尔(Alasdair Maclntyre)在其道德专著《追寻美德:道德理论研究》(*After Virtue,A Study in Moral Theory*)中使用历史主义的方法考察了美德的内涵,根据时代的变化,试图把握美德在不同社会语境下的真正含义。

麦金太尔把人类美德思想史的起源推至比《荷马史诗》产生的公元前 7 世纪还要早许多年的古代史诗中,他没有指出这一具体的时间,但是他明确指出在公元前 6 世纪正式背诵《荷马史诗》已经成为一种公共庆典。

美德,在荷马史诗中用来指任何种类的优秀。跳远的人显示了他双脚的优秀,一个人可以在一种美德上胜过其父辈、祖辈。正如亚里士多德所言:"一切德性,只要某物以它为德性,就不但要使这东西状况良好,并且要给予它优秀的功能。例如眼睛的德性,就不但使眼睛明亮,还要使它的功能良好(眼睛的德性,就意味着视力敏锐)。马的德性也是这样,它要成为一匹良马,并且善于奔跑,驮着它的骑手冲向敌人。如若这个原则可以普遍适用,那么人的德性就是一种使人成为善良,并获得其优秀成果的品质。"^②

在对荷马史诗《伊利亚特》进行考察后,麦金太尔首先得出美德在英雄社会中的含义。他认为:"判断一个人就是判断其行为。要印证有关一个人的美德与罪恶的判断就看他在特定境遇中所表露的具体行为;因为美德恰恰就是维持一个自由人的角色,并在其角色所要求的那些行为中显示自身的那些品质。"^③在英雄时代,人们流离失所、硝烟滚滚,人类在自然面前的无助与弱小使得勇敢、友谊和坦然面对死亡成为当时的主要美德。在麦金太尔看来,在英雄社会中,美德是一种能够使个人履行其社会角色的品质,美德概念从属于社会角色。

时至公元前 5 世纪,在雅典,一些思想家开始探讨古典社会的德性,发现荷马对社会、对家庭乃至家族的要求已转化为对雅典、斯巴达等城邦的要求,这就使美德概念适用的共同体由血缘集团拓展到了城邦国家。由于

---

① Robert H. Ray. *A George Herbert Companion*, Garland Pub, 1995, p. 161.

② [古希腊]亚里士多德:《亚里士多德选集:伦理学卷》,苗力田编,中国人民大学出版社 1992 年版,第 34 页。

③ [美]麦金太尔:《追寻美德:道德理论研究》,宋继杰译,译林出版社 2011 年版,第 154 页。

道德权威中心的转移，美德概念获得了新的含义，并逐渐与社会角色概念相分离。在雅典，判断好人的标准不再是其社会角色，而是此人与他人之间的关系。

在智者学派①看来，成功必须是在某个特定城邦里的成功。这样，不同的城邦所孕育的美德概念就有所不同。"正义本身"只能是正义者杜撰出来的一个并不存在的幽灵，在现实生活中仅存在"雅典所认为的正义""底比斯所认为的正义"和"斯巴达所认为的正义"。所以，在智者学派那里，美德已成为一种多种多样的、区域性的、随机的品质。

与智者学派的论点相反，柏拉图追求统一性，他认为城邦的美德与个人的美德是统一的，二者不可能相互冲突，但他也深知，合理欲望"只能在一个具备理想制度的理想国家中，得到真正的满足。所以必须在理性的欲望所渴望的善与城邦的现实生活之间做一截然的划分。可是，由政治途径获得的东西绝不能令人满足；令人满足的东西只能由哲学而非政治来达到……尽管如此，美德概念仍然是个政治概念；因为柏拉图关于有德之人的论述与他关于有德公民的论述是不可分离的。诚然，这是一种掩饰，一个优秀的人不可能不是一个优秀的公民，反之亦然。然而，优秀的公民不会居住在任何现实的城邦中，雅典、底比斯甚或斯巴达。在这些地方，统治城邦的那些人本身并不是由理性统治的"②。从这个意义来说，美德与其说同现实国家的政治实践相关，不如说同理想国家的政治实践相关。为了解决这种理想与现实的矛盾进而保持美德的统一性，柏拉图把人的本质归于灵魂。

在柏拉图看来，一个人的灵魂包含理性、激情与欲望三个要素，"灵魂的每一部分均应履行其特定的功能"③。他认为，理性、激情和欲望分别与智慧、勇敢和节制三种美德相对应。理性创造智慧，在个人灵魂中发挥主导作用；激情能够唤起勇气；欲望是人们感受爱、恨、饥、渴等本能的感觉。其中，理性与激情是人性中善的部分，而欲望则是人类灵魂中恶的部分。欲望的满足会让人感到快乐，但是强烈的欲望会使人变得邪恶。因此，人

---

① "智者"原是泛指有才智及某种技能专长的人。到公元前 5 至前 4 世纪，才用来称那批授徒讲学，教授修辞学、论辩术和参政治国、处理公共事务本领的教师。在这批人中产生了不少出色的哲学家，因此称为"智者学派"。智者最早和最主要的代表人物是普罗泰戈拉和高尔吉亚，他们的思想奠定了智者学说的基础。对智者的研究，主要依据柏拉图、亚里士多德、塞克斯都•恩披里柯等人有关著作中对智者活动、论断的记载和转述。

② ［美］麦金太尔：《追寻美德：道德理论研究》，宋继杰译，译林出版社 2011 年版，第 177—178 页。

③ ［美］麦金太尔：《追寻美德：道德理论研究》，宋继杰译，译林出版社 2011 年版，第 178 页。

们必须用理性和激情来引导欲望,使过度的欲望得以控制。灵魂中理性、激情和欲望这三要素之间关系的调节与安排取决于正义。柏拉图的正义与我们当今对正义的理解不同。在他看来,正义是一种美德,是"给灵魂每一部分分配其特殊功能的美德"①。

柏拉图的学生亚里士多德是西方伦理学德性传统的奠基人。他直接把伦理学定义为"研究德性的科学",把人预设为一种有理性、有目的性的动物,只有这样才能使"偶然成为的人"转化为"一旦认识到自身基本本性后可能成为的人"②。亚里士多德认为人作为理性动物的最高目的就是自足的至善——幸福,而美德是实现至善的内在手段。对人类而言,究竟何为善?亚里士多德认为善是"当一个人自爱并与神圣的东西相关时所拥有的良好的生活状态以及在良好的生活中的良好的行为状态"③。美德就是使人能够达到这种状态的品质。拥有美德,人就能够达到至善,实现自身的幸福。

在亚里士多德看来,美德不是天生的,它是在人类的灵魂中生成的。④那么,在亚里士多德的德性观中,人如何才能获得美德呢?根据获得的途径不同,亚氏将美德分为理智美德(intellectual virtue)和品格美德(virtues of character)。理智、理解和明智是理智德性,而像慷慨、节制、勇敢等则属于道德德性。理智美德是通过教育获得的,品格美德则是来自习惯性的行为实践。⑤两类美德密不可分。

麦金太尔在阐释亚里士多德的《尼各马可伦理学》时,指出亚里士多德通篇很少提及规则。而且,他"把服从规则的那部分道德,看作是服从城邦所颁布的法律。这种法律绝对地规定并禁止某些行为,而这些行为属于一个有美德的人应该做或者要抑制着不去做的行为……可见,在亚里士多德那里,规则就是法则,它的目的主要是禁止人们做什么,而美德的目的主要还是告诉人们应该做什么。亚里士多德的美德与法则的关系,其实隐含着的是美德与共同体的关系"⑥。

---

① [美]麦金太尔:《追寻美德:道德理论研究》,宋继杰译,译林出版社 2011 年版,第 178 页。
② 秦越存:《追寻美德之路:麦金太尔对现代西方伦理危机反思》,中央编译出版社 2008 年版,第 72 页。
③ [美]麦金太尔:《追寻美德:道德理论研究》,宋继杰译,译林出版社 2011 年版,第 187 页。
④ 王能昌,海默:《亚里士多德的德性论》,《南昌大学学报》(人文社会科学版)2001 年第 4 期,第 42 页。
⑤ [美]麦金太尔:《追寻美德:道德理论研究》,宋继杰译,译林出版社 2011 年版,第 195 页。
⑥ 秦越存:《追寻美德之路:麦金太尔对现代西方伦理危机反思》,中央编译出版社 2008 年版,第 73 页。

在亚里士多德看来,美德不仅在个人生活中非常重要,而且在城邦生活中也必不可少。秦越存在论述亚里士多德的美德观在个人生活与城邦生活中的关系时,认为:"要阐明美德与法则的关系,就要考察在任何一个时代建立一个共同体所要涉及的东西,这个共同体要实现共同的筹划,这一筹划旨在产生某种被所有参与这一筹划的人公认的共享的善。共同体的成员有两种不同类型的评价性实践。首先是必须承认那些精神和性格中有助于实现其共同善的品质为美德;其次是要把有损于共同善的行为看作是恶。这种行为至少在某些方面、某些时候妨碍善的获得,从而破坏共同体的联结纽带。在这样一种共同体中,通行的那些美德会教导其公民何种行为将给他们带来功绩与荣耀;而那些违法行为则教导他们何种行为不仅被视为恶的,而且是不可容忍的。可见,对违法行为的广泛性认同与对美德的性质与意义的广泛认同一样,都是一个尚未腐朽的共同体的组成要素。"①

因此,对于一个共同体来说,仅有全体成员共同认可的美德条目是不够的,还必须有适合当时历史发展的法则与之相配,使法则与美德互为补充。

亚里士多德的德性论对后来西方文化的发展产生了重要影响。虽然中世纪是神学一统天下的时代,但是作为一个统一体,中世纪文化因为多种截然不同的成分之间的相互冲突而保持着一种脆弱而又复杂的平衡。中世纪社会通过多种不同类型的方式和途径完成从英雄社会到它自身的转变,它并没有完全抛弃英雄社会与古希腊、古罗马的城邦文化,而是对这些古典文化的精髓进行反思,将其吸纳到自己的文化当中。

麦金太尔认为,虽然基督教的《圣经》文化在中世纪文化中占有支配地位,但是古典的文化传统依然十分重要,影响了整个中世纪文化。秦越存在描述这种文化冲突与融合的过程中说:"整个中世纪的美德观不仅是基督教与异教的紧张与冲突的过程,也是基督教与异教相融洽的过程。……在这种冲突的背景条件下,道德教育才得以展开,美德才受重视并被重新界定。因此,12世纪的著作家以美德的方式提出了这样的问题,即如何使正义、审慎、节制与勇敢这四种核心美德的实践适应于神学的美德——信仰、希望与爱。异教作家所讨论的美德都是有利于创造和维系世俗社会秩序的品质,但神学的美德能把这些品质转变成真正的美德,而这些美德的

---

① 秦越存:《追寻美德之路:麦金太尔对现代西方伦理危机反思》,中央编译出版社2008年版,第75—76页。

践行则通向人的超自然的目的地——天国。"①

在麦金太尔看来,中世纪的社会结构为践行亚里士多德设想中的美德提供了社会语境支持,因为中世纪的王国与亚里士多德设想的城邦之间有一定的相关性。"这两者都被设想为是人们在其中共同追求那种人类的善的共同体,而不仅仅是为每一个体角逐其自身私人的善提供竞技场……"②无论是在古代社会,还是在中世纪的王国中,个体不仅要将其自身的才能发挥到卓越,还要实现其作为个体的特性角色,处理好个体与共同体之间的关系,这样个体才能实现自身的善。共同体对自我善的实现来说,至关重要,因为"我是作为这个国家、这个家族、这个氏族、这个部落、这个城邦、这个民族、这个王国的一名成员而面对世界的。除此以外,别无他'我'"③。对于中世纪的基督教徒来说,无论个体之我属于哪一个教派,属于哪一个世俗共同体,他都把自己想象为天国的永恒的共同体中的一员。"因此,虽然在中世纪的社会中存在着道德争议,但是,这是一个概念背景一致并有着共同美德认同框架的历史条件下的争议。"④

在中世纪的众多观点当中,斯多葛派的观点颇具特色。与亚里士多德的美德思想不同,斯多葛派认为:"aretê 本质上是个单数表达式,一个人要么拥有全部美德,要么一无所有;某个人要么拥有 aretê 所要求的完满性(在拉丁文中,virtus[优秀]和 bonestas[完善]都被用来译 aretê),要么什么也没有。人有了美德才有道德价值;没有美德,人就毫无道德价值。这里不存在任何中间层级。既然美德要求正确的判断,因此按照斯多葛主义的观点,善人必定也是有智慧的人。不过,他的行动倒不一定是成功的或有效的。做正确的事并不必然产生愉快或幸福、身体健康或功名利禄或任何其他形式的成功。然而,所有这一切都不是真正的善;它们只是在被有着正当意志的行为者在正当行动中所运用时,才是无条件的善。只有这样一种意志才是无条件的善。因此,斯多葛主义放弃了任何有关 telos(目的)的概念。"⑤

在斯多葛派看来,一个正当行为的意志遵从的标准体现的是自然的标

---

① 秦越存:《追寻美德之路:麦金太尔对现代西方伦理危机反思》,中央编译出版社 2008 年版,第 80 页。

② [美]麦金太尔:《追寻美德:道德理论研究》,宋继杰译,译林出版社 2011 年版,第 217 页。

③ [美]麦金太尔:《追寻美德:道德理论研究》,宋继杰译,译林出版社 2011 年版,第 217 页。

④ 秦越存:《追寻美德之路:麦金太尔对现代西方伦理危机反思》,中央编译出版社 2008 年版,第 80—81 页。

⑤ [美]麦金太尔:《追寻美德:道德理论研究》,宋继杰译,译林出版社 2011 年版,第 213 页。

准和宇宙法则,美德标示的是内在性情和外在行动与宇宙法则的一致。理性对于个体的人来说是同一的,法则是世界性的,不受地域特征或者环境的限制。因此,斯多葛派的单一的美德一元论取代了远古的德性传统及其目的论。斯多葛主义在中古时期的发展为欧洲后来的道德理念的建立确立了一种模式,法则置换了德性而成为中心,德性被边缘化了。

斯多葛主义的泛滥打破了自 12 世纪以来在欧洲大陆形成的既包含古典又包含神学的道德体系。这种将神学与亚里士多德的目的论伦理学结合在一起的道德伦理学敦促美德、禁绝恶行,教导信徒如何把潜能变为行动、如何实现自身的真实本质并达到自身的目的(telos)。这一体系的三个基本要素偶然所示的人性(human-nature-as-it-happens-to-be)、理性伦理学的训诫,以及实现其目的而可能所示的人性(human-nature-as-it-could-be-if-it-realized-its-telos)紧密地结合在一起。这一理论的中世纪支持者理所当然地认为这是上帝启示的一部分。但是,“当新教和詹森派天主教登上历史舞台时,这种大规模的认同感就消失了。因为它们体现了一种全新的理性概念”①,跳出了传统基督教和美德思想的框架体系。

在中世纪行将结束、启蒙运动的曙光到来的时代,由于世俗社会排斥和拒绝新教和天主教神学以及科学和哲学的发展脱离了亚里士多德主义,最终启蒙运动时代的道德哲学抛弃了中世纪神学道德体系中的“实现其目的而可能所是的人”这一概念。

此外,启蒙运动将道德世俗化,使人对道德判断作为神法的公开表达的地位产生了质疑。人们把道德判断本身看作是绝对命令,忽略了道德评判依据的标准。

休谟、狄德罗、康德都在自己的哲学著作中论证了启蒙运动失败的原因,指出 18 世纪道德哲学家的道德筹划注定不会成功。康德对这一问题的批判更具代表性,他认为这是抛弃传统道德目的论直接导致的结果。至此,麦金太尔在对众多哲学家的哲学思辨分析的基础上,认为抛弃亚里士多德伦理学目的论的直接后果是导致启蒙筹划的失败。

在考察古典社会、雅典城邦社会、柏拉图和亚里士多德以及中世纪和启蒙运动时期的美德内涵以及道德评判标准以后,麦金太尔阐释了自己的美德伦理思想,指出道德只有放在它所产生的文化背景中才具有意义,在对哲学史的梳理中,美德突出地显示出它在道德规范中的重要作用,提出要在道德规则与人性之间建立连接,就必须依靠传统,就必须回归亚里士

---

① ［美］麦金太尔:《追寻美德:道德理论研究》,宋继杰译,译林出版社 2011 年版,第 68 页。

多德,这才是拯救当今西方社会道德状况不尽如人意的良方。

从麦金太尔对西方社会美德内涵和道德评判标准考察的过程来看,西方社会在文艺复兴时期晚期到启蒙运动时期,经历了美德发展史上的第一次重大变化。在中世纪形成的与神学相结合的美德传统在文艺复兴时期晚期,由于人的主权与地位的大力宣扬与建立,神法道德受到人们的质疑,亚里士多德的美德传统逐渐被抛弃。到启蒙运动时期,18 世纪的道德哲学家们建立了一种脱离亚里士多德道德传统的理性道德观,这一观点彻底抛弃了亚里士多德的目的论,忽略了人对"至善"的追求以及美德在这一过程中的重要作用。

《圣殿》与《乡村牧师》由于其特殊的创作年代和赫伯特本人对美德的思考,显示出赫伯特在英国社会由中世纪向近代早期社会过渡的过程中独具慧眼,试图与古老的亚里士多德的美德思想建立连接,在美德与行为之间找到关联点。同时,由于赫伯特对神学的体验与感悟,他对美德与行为的感知又具有了神学的维度。

第二节 上帝的"恩典"与个体的救赎

赫伯特在探究上帝的恩典时,往往对在十字架上受难的耶稣展开冥想,对他身体承受的苦难和灵魂体验到的甜蜜进行描绘,这一悖论在 17 世纪的众多寓意画中都能见到[①],同时,这些寓意画让读者能够理解"heart"成为《圣殿》中一个高频词的原因,这是时代对基督的道成肉身这一神学思想的独特理解,是赫伯特体验上帝的独特的心路历程。

在中世纪传统神学中,为拯救世人的罪孽,上帝让他的儿子基督来到人间,然而人类的罪孽蒙蔽了他们的双眼,让他们对上帝所做的一切视而不见;而他们对上帝的呼唤,也不能被上帝听到。理查德·托德将这一切描绘为"上帝的耳聋"("divine deafness")与"人类的眼盲"("human blindness")。在这方面,赫伯特对上帝的体验与中世纪基督教抒情诗人有很大不同。例如,在《罪人》(*Sinner*)这首诗中,诗人写道:"主啊,请您向我显现

---

① 这些寓意画可以参看理查德·托德的《符号的模糊特性》(Richard Todd. *The Opacity of Signs:Acts of Interpretation in George Herbert's The Temple*,University of Missouri Press, 1986.)一书的第 128 至 131 页,这 4 页中共有 14 幅寓意画,其中在 12 幅画中,都有一颗心。在这些寓意画中,心脏或者流血,或者受到弓箭的捅刺,然而这一切都受到上帝的庇佑,具有神性的光辉。

您的真容,倾听我的呼唤。"在诗人看来,上帝与他之间是可以沟通的。《未知的爱》这首诗则把这种人神之间交流的可能性与寓意画传统结合在一起,用诗行创设出一系列精神图景。诗人先把自己的心灵摆放在"一盘水果……中央"("in the middle of ... a dish of fruit")献给上帝,然而这颗心却被一名仆人拿走放进了"圣洗池"("font"),在那里接受鲜血汇集而成的小溪的洗礼。在黄昏时分,我的心被扔进一口沸腾的、边缘写着一串意为"痛苦"的大写字母的锅中,在这里,我的心变得坚硬,然而"圣洁的酒"使它变得"柔顺"。于是,在这首诗歌中,赫伯特将圣餐传统与血液的治愈功能结合在一起:

> **我担心,你的心无比坚硬。**
> 事实上,果然如此。我发现它开始长满
> 老茧,更详细点说:
> 我用一种更强烈的药物,然后是滚烫的水,
> 反复清洗它,甚至使用神圣的血液。(CEP:121)

《未知的爱》可以看作是对《圣殿》前半部分《恩典》一诗的回应:

> 罪孽仍然锤炼我的心
> 把它变成铁石心肠,没有爱:
> 让顺从的恩典,抵消罪恶,
> 　　　　从上天降落。(CEP:54)

"罪孽锤炼心灵"并"把它变成铁石心肠"这个巧智表明上帝恩典的不在场。诗人似乎在《未知的爱》中的"神圣的血液"与《恩典》中的"恩典"之间画上等号,把圣餐中的葡萄酒看作是"神圣的血液",认为它具有帮助基督教徒涤去自身罪孽的功能。在《耶稣受难日》(Good Friday)这首诗中,赫伯特要求大自然的秘书用血液书写:

> 因为血液最适合书写
> 您的悲伤与血腥战斗;
> 我心已将其存储记下。(CEP:35)

在这首诗中,当罪孽离开时,诗人号召上帝将这颗心"装满您的恩典",这样

就可以阻止罪孽的返回,保护心灵不再受伤害。

由此可见,在赫伯特看来,神圣的恩典能够治愈心灵之疾,使其恢复人类堕落之前的纯真状态,那时诗人"把您写作伟大的天父,把自己写作孩子",他"变得温柔,服从您的意愿"(*CEP*:39)。在该诗的结尾,诗人写道:"孩童时代才健康。"在《未知的爱》这首诗的下半部分,当"我"逃出大锅,逃到家里准备上床睡觉时,发现它塞满了一些思想,一些刺,于是,在该诗的结尾部分,诗人再次描绘并强调了上帝的恩典对人类的心灵状态所产生的滋润作用:

> 诚实地说,朋友,
> 因为我必须倾听,你的主人
> 帮助你,比你自己知道的还要多。 结束吧。
> 旧的圣洗池已经更新:
> 大锅使变硬的部分柔软:
> 荆棘使迟钝的部分复活:
> 一切都是为了修葺你毁坏的物体。
> 因此接受欢呼吧,请你
> 每日、每时、每刻尽情地赞美他,
> 他愿意让你变得鲜活、温柔、富有活力。 (*CEP*:122)

对于赫伯特及其他 17 世纪基督教徒来说,上帝内化于他们心灵之中,是一种内在的固有的存在。[①]上帝本身的超验特质是人类,无论基督教徒与否,都无法彻底认知的。然而,对赫伯特而言,上帝是爱(love),是力量(power),他经常用"力量与博爱"("power and love")这个短语来塑造他心中上帝的特性,这正是诗人对上帝的最具特色的认知。[②]这两个词语经常形成一个短语,在《圣殿》中的多首诗歌中出现。例如,在《锻造》中,诗人写道:

> 您的力量与博爱,我的爱情与信任,

---

① Ryan Netzley. *Reading, Desire, and the Eucharist in Early Modern Religious Poetry*, University of Toronto Press, 2011, p. 1.

② Richard Strier. *Love Known: Theology and Experience in George Herbert's Poetry*, The University of Chicago Press, 1983, p. 5.

把一处寓所点化成大千世界。（*CEP*：49）

在《天道》中，诗人写道：

> 我们全都认可您的力量与博爱
> 更准确地说，转瞬即逝又充满神性；
> 是谁的行动如此有力又甜蜜？
> 虽然万物都有意志，然而所有意志都归于您。（*CEP*：109）

有时，"力量"与"博爱"被赫伯特看作是一个具有逻辑关系的概念结构，在上下文中形成一个结构单位。如在《方法》（*The Method*）这首诗中，赫伯特提醒他自己：

> **天父能够**
> 立即理解你的要求；
> 因为他是**力量**。他**将要**理解你；
> 因为他是**博爱**。（*CEP*：125）

在这首诗中，诗人对基督教徒在祈祷中应该如何规范自己的行为展开思考，批判了当时一些基督教徒的"不虔诚的、不真诚的、漫不经心的"行为方式，认为在人的态度与上帝的力量与博爱之间应该建立一种关联，从而找到处理人与上帝之间合作的方法。

《祈祷（二）》与《方法》之间有一定的关联性，在该诗的前三节，诗人依次谈到"安逸""力量"与"博爱"，然后在该诗的第四节诗人对前三节的内容进行总结：

> 因为安逸、力量与博爱这三者
> 在您的宝座上恭候您，我因此重视祈祷，
> 　我应该放弃生命中的一切好事，然而一件事除外，
> 财富、名声、捐赠，美德统统都该放弃；
> 我将与亲爱的祈祷居住在一起，
> 并且迅速获得回报，因为让出一小步，就会前进一大步。（*CEP*：95）

在《花》这首诗中，诗人先是把上帝称为"力量之主"（第15行），在结尾一节

诗人又一次强调上帝的博爱,称上帝为"博爱之主"(第 39 行)。同样,在《圣殿》的第三部分"教堂斗士"中,诗人再次提到"您的力量"(第 3 行)与上帝"力量的法令"和"博爱的乐队"(第 10 行)。

由此可见,在《圣殿》中,赫伯特总是把"力量"与"博爱"两个概念结合在一起,用来作为对上帝的表达。斯垂尔甚至认为"力量"与"博爱"不是两个孤立的描绘上帝的概念,赫伯特笔下的"力量"概念其实可以归结为"博爱"这个概念。在赫伯特看来,上帝就是"博爱"。[①] 正如赫伯特在《晚祷(一)》(*Evensong I*)这首诗的第一行把上帝称为"博爱之主",在该诗的结尾部分,把上帝看作是"所有的爱"(第 29 行)。

在赫伯特看来,上帝是"力量与博爱",那么,与之相对的人就是"软弱与自私"。然而,赫伯特对人的评价并不总是如此直接而单一,在《人》与《人——这混合物》这两首诗中,诗人把人看作是整个自然的主宰,万物都臣服于人类,为人类服务,这既是传统宇宙论在诗人思想中的反应,也是诗人对人之独特性的认知。与动植物不同,人要经历"双重痛苦""双重寒霜""双重欢乐"与"双重死亡"。是"心灵"帮助人把他的"双重痛苦"变成"双重赞歌"。似乎只有沿着存在之链,人才能够获得精神的喜乐,最终获得幸福。

《晨祷》这首诗的最后一节似乎将这一抽象概念具体化,认为人类的灵魂沿着太阳的光线向上攀爬,就能够获得最后的救赎,"通过一缕日光,我攀爬向您"。这里的"一缕日光"意象似乎在强调上帝的恩典是人类灵魂获得拯救的关键所在,而不是种种宗教冥想沉思活动。于是,赫伯特将"自然神学"的观点与乐观精神融入他对上帝恩典的认知框架体系中。《晨祷》这首诗的最后一部分是诗人所做的祷告:

> 请您教诲我懂得您的博爱;
> 教诲我理解现在看到的这缕崭新的光芒,
> 这创造活动与造物主可能显示:
> 通过一缕日光,我攀爬向您。(*CEP*:56)

只有通过上帝的恩典,赫伯特才能在这日光中"看到"上帝。"我的主啊,人心是什么?"是《晨祷》这首诗歌中统摄全诗内容的一个问题,该诗倒数第二

---

① Richard Strier. *Love Known*:*Theology and Experience in George Herbert's Poetry*,The University of Chicago Press,1983,p. 6.

节是诗人对人类本质的解释:

> 人类没有创造天堂与大地,
> 　　然而,人类研究他们,而不是研究其缔造者。(CEP:56)

这与诗人在《滑轮》中表达的观点一致,如果上帝在造人的时候,将一切都给予人类,那么人类"就会依赖造化,而不信赖造世主"。所以,在赫伯特看来,人类始终都是大自然的"秘书",对于人类来说,学会懂得上帝的博爱并不是一个抽象问题,而是人类的情感实现完整的因素。《晨祷》最后一行中提到的上升意象并不是灵魂努力的结果,而是灵魂的自然而然的升腾状态。

第三节 "神射手":教义、生活与他人

沃尔顿在总结赫伯特的生平时说:"他就这样像圣人一样生活着,他就这样像圣人一样去世了,一点也没有被世俗社会玷污,他一生多行仁善之举,对上帝谦卑,是践行美德生活的榜样。"[①]沃尔顿完成《赫伯特先生传》的时间是 1670 年,远在赫伯特去世三十多年之后。所以,有学者对沃尔顿的评论提出质疑,但无论如何,沃尔顿对赫伯特人生与事迹的评价都是独一无二的,能够为读者了解赫伯特的生平提供一些相关信息。

其实,早在 1633 年,当赫伯特去世,费拉尔想方设法出版《圣殿》时,他就已经在《圣殿》第一版的序言中从五个不同的方面,对赫伯特的一生进行了简要叙述,他把赫伯特称作"原始圣徒的伙伴"。赫伯特的追随者亨利·沃恩也在 1652 年出版的《橄榄山》(Mount of Olives)中热情地将赫伯特称作是"最光荣的、真正的圣徒"。由此可见,赫伯特行为的神圣特性是无论如何也无法被忽视的。

赫伯特在自己的行为中表现出的神圣特性,是他重视基督徒的行为,尤其是重视牧师行为的最直接见证。在散文集《乡村牧师》中,赫伯特就表达了这样的思想,他认为牧师的主要职责是为上帝的子民服务;赫伯特说,

---

① Izaak Walton. *The Life of Mr. George Herbert. See George Herbert. George Herbert: The Complete English Poems*, John Tobin ed., Penguin Books, 2004, p. 314.

牧师是"基督的代理人,他帮助人们改正错误,服从上帝"①。牧师的所有行为,无论是在他独处之时,或是与教徒一起,都应该使自己的行为成为他人行动的榜样,感化他人,效仿他的行为。从这个角度来说,牧师不应该错过任何一次布道、任何一次教义问答以及任何一次非正式的教育活动,他应该动用"一切可能的艺术形式"②实现自己的目标。

于是,探究《圣殿》中重在阐释教诲思想的第一部分"教堂门廊"的修辞、秩序与张力对理解诗人关注基督徒个体行为的观点来说非常重要。

在读者阅读《圣殿》主体部分的诗歌以前,赫伯特就已经在"教堂门廊"③的《洒圣水的容器》中用 77 个六行诗节教诲他的读者,如何过一种神圣的生活,而且,更为重要的是他用这些诗行向读者阐释净化自身灵魂的方式。只有经常长久而深刻地准备工作,"神圣而纯洁"的读者才能走入他的宗教殿堂,阅读他的诗歌,领会其中的真正含义。

在《洒圣水的容器》中,赫伯特给"甜美的青年"提出建议,因为他们的"早期的希望提升 / 你的身价,使你成为珍宝"。④ 赫伯特把《圣殿》作为灵性操练手册献给他们,告诫他们说:"聆听诗人的诉说,他可能 / 成为愉悦的诱饵,歌颂你向善。"⑤于是,在"教堂门廊"的开篇,赫伯特试图用读诗的乐趣引诱读者关注他的诗歌,一旦读者开始关注这些诗以后,他就去教授他们如何去追寻上帝:"诗篇可能找到他,用以布道,/ 将欢乐变成献祭。"⑥"甜美的青年"是诗人心中绅士形象塑造的最初原型,其目的是要使其经过"圣堂",接受基督教的洗礼,尤其是感受诗人描述的多种美好的宗教情感,使其在基督教文化语境中,最终成长为成熟的绅士,也就是"教堂斗士"。

在长诗《洒圣水的容器》中,诗人告诫青年读者要避免醉酒、傲慢、懒惰、贪婪、嫉妒、不纯净的思想、说大话和暴躁的脾气等多种罪恶。在开篇

---

① George Herbert. *The Country Parson*. See George Herbert. *George Herbert: The Complete English Poems*, John Tobin ed., Penguin Books, 2004, p. 201.

② George Herbert. *The Country Parson*. See George Herbert. *George Herbert: The Complete English Poems*, John Tobin ed., Penguin Books, 2004, p. 208.

③ "教堂门廊"是《圣殿》的第一部分,包含《洒圣水的容器》和《教堂门楣》两首诗,其中《洒圣水的容器》是一首长诗,包含七十七个六行诗节,《教堂门楣》是首短诗,含有两个四行诗节。

④ George Herbert. *The Temple*. See George Herbert, *George Herbert: The Complete English Poems*, John Tobin ed., Penguin Books, 2004, p. 6.

⑤ George Herbert. *The Temple*. See George Herbert, *George Herbert: The Complete English Poems*, John Tobin ed., Penguin Books, 2004, p. 6.

⑥ George Herbert. *The Temple*. See George Herbert, *George Herbert: The Complete English Poems*, John Tobin ed., Penguin Books, 2004, p. 6.

简要探讨诗歌用以布道的作用以后，在第二节开头，赫伯特话锋立转，告诫青年读者"警惕淫欲"（Be aware of lust）。赫伯特为什么从这一罪恶开始告诫读者呢？因为在这些罪恶中，淫欲"污染和弄脏／上帝用自己的鲜血洗礼的世人"（*CEP*：6）。接下来，赫伯特继续警告年轻的基督教徒"它污染写在你灵魂中的训诫；／神圣的诗行将无法被人理解"（*CEP*：6）。对于那些贪图淫欲享乐的青年，赫伯特警告说，他们将无法理解上帝书写在其灵魂中的"训诫"。

　　第二节中"神圣的诗行"既可以指基督教徒将在阅读《圣殿》中遇到的诗行，也可以指《圣经》经文。在第二节的最后两句，诗人写道："那些眼怎敢再看一眼《圣经》？／更不敢看上帝了，因为淫欲写满了他们全书"（*CEP*：6）。贪图淫欲享乐的双眼亵渎《圣经》，同样也没有资格阅读《圣殿》，因为在"教堂门廊"的第二首诗《门楣》中，诗人就已经写道："除神圣、纯洁、澄澈外，／其他事物无法来到这里"（*CEP*：22）。对于即将步入"圣堂"的读者，赫伯特在祝福他们的同时，也提醒他们"上述观念启发与教导／你在教会中如何规范／自己的行为；过来品尝／教会的神秘圣餐"（*CEP*：22）。

　　《门楣》这首诗意在表明诗人号召读者在宗教生活领域要遵循他在《洒圣水的容器》中提出的行为规则，用以维护诗人向往的社会秩序。然而，正如马兹所说，《洒圣水的容器》中列出的行为准则，不仅具有宗教生活中个体行为准则的导向功能，也有个体在共同体生活和个人生活中行为准则的导向功能。无论读者如何理解这些行为准则，读者心灵的净化还要依赖"教会的神秘圣餐"，诗人理想的社会秩序的维持、个体行为的改造与圣餐这一宗教仪式密切相关。

　　纵观《教堂门廊》中列出的各种原则，赫伯特告诫青年人的原则具有内外两个指向。外在的原则涉及正确地使用身体，正确地使用金钱和正确地运用幽默和智慧，其目的在于对准备进入教堂的青年个体提出行为上的要求，使其成为提升灵魂的必要条件。与之相比，内在的原则直接指向灵魂，涉及个体应该持有的对外表、对思想、对牧师和公众崇拜的正确观点。[1]通过对个体的外在行为和内在灵魂提出要求，诗人要引领那些可能成为基督教信徒的青年进入"圣堂"，然后成为"教堂斗士"中描述的上帝军队中的一

---

[1]　Darci N. Hill. "'Rym[ing] thee to good'：Didacticism and Delight in Herbert's 'The Church Porch'"，*Logos：A Journal of Catholic Thought and Culture*，Vol. 15，No. 4（Fall，2012），p. 181.

员参加传教斗争。由此可见,赫伯特在安排《圣殿》的主题时有一个隐含的内在逻辑,即从对个体自身行为的要求出发,然后论证个体对他人或者公众的态度,最终走向个体与上帝的结合。

萨默斯把"教堂门廊"比喻为"世俗的巨龙"阻挡读者找到进入《圣堂》的入口。① 《教堂门廊》的核心内容是教诲,因此,赫伯特运用了很多修辞手段来实现教育目标。首先,赫伯特关注每个诗节内容的发展,注重推理方法的运用和控制诗节的长度。② 在他笔下,每一小节诗都从一个一般意义上的概念出发,逐渐过渡到对这一概念具体应用的阐释,于是,每一小节诗都形成一个准确而严密的论证体系。例如,当诗人谈到去教堂的人应该持有的正确态度时,在第六十八节的最后二句,赫伯特用讽刺性的语言强调说"屈膝下跪,不会弄脏你的丝绸袜子:抛弃你的社会地位。/ 在教堂的大门内众生平等"。通过强调这一主张,诗人不仅让他的读者进一步了解到要对上帝心存畏惧之心这一普遍原则,还让他的读者在阅读下一诗节以前就清醒地认识到应该如何按照这一原则规范自己的行为举止。简而言之,在讲授道德原则时运用演绎法的直接效果就是鼓励读者在学习到这些原则以后,立即学以致用。

诗节的长度在"教堂门廊"这一部分具有十分重要的作用。与《圣殿》的另两部分不同,"教堂门廊"的主体部分是《洒圣水的容器》,该诗由七十七个诗节组成,且具有教诲文学的性质,如果每一节都由很多诗行组成,且诗行都很长,那么通篇的教导会让读者感到冗长无趣,立刻失去阅读兴趣。所以,即要让诗行具有教育意义,又要让诗行给读者带来阅读愉悦,这就要求诗人具有高超的诗歌创作技巧。在这一部分,赫伯特将每一小节限定在六个诗行,且用的是五音步抑扬格,把每行音节的数量规定在十个。在诗节内容的选择上,赫伯特遵循的是他在第一节提出的两个原则,即将诗歌"做成愉悦的饵料"和"用以布道"。读者在阅读《洒圣水的容器》时,稍微留意就会发现诗人用了大量的祈使句,这种叙事方式使诗人好像一位慈爱的智者,在告诫青年人哪些事情可以做,哪些事情不能做。例如在第三十六节,赫伯特用了一系列动词"be, keep, make, get, command",直接向读者说话:

---

① Joseph Summers. *Selected Poetry of George Herbert*. New American Library, 1967, p. xiii.

② Darci N. Hill. "'Rym[ing] thee to good': Didacticism and Delight in Herbert's 'The Church Porch'", *Logos: A Journal of Catholic Thought and Culture*, Vol. 15, No. 4(Fall, 2012), p. 180.

Be sweet to all. Is thy complexion sour?

Then keep such company; make them thy allay：

Get a sharp wife, a servant that will lour.

A stumbler stumbles least in rugged way.

　　Command thyself in chief. He life's war knows,

　　Whom all his passions follow, as he goes. (*CEP*：13)

然而,为了避免经常运用祈使语气而造成的单调而又具有命令口吻的语调,赫伯特还用了大量表示二元对立的词语,例如第三节的"全部戒掉,或者与之结合"(*CEP*：6);第十三节的"勇敢地面对真实。任何东西都不需要谎言"(*CEP*：8);第二十六节的"节俭,但不要贪婪"(*CEP*：11)。通过列出这些意义完全相对的词,诗人给读者留出思考的空间,让读者在理解不同行为的不同结果之后,自主地对自己的行为做出选择。这样,通过使用这些二元对立的词语,诗中原本有些强硬的祈使语气就被大大减弱了,通过循循善诱,读者不知不觉地被赫伯特的诗歌魅力和道德行为魅力所吸引。

　　通过运用推理方法、控制诗行长度和运用成对的对立词语等一系列修辞手段,赫伯特设法缓和自己的说教语气,使青年读者不由自主地接受《洒圣水的容器》中列出的各项行为准则。此外,在《洒圣水的容器》中还有一个潜在的隐含结构,即"遵守秩序"与"违背秩序"。这一观点以第二十三节最为明显:

你,按照秩序生活,蔑视那些病人。

除人以外,何物不是如此?

房屋依照秩序而建,社会按照秩序生成。

如果你能,请你引诱可信赖的太阳,

　　脱离他的黄道带:向天空示意。

　　按照秩序生活的人,拥有健全的伴侣。(*CEP*：10)

在这一诗节中,诗人通过反复强调"按照秩序",把诗中潜在的基督教斗士与那些不按秩序生活、不受管理的群体分开。诗人希望他的读者不仅关注已经提到的秩序,还要关注诗人在余下的诗节中列举出的各项秩序。在诗人看来,宇宙万物都依照秩序而存在,唯独人类分为两个群体,只有按照秩序生活的人,才是健全的人。那些忽视秩序的人,就是忽视秩序的缔造者"上帝"本身。那些遵循秩序生活的人,便拥有了上帝,使上帝成为他的"伴侣",这样的人,才能成为诗人预期的"基督教斗士"。在这一节中,诗人告诉读者,"房屋依照秩序而建,社会按照秩序生成"。同样,虽然读者在初读"教堂门廊"时,无法完全理解其中列举的各项原则,但是通过践行各项原则,读者就会获得一个道德视角。这样,这些原则就不再是静止不变的了,而是进入读者的思维,成为其存在的一部分。当这些变化发生时,读者就可以按照诗人假定的基督教斗士的角色穿过"圣殿",走向成熟。[①]

"教堂门廊"中的"隐含秩序"是赫伯特关注秩序本身的反映,然而,他对秩序的关注却并没有给他自己贴上明确的教派标签,表明自己是国教派、加尔文派或是其他教派。他的诗歌具有一种"超教派精神",使他的诗歌凌驾于各个教派之上,却又直接指向当时宗教斗争的焦点。"麦卡杜在《英国国教精神》中指出,加尔文教在英国一直处于不断上升的状态,直至17世纪中叶。国教和清教之间的斗争是以教会秩序而不是以教义问题发端的。"[②]赫伯特在"教堂门廊"中提到的约束个体行为的规则与当时的教会秩序密切相关,受到教会秩序的指导。在赫伯特看来,他的"基督教斗士"是生活在基督教共同体中的个体,他的个体行为应该受到整体道德原则的约束,只有遵守这些约束的人,才能走进神圣的宗教殿堂"圣堂",接受灵魂的洗礼,成为真正的基督教斗士。

在《洒圣水的容器》中,第五十六节的主题、语气与叙事声音与第二十三节有很大不同。在这一节,赫伯特建议读者:

> 行动自低处着手,计划从高处着眼,
> 这样你就会举止谦卑、襟怀无边。
> 不要在精神上沉沦,目标对准苍天,
> 总会比对准树梢要射得更高更远。
> 　微量的荣耀与谦卑融合
> 　治愈发烧与昏睡。(*CEP*:17)

在该节的第一行,诗人用了一对表示二元对立的概念"高"与"低"。读者只有在领会这对矛盾观点以后,才能理解后面出现的谦卑与伟大之间的不协

---

　　① Darci N. Hill. "'Rym[ing] thee to good':Didacticism and Delight in Herbert's 'The Church Porch'",*Logos*:*A Journal of Catholic Thought and Culture*,Vol. 15,No. 4(Fall,2012),p. 183.

　　② 胡家峦:《圣经、大自然与自我——简论17世纪英国宗教抒情诗》,《国外文学》2000年第4期,第64页。

调。诗人接着在第三行警告读者"不要在精神上沉沦",为了使自身变得伟大,读者就应该在外在的表现中显得谦卑,在内心里对自己提出要求,使自己的目标凌驾他人之上,也就是诗人在第一行说的"计划从高处着眼",才能"比对准树梢要射得更高更远"。如果读者为了实现自身的伟大,对此过分追求,那么他／她就会过度狂热,犹如发烧一般;如果读者不志存高远,对自身没有任何要求,庸庸碌碌一生,那么他／她就如同昏睡一般。为避免自身的"发烧"与"昏睡",为追求一种和谐而有条不紊的生活,则需要将"荣耀与谦卑"融合。在这一节,诗人诚恳地给读者提出建议,如何过一种谦卑而伟大的生活,于是,在"谦卑"与"伟大"之间形成一种张力,并使张力贯穿于整个"教堂门廊"部分,为整部诗集奠定了总体基调。

强调秩序的第二十三节与揭示"伟大"与"谦卑"之间张力的第五十六节,恰好把《洒圣水的容器》这首长诗三等分。通过将内容和主题按这种方式安排,赫伯特想要告诫潜在的基督教斗士,"遵循秩序"和追寻一种"和谐的生活"是"教堂门廊"的意义所在,也是整部诗集想要表达的观点,第一诗节恰好将这两个具有相同分量的观点统一起来。

约翰·沃尔(John Wall)对第一节的论述颇具创造性。他指出该节有三个主要意象,即"诗篇可能找到他"、与"诗篇"构成对应物的"布道"以及复杂的"将欢乐变成献祭"意象。"诗篇可能找到他"表明赫伯特志在用他的诗篇打动他的读者,吸引他们的注意力。而诗歌的作用是布道,用布道传达他的规范个体行为、社会行为与教会行为的观点。沃尔说虽然诗篇和布道的语言功能不同,但是二者结合在一起,就会对读者产生持久影响。诗篇能够帮助布道者实现他的教诲目标。而复杂的"将欢乐变成献祭"意象则表明赫伯特具有诗人兼布道者双重身份,他试图将布道与读诗的乐趣结合起来,创造出一种"愉悦的教诲",在布道中揭示他的最终目标,即把接受他教诲训练的基督教斗士拉入他的上帝崇拜中来,使他们在积极参与中促进灵魂的成长。[①]

在"教堂门廊"部分,赫伯特用五音步抑扬格统摄 77 个小节,而且每一小节都押"ababcc"韵。工整的格律与韵律,象征诗人对秩序的追求,诗人似乎想在工整的格律与"甜美的青年"之间实现一种连接。在《圣殿》主体部分"圣堂"的多篇诗歌中,诗人将这一思想贯到底。

---

① Darci N. Hill. "'Rym[ing] thee to good': Didacticism and Delight in Herbert's 'The Church Porch'", *Logos: A Journal of Catholic Thought and Culture*, Vol. 15, No. 4(Fall, 2012), pp. 186—187.

在《坚贞》(*Constancy*)这首诗中,诗人探究了他心目中理想的诚实的人的基本特征,在该诗的第三行,诗人写道:"对上帝、对世人、对他自己,这最真实。"诗人注重基督徒社会实践的三个维度,与罗伯特·戴尔的想法不谋而合,戴尔认为:"我们肯定践行善行的必要性,这即是为了上帝,也是为了我们自己和邻人。"①为上帝能够最终拯救自己而去行善,这一点对于基督教徒来说,是天经地义的事,西布索普(Christoper Sibthorp)也认为,应该"向上帝展示我们的顺从、义务与感激"②。

那么,对于赫伯特来说,基督教徒在社会生活中应该怎样做才能算做既是为了自己,也是为了他人呢? 他在诗歌中,是如何处理基督教徒的社会行为实践与基督教教义之间的关系的呢? 下面将结合《圣殿》和《乡村牧师》的内容,从基督教教义、纪律、他人与行为这四个方面之间的关系来分析赫伯特的美德思想。

戴尔在《基督教徒神学实践》中写道,我们必须在生活中行善,"在应对他人方面,我们可以通过自身虔诚的榜样引导他人,我们能够赢得那些没有信仰的人,最终我们就会因此而避开一切诽谤"③。注重榜样对他人的引导力量,这不仅是基督教的传统观点,也是我国传统文化的一个重要组成部分。《窗户》(*The Windows*)是一首关于基督教神职人员职责的诗,在该诗中,赫伯特探究牧师如何才能够有效地把他关于基督教教义的知识传递给教徒。在该诗的开篇,诗人提出一个问题:"主啊,人类如何才能宣传您的永恒话语?"在该诗的结尾,诗人论及教义在生活实践中的价值:

> 教义与生活,色彩与光芒,合二为一
> 　　　　当他们融合,带来
> 强烈的关照与恐惧:但是,信条本身
> 　　　　却如同燃烧的物体消逝,
> 　　　　　无法在耳畔奏响意识。(*CEP*:61)

---

① Kenneth Graham. "Herbert's Holy Practice". See Christopher Hodgkins ed. *George Herbert's Pastoral*:*New Essays on the Poet and Priest of Bemerton*,University of Delaware Press,2010,p. 74.

② Kenneth Graham. "Herbert's Holy Practice". See Christopher Hodgkins ed. *George Herbert's Pastoral*:*New Essays on the Poet and Priest of Bemerton*,University of Delaware Press,2010,p. 74.

③ Kenneth Graham. "Herbert's Holy Practice". See Christopher Hodgkins ed. *George Herbert's Pastoral*:*New Essays on the Poet and Priest of Bemerton*,University of Delaware Press,2010,p. 74.

"教义与生活"这个短语在《乡村牧师》中也出现多次,在该书第一章的结尾,赫伯特写道:"牧师要做的事情,就是做基督做过的事,按照他的方式做事,这一切都是为了教义与生活。"①"教义与生活",是基督教文化世界中的一个常见短语,在《新约》中多次出现。当生活与教义相联系时,布道就会"赢得更多"(CEP:61)信徒或者使听众信服,正像赫伯特在《牧师辩论》(The Parson Arguing)这一章中所表明的观点一样,当人们"认为在教义方面,上帝对人们是不可或缺的,在生活方面,上帝对他们来说是仁慈的"时,"严格的宗教意义上的生活"与"对真理的谦卑而纯真的探求"便成为"强有力的说服工具"。②

那么,"教义与生活"之间到底有什么关系呢?马尔科姆森认为在外在符号与内在的灵魂状态之间,即在布道所用的词汇("教义")与由"生活"所标示的内在真实之间,有一个透明的连接物。③所以,在马尔科姆森看来,《窗户》这首诗阐释了《圣殿》中神圣品质的另一个特征,即神圣的品质不是由内在的神圣品质与外在表象之间的区别决定的,而是由这层透明物质决定的。在《牧师布道》(The Parson Preaching)这一章,赫伯特自己把这层透明物质定义为神圣品质的修辞特征元素,这层透明物质的获得在某种程度上是因为"在话语脱口而出以前,我们在心中提取、锤炼所有的言辞与话语,我们真切地感受这些词语,诚挚地表达我们的言辞;这样听众可能会清楚地感觉到每一个词语都是来自我们内心深处"④。

格雷厄姆认为,在《窗户》这首诗中,与其说言语与心灵相一致,不如说是言语与行动相一致。透明的或者是发自内心深处的言语应该与神圣生活中的行动相一致。⑤在赫伯特看来,言语指的是"故事"("story")或者是历史,在《牧师布道》中,赫伯特写到故事具有说服听众、帮助听众记忆的力量:"有时他根据布道文的需要给他们讲故事,讲他人说过的话;因为与训

① George Herbert. The Country Parson. See George Herbert. George Herbert:The Complete English Poems, John Tobin ed. , Penguin Books, 2004, p. 202.

② George Herbert. *The Country Parson*. See George Herbert. *George Herbert:The Complete English Poems*, John Tobin ed. , Penguin Books,2004, p. 237.

③ Christina Malcolmson. *Heart-Work:George Herbert and the Protestant Ethic*, Stanford University Press, 1999, p. 138.

④ George Herbert. *The Country Parson*. See George Herbert. *George Herbert:The Complete English Poems*, John Tobin ed. , Penguin Books, 2004, p. 209.

⑤ Kenneth Graham. "Herbert's Holy Practice". See Christopher Hodgkins ed. *George Herbert's Pastoral:New Essays on the Poet and Priest of Bemerton*, University of Delaware Press, 2010, p. 75.

诚相比,人们更关注这些内容,这些内容更容易记忆。"①

在《窗户》这首诗中,赫伯特将这一思想向前推进了一步,认为理想的牧师不应该讲述他人的故事,而应该讲述自己生活中的故事,挖掘其中的精华。虽然该诗强调了上帝在神圣生活中的作用,但是,很明显,牧师私人故事中的行为本身使得他阐释的教义更具可信性。正如本·琼森所说,"高尚的生活是最有力的证据"。

与赫伯特同时代的牧师塞缪尔·沃德(Samuel Ward)在一篇题为《实践的幸福》(*The Happiness of Practice*)的布道词中写道:"言语仅仅是风,消失在风中,不会留下任何印记,与言语相比,行动就是大海中的航船,人们都会关注它。"②在《窗户》一诗的结尾,诗人已经认识到"言语本身/却如同燃烧的物体消逝",神圣的生活本身并不是因为基督教的真理在瞬间被揭示而增加可信度,而是因为人们信任那些在实践中履行他们宣传的教义的牧师。

《窗户》这首诗强调了上帝在转换牧师行为中的作用以及牧师自身神圣生活的说服性力量,但是没有探究牧师的布道艺术。在格雷厄姆(Kenneth Graham)看来,赫伯特并没有仅仅依赖牧师的神圣生活本身对听众产生说服性力,他还利用修辞手段来传播有益于他人的注重实践的观点。③与任何优秀的修辞学家一样,赫伯特是位善于分类的专家,他知道"调整自己的演讲使它先适合年轻人听,然后适合年长的人听,适合穷人听,适合富人听"④。当他责备他人的时候,他也"区分"他们的出身,"用普通的方式……责备普通的乡村居民",而在责备那些"聪明的、对指责敏感"而又有"优秀品质"的乡村居民时,则更加谨慎。⑤赫伯特笔下的乡村牧师老于世故,懂得在把教义应用到他人的生活实践时需要借助周围的环境,由此可见,彰显

---

① George Herbert. *The Country Parson*. See George Herbert. *George Herbert：The Complete English Poems*, John Tobin ed., Penguin Books, 2004, p. 209.

② Kenneth Graham. "Herbert's Holy Practice". See Christopher Hodgkins ed. *George Herbert's Pastoral：New Essays on the Poet and Priest of Bemerton*, University of Delaware Press, 2010, p. 76.

③ Kenneth Graham. "Herbert's Holy Practice". See Christopher Hodgkins ed. *George Herbert's Pastoral：New Essays on the Poet and Priest of Bemerton*, University of Delaware Press, 2010, p. 76.

④ George Herbert. *The Country Parson*. See George Herbert. *George Herbert：The Complete English Poems*, John Tobin ed., Penguin Books, 2004, p. 209.

⑤ George Herbert. *The Country Parson*. See George Herbert. *George Herbert：The Complete English Poems*, John Tobin ed., Penguin Books, 2004, p. 223.

高尚品质的社会实践离不开修辞手段的运用。

在《圣殿》中,《坚贞》这首诗非常典型地强调了神圣实践的修辞本质,也许这首诗是《圣殿》中与《乡村牧师》最为接近的一首诗。埃塞尔斯(Heather Asals)认为,《坚贞》是"赫伯特笔下严格按规则生活的布道者特征的写照"①。该诗描绘了一位具有高远目标的"神射手"("the Mark-man")的生活,诗人认为"神射手"高尚的生活是他人模仿的对象。

诗人心中的"神射手"首先是一位"诚实的人"("the honest man"),他的"忠诚"品质使他遵循自身的内在真实,使他的行动与他的言辞相一致。该诗的第四节特别写到这一点:

> 谁能不工作而取得成就
> 在任何事件中使用阴谋诡计;
> 因为他最厌恶欺骗;
> 　　他的言语、行为与风格
> 自成一体,一切都清晰明了。(CEP:66)

诚实的人在行动中不欺骗他人,因此他的行为"清晰明了",准确地传递自己的内在真实。在《关于牧师》(The Parson in Reference)这章,赫伯特表达了类似的观点:"乡村牧师在所有亲朋中诚挚而正直。首先,他公正地对待自己的国家……否则,就是欺骗,然而这不适合他,他的所作所为如同他的仆人,真诚而诚实,不会欺骗。"②诚实是赫伯特心目中理想的乡村牧师的品质之一,是诗人歌颂的美德之一,在《坚贞》的第五节,诗人写道:

> 　　谁能在诱惑面前
> 丝毫不动摇:当一日终了,
> 他的善行也不会驻足,而在黑暗中奔跑:
> 　　太阳是他人的律法,
> 却是他们的美德;美德就是他的太阳。(CEP:66)

---

① Heather Asals. *Equivocal Prediction:George Herbert's Way to God*, University of Toronto Press,1981,p. 85.

② George Herbert. The Country Parson. See George Herbert. *George Herbert:The Complete English Poems*,John Tobin ed., Penguin Books,2004,p. 227.

诗人在赞颂诚实这一美德的同时,已经关注到"言语"与"行为"之间的一致性问题。在《坚贞》中诗人用到的"言语与行为"("words and works")与在《窗户》中用到的"教义与生活"("doctrine and life")都强调言语与行为,即话语与实践之间的一致性问题。

1630 年,塞特恩(Thomas Saltern)在一篇布道词中写道,当"基督教徒的教义与行为、言语与行动、职业与实践"不一致时,基督教徒就会因此而不幸。因为"上帝的生活是有德性的生活"[①],基督教徒的生活就是模仿基督高尚的生活而进行的生活。对于乡村牧师来说,诚实是乡村牧师必须践行的美德之一,"因为乡村居民(实际上他们都是诚实的人)都是遵守诺言的人,他们在世的生活就是购买、销售与交易;因此乡村牧师严格地遵守诺言,虽然这有时违背他的心意,因为他知道,如果他违背诺言,他立刻就会被揭穿,遭到人们的蔑视:在讲坛上,不再会有人相信他,人们也不会在与他交谈的时候信任他"[②]。

那么,牧师的"坚贞的道路"("his constant way")[③]在哪里呢?格雷厄姆认为,这并不在于"言语与行为"的简单的一致性,而在于坚定的目标。赫伯特在《乡村牧师》中已经表达了这一观点:乡村牧师并不是为了他们自己的利益才去"彻底研究"耐心与禁欲,而是因为"上帝授予他一切工作目标,他绝对可以成为自己的主人与指挥官"[④]。在《坚贞》这首诗中,这些目标就是"依然强烈地追求善良"(第 2 行),真实地"对上帝、对世人、对他自己"(第 3 行),只有这样,乡村牧师才能成为他人的榜样。

第四节　教义、纪律与自我

在赫伯特看来,要提升他人的行为修养,首先要从提高自己的行为修养做起,在《感恩》这首诗中,赫伯特说:"我将建造一座医院,完善众人的行

① Kenneth Graham. "Herbert's Hóly Practice". See Christopher Hodgkins ed. *George Herbert's Pastoral*: *New Essays on the Poet and Priest of Bemerton*, University of Delaware Press, 2010, p. 78.

② George Herbert. *The Country Parson*. See George Herbert. *George Herbert*: *The Complete English Poems*, John Tobin ed., Penguin Books, 2004, p. 204.

③ George Herbert. *The Temple*. See George Herbert. *George Herbert*:*The Complete English Poems*, John Tobin ed., Penguin Books, 2004, p. 66. 具体见《坚贞》这首诗的第 28 行。

④ George Herbert. *The Country Parson*. See George Herbert. *George Herbert*: *The Complete English Poems*, John Tobin ed., Penguin Books, 2004, p. 203.

为，/但无论如何，我将毫无延迟地先完善我的行为。"

戴尔认为善良的行为必然"与我们自身相关联，我们会因此而辨别真理与我们的信仰生活；同样，真理与生活也因此可以被实践、滋养与证实；我们可以确定自己是神的选民，宽恕罪过；按照上帝自由而仁慈的许诺，我们能够暂时且永久地避免惩罚，因为顺从，我们能够在肉身与精神上获得双重回报，因为他们与善行同在"①。戴尔对行为价值的判断具有一定的当下意义，行为对基督教徒自我的建立至关重要，它能够帮助基督教徒处理好行为与信仰上帝之间的关系。

然而，赫伯特笔下的自我（the self）概念并不是一个唯一的、固定的概念。在"教堂门廊"部分的自我是一个具有自觉性的、合乎道德规范的、社会生活中的自我；而"圣堂"部分的自我则有些侧重于表现一个具有依赖性的、被动的、个体私人生活中的自我，这个自我在一些诗歌中也具有社会性内涵。赫伯特描绘的自我在社会生活中遵循一系列的行为规范，使自己的行为具有英国"绅士"应该具有的一切特征；但是，无论是在公众场合，还是在个人生活领域，赫伯特都要求他的教民努力追求其行为的神圣特性，超越其本身最初追求的绅士风度。

关注基督徒个体的行为是赫伯特美德思想的主要内容，在诗歌创作内容上体现为"做"与"不做"准则的制定。在"教堂门廊"的长诗《洒圣水的容器》中，诗人对准备步入基督教圣殿的年轻人的行为提出了非常具体的要求，例如"警惕淫欲……""不要喝第三杯酒……""不要撒谎……""控制懒惰……""节俭……""不要浪费时间……""亲切地对待所有的人……"等，涉及个体行为的方方面面。但是，在这部分，赫伯特并没有要求基督教徒必须热爱上帝、侍奉上帝，虽然这部分内容涉及基督教徒在教会生活中的行为——例如施舍、捐什一税、去参加教会活动等。但在参加教会活动时，基督教徒要管理好自己的行为，遵循正确的行为规范，例如，赫伯特在《洒圣水的容器》的第七十二至七十五节写道，不要轻率的对待牧师，不要取笑牧师等，赫伯特用了四节内容告诫青年不要这么做。《洒圣水的容器》的第七十二至七十五节写道：

不要评判你的讲道人，因为他是你的审判官：

---

① Kenneth Graham. "Herbert's Holy Practice". See Christopher Hodgkins ed. *George Herbert's Pastoral*: *New Essays on the Poet and Priest of Bemerton*, University of Delaware Press, 2010, p. 74.

如果你不喜欢他,你就不相信他。
上帝认为这样的讲道是蠢行。不要因为
从瓦盆中获取宝物就心怀不满。

　　最令人不满的人讲善事:如果布道没有意义,
　　上帝就会拿来经文,耐心布道。

在布道结尾,得到牧师送出的耐心与祝福的人
并不会因此而减少自身的痛苦。
来到教堂的人能够避开与伙伴一起
可能坠入的深渊,而有所得。

　　热爱上帝寓所的人,与世俗圣人
　　结合在一起,定然在未来与他们一起闪光。

不要嘲笑布道人的语言或者表达方式:
你怎么能知道不是你的罪孽使他难以表达呢?
然后忏悔你的过错和他的过错吧:
无论他怎么样,是上帝派他前来:啊,停下来,
　　看在上帝的面上,热爱他:他的身体状况,
　　虽然生病,但是医生可以使他摆脱疾病。

地狱中无人能够忍受此般苦痛,如同
那些嘲弄上帝拯救人类灵魂的人一样。
油脂和香脂能杀死谁呢? 药膏能治愈什么呢?
那些贪婪饮酒的人,被彻底罚入地狱。

　　犹太人拒绝惊雷;而我们,则愚蠢地拒绝布道。
　　虽然上帝为我们竖起保护的树篱,然而谁神圣?(CEP:20—21)

　　虽然赫伯特制订的行为准则适用于描述任何准备步入教堂的个体,但
是,他笔下的个体的人,却具有一定的阶级色彩。萨默斯认为,赫伯特把
"当时统治阶级中的世俗青年作为'教堂门廊'的预期读者"。因此,在赫伯
特看来,这样的青年具有特殊价值:"你,甜美的青年和早期的希望提升／
你的身价,使你成为珍宝"(CEP:6)。因此,《洒圣水的容器》的写作具有贵
族礼节手册的性质,但是赫伯特的服务对象是上帝,而不是某一位国王或
者王子。因此,"教堂门廊"的焦点是社会或者共同体生活中个体行为准则

的制订,而不是政治,或是政治秩序的建立。

斯垂尔认为,赫伯特的"教堂门廊"不是对礼节手册传统的批判或转换,而是用清晰而明了的基督教框架体系将这一传统呈现出来。①因此,"教堂门廊"具有神圣的性质。像文艺复兴时期英国最流行的"礼节手册"——培根的《论说文集》(Essays)一样,"教堂门廊"是一系列"文明与道德准则的集合体"。雅各·泽特林(Jacob Zeitlin)说:"培根把这些文明准则应用于个体的人,帮助他们追求世俗成功。"②"教堂门廊"的写作同样也侧重于改造个体在社会生活与教会生活中的行为,帮助个体获得对愤怒与忌妒的正确态度,帮助个体的人获得成功。

赫伯特对青年人应该如何评价自己的观点颇具个性,这主要表现在他对待"忌妒"("envy")的态度上。在第四十三至四十四节,赫伯特写道,"忌妒"虽然不是灵魂中的一个主要罪孽,但是它具有自我否定的含义。也就是说,在对待"要人"("great persons")时,赫伯特建议青年要"谦恭勇敢",因为正是这品质给予他们(要人)的事物,却不会从你们(青年)身上取走任何事物。忌妒"要人"的人达不到预期的目的,因为"你们会因为妒忌/而使自己劣上加劣,与别人的差距越拉越大"(CEP:15)。在这之后,赫伯特立刻写道:"不要成为你自己的蛀虫。"坎农·哈钦森(Canon Hutchingson)认为,这条建议的意思是"不要轻视自己和自己的品质",他把这条建议与赫伯特写给弟弟亨利的一封信联系在一起。③根据艾米·查尔斯的推断,这封信写于1614年,当时赫伯特21岁,刚拿到文学学士学位。他告诉弟弟亨利:"为你自豪,但不要愚蠢地为你自己吹嘘……要为你自己的品质设定一个公平的价格。"乔治接着说,"可怜的灵魂低估自身的价值并因此而感到惭愧。"④

在"教堂门廊"部分,赫伯特对生活在社会中的个体的行为提出了一系列具体要求,把对个体行为的关注,一直贯穿到"圣堂"中。因此,在赫伯特看来,美德的获得与个体的人的行为密切相关,个体行为的品质直接关涉

①　Richard Strier. "Sanctifying the Aristocracy: 'Devout Humanism' in Francois de Sales, John Donne, and George Herbert", *The Journal of Religion*, Vol. 69, No. 1 (Jan., 1989), p. 44.

②　Richard Strier. "Sanctifying the Aristocracy: 'Devout Humanism' in Francois de Sales, John Donne, and George Herbert", *The Journal of Religion*, Vol. 69, No. 1 (Jan., 1989), p. 45.

③　Richard Strier. "Sanctifying the Aristocracy: 'Devout Humanism' in Francois de Sales, John Donne, and George Herbert", *The Journal of Religion*, Vol. 69, No. 1 (Jan., 1989), p. 47.

④　Amy M. Charles. *A Life of George Herbert*, Cornell University Press, 1977, pp. 78, 82—84.

到基督教徒个体能否得到喜乐，获得基督的救赎。

"甜美"与"美德"是诗集《圣殿》中的两个关键词。在《圣殿》中，"甜美"可以是基督徒品尝到的葡萄酒的味道，可以是上帝以"爱人"身份凝视基督徒的眼神，也可以是基督徒在行为中践行美德时的心灵感受。

因此，从对"教堂门廊"与"圣堂"的分析来看，在《圣殿》中，赫伯特试图用诗行描述基督教教义、行为与自我之间的关系。归根结底，赫伯特重视基督教徒在社会活动中对自身行为的约束，唯有如此，基督徒才能实现最终的幸福。因此，赫伯特的基督教美德概念以"自律"为主要特征，彰显出人类自身在人神关系这个永恒神学命题中的时代价值。

但丁的《神曲》是涉及中世纪基督教伦理观的典型代表，姜岳斌在他的著作中已经对这个问题进行了非常详尽的论述。阅读《神曲》，不难发现，在《神曲》中，但丁规划了地狱、炼狱和天堂三个空间结构，而这些不同场所都是上帝安置基督徒的场所，究竟如何安置这些基督徒，上帝要参考他们在世时的所有作为，犯了不同罪的人，要被罚入地狱的不同层次，越往底层，越是阴森可怕，惩罚就越重。所以，在但丁生活的时代，基督教的德行观主要是以"他律"为主要特征的德行观。与赫伯特同时代的弥尔顿创作的《失乐园》，也是"他律"德行观的典型代表。弥尔顿笔下的上帝，具有政治色彩，是专制的象征。

与但丁和弥尔顿不同，赫伯特笔下的上帝是"博爱"的象征，他经常以父亲、园丁、温柔的主人，甚至情人的形象出现，在与基督徒的关系中，他总是处于主动追寻的位置，去追随世人，去帮助他们纠正自身的行为，帮助他们去追寻美德，实现最终的幸福。

伊丽莎白统治时期，英国圣公会确立了沿用至今的《三十九条信纲》。其中第 22 条"论炼狱"规定"罗马教关于炼狱、解罪、跪拜圣像、崇拜遗物，并祈求圣徒的教理，均属虚构，不但经训无据，反大背乎圣经"。赫伯特对地狱的认知继承了信纲第 22 条的观点，他顺应时代潮流，并不赞成天主教看待炼狱的观点，因此，在他的作品中，地狱、炼狱这些在天主教看来是上帝惩罚基督徒的场所很少出现，即使出现也不再那样恐怖。因此，在格言集中，赫伯特写道："地狱盛满了美好的意图与愿望。"①

上帝在赫伯特的笔下，对于非基督教徒来说，已经不再是一个宗教中的或真实或虚拟的人物，而是一个具有崇高内涵的载体，赫伯特对上帝的

---

① George Herbert. *The Poetical Works of George Herbert*，Rev. George Gilfillan ed.，James Nichol，1817，p. 297. 原文为："Hell is full of good meanings and wishings."

渴求,就如同对美德与崇高的渴求一样,没有止境。面对上帝,赫伯特不断地反省,反省自己的行为对自我、对他人、对社会造成的影响,并将这一切诉诸笔端,号召那些和他持有类似观点的基督教徒在追寻美德的道路上坚定地走下去。

在诗集《圣殿》中,赫伯特表达了向往美德的热烈情感,在对美德热情歌颂的同时,也对基督徒或者读者的行为提出了较为具体的要求,但是这些要求基督徒自律的行为准则显得零散而不成体系。研究赫伯特的散文集《乡村牧师》恰好可以弥补这一方面的缺憾。

第四章　宗教伦理与社会变革

宗教自诞生之日起,就有着重要的伦理道德维度,基督教也不例外。

美国宗教学家斯特伦在评价《圣经》中的摩西、耶稣、穆罕默德等先知和救世主的角色和作用时,认为这些先知和救世主的"启示和生活,乃是神的意志及其为'他的选民'设计的目标的具体体现。社会成员要尽其所能地效仿神的善,并在生活中奉行有关善良生活的神圣规定"。①由此可见,基督徒外在的行为表现与他的内在灵性生活密切相关。这可以用来解释在1900 至 1930 年间,在英美两国掀起社会福音运动的原因。为了实现自身的救赎,基督徒在世俗生活的政治领域与经济领域掀起了社会改良运动,著名的基督教慈善组织救世军就是在这样的时代背景下产生的。

17 世纪在经过宗教改革运动的洗礼与人文主义精神的冲刷之下,基督徒对基督教信仰的认知发生了巨大变化,在对人神关系的认知方面,他们把重点从对神的畏惧转移到了对"人"的认知,强调上帝对"人"的爱。这在第二章对"人与上帝关系"的解读中,已经有所体现。正如第三章所述,《圣殿》与《乡村牧师》这两部作品都强调基督徒要注重完善自身的行为,注重约束自我,处理好自我与上帝、教义和他人之间的关系。诗中的说话人在这种探究中发挥了重要作用,而赫伯特作为诗人在这种探究中却消失了,这就给赫伯特研究者思考赫伯特的宗教倾向提供了巨大的想象空间。

与图夫观点一致的学者们认为赫伯特的《圣殿》展现了英国国教的神学观点。芭芭拉·莱瓦尔斯基却对此持否定态度,她认为"新出现的新教美学"才是赫伯特创作宗教诗的思想基础。斯垂尔同样也坚持认为诗歌与神学之间的关系密不可分,赫伯特的诗歌只有在宗教改革的神学背景下才能"被理解",否则,我们"就无法把握,甚至误解赫伯特诗歌的实际状况乃

---

① ［美］斯特伦:《人与神:宗教生活的理解》,金泽、何其敏译,上海人民出版社 1991 年版,第191 页。

至精神力量"。① 戴安娜·贝内(Diana Benet)在阐释赫伯特的诗歌时认为："恩典与慈善是《圣殿》的两个主题。"②上述学者在考察赫伯特诗歌的宗教思想时，都没有忽略基督徒个体与上帝之间的关联。贝内尤其坚信与基督徒个体相对应的"集体指的是教会，或者说基督教共同体，这个集体没有剥夺基督徒个体对教会的特殊体验"③。

由此可见，在《圣殿》的创作中，赫伯特通过探究人与上帝之间的关系，试图阐释理想的基督徒的道德规范与行为准则，这些在赫伯特看来，就是"美德"，"美德"对基督徒共同体生活模式的建立至关重要。

第一节　行为与美德:《圣殿》中的宗教伦理

《圣殿》是赫伯特沉思《圣经》的产物，对《圣经》中表达的牺牲、爱人如己和善待他人等美德条目进行了诗性阐释。赫伯特在《洒圣水的容器》中对当时英国社会的一些不良现象进行了批判与反思。他对这些不道德行为的描述，与斯宾塞的《仙后》有异曲同工之妙。斯宾塞笔下的圣乔治在误入骄傲之宫后，遇到了懒惰、贪食、淫欲、贪婪、忌妒和愤怒这其他六种罪恶，而骄傲为这七大罪恶之首。在诗歌中思考现实，对社会现实进行批判和反思，是赫伯特与斯宾塞的共同之处。二者的不同点在于，斯宾塞以宗教寓言故事的形式反思社会现实，而赫伯特是以简洁而又富有智慧的诗行对青年人发出告诫。

在《坚贞》一诗的第五节，赫伯特将"美德"与"太阳"形成一对对照概念，用太阳普照世界的特性来阐释美德的无处不在。在《陪衬》(The Foil)一诗中，赫伯特将地球比作是"溢满美德的球体"。在《谦逊》(The Humility)这首诗中，诗人将"美德"具体化、形象化，写道，"我见到众美德手挽手 / 按照等级围坐在天蓝色宝座周围。"另外，该诗中还有对各种动物禽鸟的描述，并赋予它们一定的道德品质，例如"愤怒的狮子""胆怯的兔子"和"嫉妒的火鸡"等。诗人对动物之间关系的描述，映射了当时英国社会的实际状

---

①　Richard Strier. *Theology and Experience in George Herbert's Poetry*, University of Chicago Press, 1983, p. 65.

②　Diana Benet. *Secretary of Praise: The Poetic Vocation of George Herbert*, University of Missouri Press, 1984, p. 2.

③　Diana Benet. *Secretary of Praise: The Poetic Vocation of George Herbert*, University of Missouri Press, 1984, p. 50.

况,表达了诗人对和谐这一美德条目本身的向往与追求。

赫伯特的名诗《美德》直接以"美德"为题,突出表现了美德概念在赫伯特思想中的重要价值,是任何一位赫伯特研究者都无法绕过的重要诗歌,该诗原文如下:

> *Sweet day, so cool, so calm, so bright,*
> *The bridal of the earth and sky:*
> *The dew shall weep thy fall tonight;*
> > *For thou must die.*

> *Sweet rose, whose hue angry and brave*
> *Bids the rash gazer wipe his eye:*
> *Thy root is ever in its grave,*
> > *And thou must die.*

> *Sweet spring, full of sweet days and roses,*
> *A box where sweets compacted lie;*
> *My music shows ye have your closes,*
> > *And all must die.*

> *Only a sweet and virtuous soul,*
> *Like seasoned timber, never gives;*
> *But though the whole world turn to coal,*
> > *Then chiefly lives.* (CEP:80—81)

美好的白天,如此清爽、宁静、明朗,
　　那是天空和大地的婚礼;
但露水像泪珠将为你落进黑夜的魔掌而哭泣,
　　因为你有逃不脱的死期。

芬芳的玫瑰,色泽绯红,光华灿烂,
　　逼得痴情的赏花人拭泪伤心;
你的根儿总是扎在那坟墓中间,
　　你总逃不脱死亡的邀请。

美好的春天，充满美好的白天和玫瑰，

　　就像盒子里装满了千百种馨香；

我的诗歌表明你终会有个结尾，

　　世间万物都逃不脱死亡。

只有一颗美好而圣洁的心灵，

　　像风干的木料永不会变形；

即使到世界末日，一切化为灰烬，

　　美德，依然万古长青！（何功杰　译）

初读此诗，感觉此诗是一首春天的颂歌，歌颂春日的美好这一英国文学中的传统主题，但是，在歌颂美好春日的同时，读者也感到诗人将死亡主题融入其中，在赞美之中感叹美好事物的短暂易逝。然而，该诗的意蕴并没有就此而止，而在于用清新、优美的诗行诠释诗人深邃的思想与虔诚的信仰。诗人清新的"花园世界"与阴郁的"死亡主题"相互交错，反映了诗人对美好事物本质的沉思，如何才能在短暂易逝中获得永恒？如何才能从世俗世界上升到神圣世界？如何才能实现人到神的过渡？答案只有一个，即通过获得"美好而又圣洁的心灵"。

在诗中，诗人运用首语重复法（anaphora）四次强调"美好的"（"sweet"）这一词语，突出美德的力量，使诗歌的结构清晰整洁，赋予诗歌一种抚慰读者心灵的独特品质。阅读原文就会发现，前三节均以"sweet"开头，以"die"结尾，第四诗节的开头是前三节开头的变体，而全诗的结尾却与前三节的结尾不同，用一个意义与"die"完全对立的词"live"，前后形成强烈的对比。于是，诗人用首语重复法制造出一种张力，使读者对自然的美好赞叹不已，却对自然及其象征的世俗世界的短暂易逝无限感伤，然而"美好而圣洁的心灵"的出现释放了张力，选择践行美德，是抵制短暂易逝的唯一办法。

在文艺复兴晚期，"virtue"一词的常用含义有两个，一个是指抵制诱惑的正确的道德行为；另一个是指"力量"①。在这首诗中，赫伯特用"具有美德的灵魂"像"风干的木料"这个"巧智"描写灵魂具有超越物质世界的持久性这一力量。它不会"变形"是指具有美德的灵魂既不会向世俗诱惑屈服，也不会向道德堕落低头。事实上，按照《圣经》预言，当"整个世界"在世界

---

① Robert H. Ray. *A George Herbert Companion*, Garland Pub, 1995, p. 161.

末日被大火焚烧、"化为灰烬"时，只有拥有美德的灵魂才能"万古长青"。

"天空和大地的婚礼"意味着天和地相交，而"天、地相交之处，是世界的中心"①，即地球是宇宙的中心，这是传统宇宙论的观点。到了文艺复兴时期，文学家们大力歌颂人的力量，说"人"是宇宙的中心。但是，从当时的创作来看，说"人"是宇宙的中心，不过是想提高在中世纪压抑的人性。传统宇宙论中"宇宙存在之链"蕴含的等级秩序的影响还不能在短时间内被消解。在这根链条上，天国世界处在最顶端，中间是人类世界，底端是动物世界。人究竟是能够荣登天国获得"神性"还是坠入低级的动物世界，就取决于人的道德选择。

纵观全诗，诗人歌颂美德这一抽象的伦理观念，却将它置于宏大的宇宙框架与充满玄思的宗教思想范围内，想象到天与地的结合。从"天"与"地"结合的美好白日，写到世界末日；从充满生机的春日写到意味死亡的世界末日。在诗中，诗人以这种双重悖论来阐释抛弃世俗诱惑、追求永恒的"灵性生活"的决心。虽然"天"与"地"的婚配会随着美好白天的消逝而消失，但天空和大地在自然界举行婚礼时的宁静、明朗，"突出展现了一种纯洁无瑕的单纯"②。诗人在歌颂自然美景的前提下，托物言志，在思想上烘托出拥有高尚美德的灵魂的纯洁性。

基督教文化是一种罪感文化，诗人在歌颂美德的同时，没有忘记原罪时时刻刻存在于基督徒的行为中。在《原罪（二）》（*Sin Ⅱ*）一诗中，赫伯特把原罪看作是上帝的对立面，并写道，"原罪没有美德"。在该诗中，诗人讨论人类能否见到原罪的问题。诗人认为如果真能见到原罪，就会看到原罪丑陋无比。但是，对于人类来说，原罪如同魔鬼一样不可见。在诗中，赫伯特将这一观点和人们在绘画中表现的魔鬼模样相比较，认为人们在绘画中看到的魔鬼，其实只是一个想象物而已，画上显现出的魔鬼的模样并不是魔鬼的真像本身。诗人用魔鬼的不可见性来描述原罪的不可见性。在诗中，诗人还把死亡和睡眠相比较，认为睡眠只是一种伪死亡。原罪没有美德，原罪不会随着死亡而消失，救赎原罪需要美德，美德是人们灵性生活的必然追求，而获得美德的途径就是要约束自身的行为。

在《神》这首诗中，诗人探究了基督教律令与基督徒个体行为之间的关

---

① 胡家峦：《圆规：终止在出发的地点——文艺复兴时期英国诗人宇宙观管窥》，《国外文学》1997 年第 3 期，第 38 页。

② 吴笛、吴斯佳：《外国诗歌鉴赏辞典 1·古代卷》，上海辞书出版社 2009 年版，第 1099—1100 页。

系,诗人突出强调了行为本身的重要意义:

> **爱上帝,爱邻人。　静观祷告。**
> **己所不欲勿施于人。**
> 啊,复杂的律令啊;甚至复杂若白日!
> 　　　　谁能解开这些戈尔迪之结呢?(CEP:126)

在诗人看来,基督徒个体在社会生活中的行为才是体会上帝的最佳方式,"个体因为经历与他人生活在社会共同体中的爱,而获得对上帝的感知"[1]。

对美德的关注,用诗行表达对美德的无限向往,使赫伯特的诗歌超越了基督教抒情诗的局限,具有了放之四海而皆准的价值。即使在鼓吹上帝已死的 20 世纪六七十年代,即使在人们对上帝的存在产生高度怀疑的年代,西方学者仍然普遍认为虽然上帝已死,但是基督教留给人们的恰恰就是美德。何光沪在描述 20 世纪 60 年代在美国出现的"无神论的基督教"或"上帝之死"派神学时这样说道,既称宗教,何以"无神"?答曰"上帝已死"。上帝既死,所余为何?答曰"道德"。[2] 由此可见,赫伯特基督教抒情诗的创作紧紧攫住了基督教的核心价值和实践准则,因此,也就具有了持久的魅力。

赫伯特的《乡村牧师》是一部关于牧师职责与教会纪律的散文著作。在《乡村牧师》中,赫伯特以乡村牧师为研究对象,对其应该具有的高尚行为进行了全面而详细地界定。其中,第四章《牧师的学识》引用了《约翰福音》第七章第十七节的内容:"人若立志遵着他的旨意行,就必晓得这训诲或是出于神。"[3]《约翰福音》第七章的第十七节与第十三章的第十七节都是基督教神学家在谈论教义训诲与教徒实践时喜欢引用的观点。但是这两处引文表达的意思却大相径庭,第十三章的第十七节强调先有知识,后有实践;而第七章的第十七节则强调行为实践最终将促进知识的积累。对于奥古斯丁而言,履行上帝意愿"与相信上帝一样,没有差别……让信仰与你

---

① Greg Miller. *George Herbert's "Holy Patterns": Reforming Individual in Community*, Continuum, 2007, p. 92.

② 何光沪:《上帝死了,只剩道德吗》。何光沪:《跨世纪文存:何光沪自选集》,广西师范大学出版社 1999 年版,第 144 页。

③ George Herbert. *The Country Parson*. See George Herbert. *George Herbert: The Complete English Poems*, John Tobin ed., Penguin Books, 2004, p. 205.

同在,你将会理解教义"①。

赫伯特引用《约翰福音》的内容表明"过一种圣洁的生活"是理解知识的第一种方法,这一观点引导基督教徒思考神圣实践对实现至善的价值,而且,这一观点特别指出实践具有一种不能被信仰的优先性所掩盖的精神价值。

基督教向来重视基督徒的行为实践,以及实践的重要价值,英国基督教早期经典诗歌《鹿的呼喊》(*The Deers Cry*)就已经指出基督教徒要重视自身的行为实践,使其与基督教宣扬的伦理价值相一致:

> 重复祖先的求告,
> 记着先知的预言,
> 想着使徒的教导,
> 带着忏悔者的信念,
> 披上圣女的纯金,
> 行为参照义人的标杆。②

由此可见,基督教注重其教徒行为实践的观点由来已久。在一篇比《鹿的呼喊》晚些、大约于 10 世纪中后期由布里克林布道家(Blickling Homilist)撰写的关于复活节的布道文,同样也探究了理想的基督徒应该过的生活:

> 因此,我们现在应该乘自己愿意也能够之时,考虑我们灵魂的需要。我们不能延迟,等到愿意悔改之时却已为时过晚。让我们谦卑、怜悯、行善,清除邪恶、谎言、嫉妒,怀着正义的心,善待他人;因为到那一日,上帝将不再接受人的悔改,也不会再有中保。他将会严厉无比,其猛烈超过一切猛兽,胜过一切怒气。一个人的权利越大,越富有,最高审判者对他要求的也越多。人为其行负责,人会受到严厉审判;经上提到:对穷人没有怜悯的,会受到

---

① Kenneth Graham. "Herbert's Holy Practice". See Christopher Hodgkins ed. *George Herbert's Pastoral*: *New Essays on the Poet and Priest of Bemerton*, University of Delaware Press, 2010, p. 79.

② [英]麦格拉斯:《基督教文学经典选读(上册)》,苏欲晓等译,北京大学出版社 2004 年版,第 157 页。

严厉的审判(参见马太福音 18：35)。①

布里克林布道家的这段布道文中提到的各种美德、对待他人的态度以及基督徒应该要避免的一些行为说明基督教徒的行为实践与上帝对他们的末日审判具有直接的因果关系。该布道文重在上帝的威严与惩罚力量,具有强烈的中世纪文学色彩,但同时,该布道文表明基督教徒的行为与他们的信仰之间密切相关,信仰对于基督教徒来说,不是一种形而上的抽象的存在,而是直接用于指导他们的生活实践与德行修养。

在《圣殿》主体部分"圣堂"中,有两首诗直接与教会的纪律实践有关。第一首诗是《四旬斋》(Lent),在该诗的第六节,赫伯特引用了基督教的训令:"我们努力,像他那样神圣。／让我们做到最好。"接下来的第七节写道:

> 那人,曾走过基督走过的道路,
> 定然能与基督相遇,然后他
> 　　　按照路线继续旅行:
> 也许我的上帝,虽然他在遥远的前方,
> 能够回头,拉起我的手,甚至
> 　　　加速我的腐败。(CEP：80)

在这节中,诗人表现得小心翼翼、非常谨慎。他试图在人类行为与接受上帝"更多"力量之间建立一种暂时性连接,但是他并没有明确指出二者之间存在因果关系:我们无从知晓为何诗人对基督徒与上帝的相遇表现得如此肯定,为何使用"定然"("more sure")这个词。虽然"定然"这个词给人的感觉像是非常肯定的赌注,但是,在该段的结尾,这种肯定的语气转变为一种表示揣测意味的"也许"("may")。

赫伯特对这种因果关系不确定性的把握使得格雷厄姆认为《四旬斋》这首诗与戴尔论述基督教徒社会实践的著作之间有一定的关联性。戴尔认为我们自身的美德并不能"正式"带来拯救,"因为正如金口教父(屈梭多模)(the golden mouth'd Father [Chrysostom])强调的那样,虽然这也许一定能够带来拯救;当我们长久坚持践行美德并努力做到我们能够做到的一

---

① ［英］麦格拉斯:《基督教文学经典选读(上册)》,苏欲晓等译,北京大学出版社 2004 年版,第 182 页。

切时,上帝经常仁慈地提供我们需要的一切,于是他使我们获得关于真理的知识。"[1]这里戴尔用了与赫伯特一样模棱两可的词语"也许"。也许赫伯特相信,长久坚持践行他在《四旬斋》中号召的美德一定能够使得上帝帮助世人、拯救世人。

赫伯特与戴尔承认信仰的优先特性,并给予实践以相应的重视,认为个人意愿无力帮助基督教徒得到上帝的救赎,然而,二人都认为基督教徒应该参加由上帝恩典滋养的社会生活实践。这一观点,还反映在赫伯特另外一首与实践相关的诗歌《纪律》(*Discipline*)中,这首诗即涉及上帝的行为,也与信徒的内在心灵状态相关,纪律是信徒的财产,是上帝对待他的方式。在该诗中,赫伯特表达了信徒的意愿与上帝的意愿,把诗中说话人努力追寻的温和的纪律展示在读者面前。在诗中说话人看来,他所追求的纪律是对再生的自我的神圣实践的奖赏。

在该诗的开头,诗中说话人严厉地要求上帝不要惩罚世人,而要按照纪律对待世人:

> 扔下您的棍棒,
> 抛弃您的愤怒:
> 　　啊,我的上帝,
> 请采用文雅的方式。(*CEP*:168)

赫伯特仅仅用短短的四行诗文列举出上帝对待顽固不化的信徒与拥有神圣行为的信徒的两种不同方式,原文的韵律"wrath"和"path"凸显了上帝对待两种不同信徒的方式。在著作中论述上帝对待世人的方式,是基督教作家一个不可回避的话题,在论及上帝"报复"与"惩罚"基督教徒时,加尔文写道:"上帝报复他的敌人;因此,他施怒于他们,诅咒他们,让他们流离失所,使他们化为乌有。"当上帝惩罚他的信徒时,他责备他的人民所犯的罪过,但是在加尔文看来,上帝对他子民的责罚不是"惩罚或报复,而是纠正与告诫。"[2]赫伯特继承了加尔文的观点,因此,在《纪律》这首诗中,诗中的

---

① Kenneth Graham. "Herbert's Holy Practice". See Christopher Hodgkins ed. *George Herbert's Pastoral: New Essays on the Poet and Priest of Bemerton*, University of Delaware Press, 2010, p. 81.

② Kenneth Graham. "Herbert's Holy Practice". See Christopher Hodgkins ed. *George Herbert's Pastoral: New Essays on the Poet and Priest of Bemerton*, University of Delaware Press, 2010, p. 83.

说话人祈求上帝不要用严厉的方式惩罚他,而是用温和的方式矫正他的罪,使他得以过上一种圣洁的生活。

但是,在接下来的几节诗行中,诗人没有继续第一节的主题,而是开始谈论上帝的行为与基督徒行为之间的关系。上帝的行为会对虔诚的基督徒的行为产生影响,而这一变化起源于心灵:

> 因为我心的欲望
> 屈从您心的欲望:
> 　　　　我渴望
> 完全一致。(CEP:168)

诗中的说话人发自内心地渴望与上帝的意愿完全一致。然而,诗人渴望与心情迫切的程度却受到"屈从"("bent")一词的牵制。"屈从"有用外力迫使说话人接受上帝意愿的色彩,因此说话人内心的转变既有决定论的色彩,也有宿命论的色彩。诗中的说话人承认他对上帝的渴望,承认他对上帝的依赖,他内心对上帝的冥想与认同应该得到相应的回报。

三、四两节的内容为诗中说话人在第二节提出的观点提供了重要的支撑材料。第三节表明诗中说话人对《圣经》经文的渴望:

> 不是一句话或者一个眼神
> 而是通过经文,
> 　　　　只有您的经文,
> 才能影响我的欲望。(CEP:168-169)

赫伯特争辩说上帝应该温和地对待他,因为他不仅渴望与上帝的意愿一致,而且他自身致力于对《圣经》经文的学习,想要获取知识指引他的实践。

在第四节,诗中说话人为了得到上帝的奖赏,继续为自己争辩:

> 我因失败而哭泣:
> 在平静之中停下脚步,
> 　　　　然而我匍匐爬行
> 至庄严的宝座。(CEP:169)

在这四行诗中,诗中说话人在上帝面前的谦卑之心被展露无遗。尤其是

"匍匐爬行"("creep")这个词,将忏悔者对自身的无足轻重的内心感觉客观化、视觉化,回应了《渴望》中的"瞧啊,您的尘土醒来了,／它移动,它爬行,它的目标就是您"(*CEP*:140)。诗中说话人的忏悔与谦卑为他在该诗开头提出的"啊,我的上帝,／请采用文雅的方式"对待我,提供了必要的理据。"哭泣"("weep")与"匍匐爬行"("creep")两个词相似的内涵以及相同的韵律构成了诗中说话人要求上帝不要用棍棒对待他的原因。

在第五节,诗人继续在第一节悬置起来的内容,发表他对上帝的"文雅的方式"的看法,在诗人看来,这就是上帝对世人的爱:

> 让愤怒离开;
> 让爱人行事,
>   因为有爱
> 铁石心肠也会滴血。
>
> 爱人健步如飞;
> 爱人是战士,
> 会射箭,
> 能从很远击中目标。
>
> 谁能从他的弓下逃脱?
> 你被击中,
>   被压低,
> 责任一定会说服你。(*CEP*:169)

与前四节的简约、平铺直叙不同,在这三节中,诗人用暗喻的修辞手法,把上帝比喻为爱人,他拥有飞奔的双足并擅长射箭,这些特征突出上帝之爱的振奋人心的力量,但是,在这三节诗中说话人却没有明确表示上帝之爱到底能给诗中说话人带来哪些变化,在这里,我们能够获得的信息是爱的作用是内在的,例如他的温柔能够使铁石心肠感动等。

在五、六、七节诗人没有论及上帝之爱的原因在于,在该诗的前半部分,诗中说话人已经描述了上帝之爱的作用:爱使基督徒渴望与上帝一致、能够使基督徒有一颗顺从的心灵、能够使基督徒忏悔、谦卑并拥有接受上帝的信心。那么,赫伯特用了五、六、七三节的篇幅论证上帝之爱的力量,是不是意味着在他心目中上帝应该用一颗爱心来对待他?

基思(Gene Edward Veith)认为在这首诗中读者应该辨别出称义(jus-tification)与成圣(sanctification)之间的区别。[①] 诗中说话人已经因为基督的称义而获得救赎,因此他拥有渴望与上帝意愿一致的权利;但是他仍然对自己的罪过念念不忘,因此他仍然需要依赖上帝的恩典,在成圣的道路上向前进。在第三节与最后一节,诗人阐明了他对"上帝之爱"这个重要的神学命题的观点,诗中说话人似乎在说既然他爱上帝,那么,他就应该得到上帝对他的爱。但是,该诗的其他部分却隐藏起这一观点,指出诗人已经认识到是上帝爱他在先。于是,读者可以理解《纪律》这首诗意在表明信仰先于实践,教义先于纪律,而这也是赫伯特在多首诗中表达的观点。[②]格雷厄姆认为赫伯特的这一观点与许多同时代作家一致,虽然称义是信仰的核心,成圣的过程却需要合作与反复,不断融合入上帝的恩典与个体的努力。因为上帝最初的给予,罪人的罪孽得以"清洗,一心向善"(CEP：61),于是,罪人在生活中行善,用自己的善行回报上帝。

《纪律》的最后一节,在内容与结构上与第一节对称:

> 扔下您的棍棒;
> 虽然人类脆弱,
> 　　但是,您是上帝:
> 请抛弃您的愤怒。(CEP：169)

第三行是典型的赫伯特短行,只有三个音节(原文为"Thou art God"),清晰而简洁地表明赫伯特对上帝本质以及基督教第一戒律的认识。但是,根据推理,这个短行可能有两重含义,因此,这节诗也可能有两重含义。

首先,根据该诗第二部分对上帝之爱的描述,这个短行的衍生意可能是"上帝爱我"。如果第三行是这层含义,那么最后一节可以理解为"虽然人类脆弱且有罪过,应该受到严厉的惩罚,但是因为您是博爱的上帝,您就不会因为他们的罪过而惩罚他们。"

其次,根据该诗第一部分对上帝之爱与信仰的描述,"您是上帝"的第

---

① Kenneth Graham. "Herbert's Holy Practice". See Christopher Hodgkins ed. *George Herbert's Pastoral：New Essays on the Poet and Priest of Bemerton*, University of Delaware Press, 2010, p. 85.

② Kenneth Graham. "Herbert's Holy Practice". See Christopher Hodgkins ed. *George Herbert's Pastoral：New Essays on the Poet and Priest of Bemerton*, University of Delaware Press, 2010, p. 85.

二层衍生意是"我爱上帝"。如果最后一节强调的是这层含义,那么最后一节的意思便是"虽然人类犯有罪过,理应受罚,但是我对您的爱证明您应该温和地对待我。"

简而言之,在这节诗中,赫伯特提出的问题是上帝是否应该放下棍棒,原因是上帝爱世人或世人爱上帝。按照基督教的训诫,问题的答案应该取决于第一个原因,即上帝爱世人;但是成圣的过程使读者认识到,因为世人爱上帝,所以教会纪律承认人的不完美,承认人应该参加社会实践。由此可见,在《纪律》这首诗中,对"您是上帝"的两种解释都是可行的。

综上所述,《纪律》的最后一节无论在内容还是结构方面,似乎都是对该诗开端的重复,这一回环结构与《花环》一诗类似,同时,本书引入的《约翰福音》的两节内容表明,圣洁的实践生活不仅是理解上帝生活的结果,同时也改变了读者对上帝的理解与体验过程。正如赫伯特与他同时代人认识到的那样,只有堪做楷模的生活才能够引导教徒相信教义,才能改变他人对上帝的理解与体验。如果牧师的布道不能够付诸实践,如果言语只是言语而不付诸实践,如果基督徒的生活不参考教义与纪律,那么,这样的知识就毫无价值,正如本·琼森在《致他自己的颂歌》(*An Ode. To Himself*)中写道:"沉睡的知识死去。"① 因此,在赫伯特看来能够直接应用于基督徒社会生活实践的知识才有意义,才应该被保存下来并被传诵。

第二节　个体行为的"神圣特性"与"绅士风度"

在《圣殿》中,赫伯特赞颂拥有美德的灵魂,注重把美德与基督徒的个体行为联系在一起,在他看来,基督徒的行为会因为践行美德而获得"神圣特性"。然而,《圣殿》对基督徒个体行为的表述却非常有限。所以,在考察赫伯特对基督徒个体行为的观点时,有必要参考他的散文集《乡村牧师》。在《乡村牧师》中,赫伯特以乡村牧师这一人物形象为具体的研究对象,探究了他心目中理想的乡村牧师应该具备的品质以及乡村牧师的行为举止应该遵循的行为规范。

牧师,是上帝的牧羊人,在尘世生活中担当着拯救世人灵魂的职责。

---

① Kenneth Graham. "Herbert's Holy Practice". See Christopher Hodgkins ed., *George Herbert's Pastoral: New Essays on the Poet and Priest of Bemerton*, University of Delaware Press, 2010, p. 87.

在《乡村牧师》中，赫伯特对牧师应有的知识与行为提出了要求，这涉及牧师生活的方方面面，既有思想方面的要求，也有灵修方面的要求，更有个人行为举止方面的要求，在赫伯特看来，对于牧师，拥有高尚的行为是最为重要的。《乡村牧师》共有三十七章，其中前三章对乡村牧师的行为以及职业信念做了一个总体介绍；第四至八章着重论述在公共祈祷行为结束之后，牧师应该如何规范自身的行为；第九至十三章对乡村牧师的私人生活和他对待家庭、对待教民的行为以及保养教堂建筑方面提出指导意见；在第十四至三十七章，赫伯特以更加广阔的视角探究了乡村牧师的社会职责，这些探究涉及牧师要关注教民的法律需求、医疗需求、经济需求及属灵方面的需求等。在行为举止方面，赫伯特似乎要把他的"理想的乡村牧师"塑造成为一位绅士，使其行为举止具有"绅士风度"。

然而，赫伯特对牧师形象的塑造并没有仅仅停留在"绅士"这一层面，而是把绅士形象的塑造与美德理想的建立结合在一起。在《乡村牧师》第三十三章《牧师的图书馆》(*The Parson's Library*)一文的开篇，诗人没有谈论给他提供思想源泉的大部头宗教著作或者思想著作，而是写道，乡村牧师的图书馆是"一种高尚的生活"①，强调了"高尚的生活"本身，说明诗人对理想的牧师行为的关注，只有将乡村牧师这一社会角色演绎到极致，使其行为与其身份相配，并获得教区人们的认可，这样的乡村牧师就拥有了"高尚的行为"，这样的牧师绅士也就获得了超越传统绅士概念的特征。

赫伯特笔下的乡村牧师形象，是英国文化中"绅士"形象在17世纪早期的典型体现。因此，探究英国绅士文化的发展脉络，对理解赫伯特笔下的理想牧师来说十分重要。

绅士这一称谓，早在欧洲古代社会就已经存在。在古希腊社会，那些长相俊美而又出身高贵的贵族被称为绅士；在古罗马社会，绅士则用来指威严而又富有责任心的贵族阶级。英国的绅士概念来源于古希腊和古罗马传统，并在流变过程中形成了独具英格兰特性的英国绅士文化。

1883年，英国诗人霍普金斯曾经自豪地说："即便英格兰民族不能给世界留下别的什么东西，单凭绅士这个概念，他们就足以造福人类了。"可见，绅士文化和绅士风度是英国对世界文化的独特贡献，然而，英国的"绅士文化"是一个流动的概念，在不同的历史时期，折射出不同的光彩。

同许多其他英语词汇一样，"绅士（gentleman）"一词来源于古法语

---

① George Herbert. *The Country Parson*. See George Herbert. *George Herbert：The Complete English Poems*，John Tobin ed. ，Penguin Books，2004，p. 251.

"gentilzhom",在现代法语中写作"gentilhomme",相当于意大利语中的"gentiluomo"和西班牙语中的"gentilhombre"。该词常用来指贵族身份出身的男子,或者拥有高贵身份地位的人;也用来指那些虽然没有获得贵族头衔,但是却被许可携带武器的人,或者用来指虽然没有明确的等级身份出身,然而却卓越的人。[①]根据《牛津英语词典》,在英语中该词首次出现是在 1275 年出版的《古英语文学作品汇编》(*Old English Miscellany*)中与阿尔弗雷德大帝有关的格言中。

在英语中,"绅士"概念是个相当复杂的文化概念,在历史长河中被不断地阐释并被赋予新的意义。"homme"的意思是"人"。在莎士比亚时期,法语词"gentil"的本意再次被输入到内涵当中,变为"genteel"。该词至今仍含有"礼仪周全、服装漂亮、具有上流社会地位特征"的意思。[②]

当"绅士"这个词刚刚进入英语的时候,人们对绅士概念的认定就已经发生了一些变化。从古希腊、古罗马文化延伸而来的"绅士"概念是一个身份概念,与一个人的出身相关。但是,自 14 世纪以来,英格兰开始流行一种观念,认为单纯凭借出身并不能判断一个人是否是绅士。[③]一些人不注重出身,而注重绅士应该具备的必要条件。当时有一首歌的歌词写道:"诚实、慈爱、自由和勇气,四项之中缺三项,不能称之为绅士。"[④]由此可见,人们对绅士的认识,已经逐渐脱离对正统血统的认知,而转向对个体在公众生活中表现出的行为举止的关注。

在《奇异格言集》中赫伯特有两处用到了"绅士"这个词,首先,他写道:"绅士、灰色猎狗与盐盒,要在家庭中寻觅。"[⑤]接下来,他写道:"让绅士来解

---

① *Oxford English Dictionary Second Edition on CD-Rom*(v. 4.0). Oxford University Press,2009,"gentleman".

② [英]丽月塔:《绅士道与武士道——日英比较文化论》,王晓霞等译,浙江人民出版社 1990年版,第 85、132 页。

③ [英]丽月塔:《绅士道与武士道——日英比较文化论》,王晓霞等译,浙江人民出版社 1990年版,第 86 页。

④ [英]丽月塔:《绅士道与武士道——日英比较文化论》,王晓霞等译,浙江人民出版社 1990年版,第 86 页。

⑤ George Herbert. *Outlandish Proverbs*. See George Herbert. *The Works of George Herbert*,F. E. Hutchinson ed.,Oxford University Press,1953,p. 327. 原文为:"205. A gentlemans greyhound, and a salt-box;seeke them at the fire." 经过考证,哈钦森指出,在一本 1651 年出版的格言集《慎行》中,有读者将"A gentlemans greyhound"进行了修订,改为"A gentleman, a gray hound",而这一表达方式在 1707 年出版的《格言选集》(H. Mapletoft. *A Select Collection of Proverbs*,1707.)中也有记载。再者,在 17 世纪上半叶,"fire"这个词有"家庭""户"的含义。

决争端。"①根据《牛津英语词典》的记载,在 16 世纪末及 17 世纪的英国,人们习惯在餐桌中央放一个盛放盐的盒子,尊贵的客人坐在盐盒的上垂手,地位稍逊者,依次而坐。由此可见,盐盒是身份与地位的象征。因此,赫伯特在 205 条格言中将盐盒与绅士并置,意在表明绅士的社会地位,受人尊敬。另外,第 878 条格言意在强调绅士的社会作用,绅士参与到社会生活中来,对社会生活进行管理,处理争端,是人们信赖与尊敬的对象。

在文学与文化领域,绅士的原型是中世纪的骑士。典型的骑士骁勇善战、彬彬有礼、忠于上帝、为国王尽责、扶危助困、尊重女性。杰弗里·乔叟的《坎特伯雷故事集》(The Canterbury Tales)收录的故事《梅里白的故事》(Meliboeus)有这样一句话:"一个为留下好名声而勤奋做事的人,毫无疑问可以被称作是绅士。"

真正的"绅士"在行动上必须遵守一定的准则,这就涉及"绅士"这个词汇的另一个文化维度——"绅士风度"。②"绅士风度是英国民族精神的外化,它是英国社会各阶层向上流社会看齐的过程中,以贵族精神为基础,掺染了各阶层的某些价值观念融合而成的。"③

从 15 世纪开始,英国贵族阶层的垂直流动性加强,平民阶层通过努力也可以跻身贵族,④绅士一方面仍然用来表示国王、王后、公、侯、伯、子、男等传统贵族,另一方面,它也用来作为底层贵族的普遍称号,这种情况一直持续到 17 世纪。⑤

文艺复兴时期的绅士不但要具备骑士的风度,还必须具备丰富的学识、巧智、能言善辩并谙熟社会风尚。1618 年,28 岁的乔治写信给远在巴黎的弟弟亨利,鼓励他尽可能多地学习巴黎的人情世故,"无论是在知识方面、行为风尚方面还是在语言方面"⑥。伯克在谈论英国早期近代大众文化时指出:"在 16 世纪末和 17 世纪初进入牛津大学和剑桥大学就读的乡绅人

---

① George Herbert. *Outlandish Proverbs*. See George Herbert. *The Works of George Herbert*, F. E. Hutchinson ed., Oxford University Press, 1953, p. 350. 原文为:"878. Hee that would be a Gentleman, let him goe to an assault."

② 赵雪梅:《由〈傲慢与偏见〉看英国绅士化兴盛时期的绅士文化》,《中南大学学报》(社会科学版)2013 年第 2 期,第 230 页。

③ 钱乘旦、陈晓律:《英国文化模式溯源》,上海社会科学出版社 2003 年版,第 300 页。

④ 钱乘旦、陈晓律:《英国文化模式溯源》,上海社会科学出版社 2003 年版,第 366 页。

⑤ 阎照祥:《英国贵族史》,人民出版社 2000 年版,第 177 页。

⑥ Cristina Malcolmson. *Heart-Work: George Herbert and the Protestant Ethic*, Stanford University, 1999, p. 26.

数越来越多。他们逐渐把更多的时间花在伦敦,以便能够观察宫廷的举止。"①

在英国的文艺复兴走向尾声的 17 世纪,"洛克在《教育漫话》中提出理想的绅士应该是兼具德性、智慧、风度和学问的,这时的绅士较以前不同的是把德性放在了很高的位置上"②。绅士风度的这一特点源于英国的绅士文化是对骑士精神的继承和发展,此外,绅士风度还有一个特征。

文艺复兴时期的"人"经历了思想解放,作为个体的人认识到了自身的价值,认识到自身在社会变革中的重要作用,于是在文艺复兴时期,英国的绅士风度又有了另外一个特点,即所谓的绅士要有"强烈的主人意识和社会责任感"③。

人的主体意识的深化并没有彻底摧毁基督教对英国文化的根深蒂固的影响,基督教文化仍然在文艺复兴时期的英国社会中发挥重要作用。在基督教理念的熏陶下,基督教成为规范人们行为准则和道德观念的指导思想。④于是,在英国的绅士文化语境中,绅士并不应该仅仅局限于某些特殊技能的训练⑤,而是应该成为维护秩序和德性的重要力量。⑥

从位于英国城市文化中心的剑桥大学来到地处偏僻的郊区伯默顿,赫伯特毅然决然地抛弃了在剑桥大学担当对外发言人的光鲜身份、抛弃了在议会担任议员的仕途前景,来到伯默顿的小教堂担任牧师。赫伯特此举并非偶然为之,他自身社会角色的变化,与他心目中理想的人的塑造,即"绅士"概念的形成密切相关。

对于在剑桥大学读书和工作的赫伯特来说,绅士似乎与一个人的血统,即贵族身份有关,与一个人的机智、健谈和行为举止有关。赫伯特虽然出身于古老的贵族家庭,但由于长子继承法的限制,他无法像长兄爱德华一样获得贵族头衔和家族遗产,他自身身份的确立要靠他自身的努力来实现。在剑桥大学,他凭着自己丰富的学识、高雅的谈吐、舌战群儒的机智,获得了剑桥大学对外发言人的职位。但是,随着时间的流逝,赫伯特对这

---

① 〔英〕彼得·伯克:《欧洲近代早期的大众文化》,杨豫等译,上海人民出版社 2005 年版,第 337 页。

② 张晶华:《"绅士风度"对英国公学的积极影响》,《文教资料》2008 年第 4 期,第 147 页。

③ 钱乘旦、陈晓律:《在传统与变革之间:英国文化模式溯源》,浙江人民出版社 1991 年版,第 394 页。

④ 舒小昀:《英吉利民族绅士风度解析》,《贵州社会科学》2012 年第 8 期,第 34 页。

⑤ 〔英〕大卫·帕尔菲曼编:《高等教育何以为"高"》,冯青来译,北京大学出版社 2011 年版,第 6 页。

⑥ 舒小昀:《英吉利民族绅士风度解析》,《贵州社会科学》2012 年第 8 期,第 34 页。

一职位的本质有了更加深刻的认识。

剑桥大学对外发言人的身份要求赫伯特在演说中要充分考虑到剑桥大学的声誉，要以剑桥大学的口吻发表演说，当他自己的观点与剑桥大学应该持有的态度相一致时，不会出现任何冲突。然而，事实并不总是遂人所愿。他在一首拉丁诗中曾经描绘过战争的残忍，流露出反战情绪。于是，当一名热衷于战争的王子来到剑桥时，赫伯特依然坚持自己的观点，对和平大加赞扬。当代评论家纳多（Anna K. Nardo）认为赫伯特此举不合时宜。①

赫伯特逐渐感受到这种真实的自我表达与被期待的自我表达之间的矛盾与冲突，剑桥大学的工作氛围使他不能完全而充分地展示真实的自我。他的同事巴纳巴斯·奥雷（Barnabas Oley）在评价赫伯特在剑桥大学的生活时说，他"并没有设法展示出他真正的优势与才华，而是使自己迷失在一种谦恭的态度中"②。

然而，就在赫伯特对自己在剑桥大学的身份产生犹豫之时，许多人却依然对到剑桥大学读书和工作趋之若鹜。16世纪末17世纪初，由于英国资本主义的逐步发展，财富的增长使得部分新兴资产阶级有能力到公学以及牛津、剑桥大学接受"绅士教育"，于是，他们模仿贵族的生活方式，把自己塑造为英国绅士的形象，这一切对赫伯特造成了精神冲击，使他对自己在剑桥大学工作的身份产生怀疑。

对家族身份的认可、对在剑桥大学担任对外发言人职业身份的质疑以及诗人内心对真正自我的呼唤在他心里产生波澜，使他痛苦不堪。《痛苦（一）》这首诗正好表达了赫伯特此时内心的彷徨。赫伯特是位追求内在真实的诗人，在剑桥大学的伪装使他无法彻底展现真正的自我。

这一切使赫伯特感到心力交瘁，于是他果断离开剑桥大学，来到地处郊区的伯默顿担任牧师。对赫伯特的这一举动，评论界持有不同的观点。在《赫伯特传》中，沃尔顿认为赫伯特到伯默顿担任牧师是诗人故意为之，目的是归隐田园，追求内心的平静。

对此，霍奇金斯提出了完全不同的观点。

首先，他认为赫伯特从事乡村牧师的行业，并不是要借此获得内心的

①　Anna K. Nardo. "George Herbert Pulling for Prime", *South Central Review*, Vol. 3, No. 4 (Winter, 1986), p. 30.

②　Barnabas Oley. "Herbert's Remains". See Cristina Malcolmson. *Heart-Work：George Herbert and the Protestant Ethic*, Stanford University, 1999, p. 26.

平静,因为诗人对这一职业非常了解。其次,在旧有的社会秩序分崩瓦解的状态下,诗人并不是为了自身的安全,逃到乡间担任乡村牧师。因为教会是英国社会的一个重要组成部分,社会秩序的分崩离析对教会也产生了重要影响,教会已经不再是一个安全的偷生之所。霍奇金斯认为,赫伯特选择到伯默顿,而不是其他更富裕、更有影响力的地方担任牧师,目的是得以公开恢复已经逝去的都铎王朝的社会幻想,其实也是恢复诗人自己的社会抱负:在神圣的共和国里接受神圣的召唤。赫伯特感到上帝在召唤他按照都铎王朝时期的人文主义理想去建造,尤其是重新建造信仰基督教的英国。这一思想在赫伯特的散文集《乡村牧师》中表现得非常明显,而诗集《圣殿》中的诗歌也具有明显的说教性质。①

将沃尔顿和霍奇金斯的观点比较一下,就不难发现,霍奇金斯的观点可信度更高。《乡村牧师》是赫伯特的一部散文集,记录了理想的乡村牧师应该具备的品质和应该遵守的规则,对乡村牧师在基督教共同体中的行为提出要求。

在赫伯特看来,乡村牧师担当了社会秩序维护者的职责。在他教区这个小社会中,牧师是大众的精神导师,担当他们的精神卫士。《乡村牧师》的内容紧密联系当时的英国社会现实,操作性极强,甚至可以说是乡村牧师的"行为指南"或者"任务书"。它与其他具有逃逸性质的乌托邦文学作品相比,完全不同。

比赫伯特早一个世纪的托马斯·莫尔(Thomas More)撰写的《乌托邦》(Utopia)描述了一位航海家在奇乡异国乌托邦的旅行见闻,描述了一个空想的社会主义国度,然而,这个理想国度只存在于莫尔的想象世界中,距离现实的英国非常遥远。莫尔在《乌托邦》的结尾处说:"可是我情愿承认,乌托邦国家有非常多的特征,我虽愿意我们的这些国家也具有,但毕竟难以希望看到这种特征能够实现。"②所以,与莫尔的乌托邦相比,《乡村牧师》的可操作性极强,可以直接用于教诲当时英国社会中的牧师,引导他们规范自己的行为,把自己塑造为完美的"绅士"。

此外,与赫伯特同时代的培根撰写的《新大西岛》也属于乌托邦文学的范畴,然而,该书的写作从某种程度上来说,也具有一定的现实色彩。《新大西岛》讲述了在一座神秘的岛屿——本色列上,科学技术高度发达,其社

---

① Christopher Hodgkins. *Authority, Church, and Society in George Herbert: Return to the Middle Way*, University of Missouri Press, 1993, pp. 182—183.

② [英]托马斯·莫尔:《乌托邦》,戴镏龄译,商务印书馆 2008 年版,第 119 页。

会秩序由宗教秩序来维护,人们按照各自的社会角色,和谐地生活在一起。虽然培根没有完成该书的写作,但是对理想社会秩序的描述却与他的好友赫伯特非常相似。在他们二人看来,宗教秩序是社会秩序的缩影,对培养人的道德,建立和谐社会来说,至关重要,因为只有树立良好的道德观和社会风尚,社会才能在发展的过程中得到优化。

《新大西岛》不仅描绘了良好的社会秩序,同时也对高度发达的科技进行了大量描绘。诗人赫伯特与经验科学的始祖培根有着非常相近的科学观。理想的乡村牧师要通晓科学、医学、植物学,甚至园艺,要懂得如何修剪花园,但正如赫伯特在《牧师的图书馆》一章的开篇所言,"乡村牧师的图书馆是一种高尚的生活",诗人对乡村牧师的学识与道德提出了最基本的要求,道德在一切学识之上。

培根把对理想国度的描述放在大海中的一座岛屿之上,在这个政教合一的国家,一切科学实验的进行与否都由所罗门之宫来定夺,以确保科学试验的安全性与道德维度。与赫伯特相比,培根对英国社会的描述似乎与当时英国社会的现实还有一定的距离,可操作性不如赫伯特的明显。

赫伯特把温和地改革政教合一的国家的重要职责放在乡村牧师的肩上。在乡村小社会中,牧师作为管理者的角色与管理一个国家的国王的角色非常相似,集管理与宗教引导于一身,这一特征和詹姆斯一世鼓吹的"君权神授""政教合一""国王即是最高宗教领袖"的观点不谋而合。但是,赫伯特的乡村牧师却以"高尚的行为"而不是虚空的理论与神学思想指导基督徒的行为。这与诗人倡导的美德概念是相通的。

乡村牧师的身份给赫伯特带来内心的充实与表达内在真实自我的场所。在作为乡村牧师的赫伯特看来,一位行为高尚的乡村牧师,也就是诗人心目中理想的绅士形象是一种新型的社会身份,它将基督徒个体在社会公共生活中的行为举止与内在的精神生活结合在一起,即把自我呈现与"神圣"品质结合在一起。这不仅要求牧师具有圣洁的灵性生活,还要求将这种神圣的精神生活展现在公众面前。由此可见,赫伯特对乡村牧师形象的刻画,已经超出了对"绅士风度"这一概念的外在描述,而是与乡村牧师的内在的"神圣特性"结合在一起,告诫他们如何在公众面前书写他们神圣的精神生活。

按照亚里士多德在《尼各马可伦理学》中的论述,人是社会性动物,通过行为创造他们自己、展示他们自己,于是,人类的品质展现在他们的社会行为当中。英国文艺复兴时期的气质论作家(character writer)约瑟·霍尔(Josephe Hall),修改了亚里士多德的论调,认为内在气质决定人的行为;

个体的言语与行为是他们内心动机的线索。然而,无论对于古希腊哲学家,还是对于文艺复兴时期英国的气质论作家而言,个体的行为,就像语言描述一样,可以被看作是对个人气质的解读。[①]

文艺复兴时期有关社会风俗的论著进一步证实理解个体与评价个体之间密切相关,例如伊拉斯谟(Erasmus)在《论自由意志》(*De Civitate Morum Puerilium*)中说可以从个体的服装推断出他灵魂的态度。[②] 行为举止或者外表衣着可以看作是人有意或者无意说出的话语。例如在 17 世纪早期本·琼森创作的一系列社会讽刺戏剧,遵循古典主义的创作原则,具有强烈的道德倾向。在这些戏剧作品中,以《狐狸》(*Volpore*; *or, The Fox*)最为著名,琼森对"伪绅士们"大加嘲讽,他们的行为举止是他们丑陋灵魂的显现。

17 世纪初,戏剧家们的戏剧创作表明由于当时英国社会流动性加快,对个人价值的社会评价受到干扰,这令人文学家们深感不安,但是还没有找到更加可靠的评价标准。于是,赫伯特在《乡村牧师》中试图通过塑造乡村牧师这一形象,在个体的内在气质与社会符号之间建立起一种直接联系。简单地说,像气质论作家那样,赫伯特让他的牧师在社会生活实践中铭记自己的神圣特质,让他的教民能够通过他经常使用的语言与行为体会到其内在品质:

> 乡村牧师要在他生活的方方面面完全正确,就必须圣洁、公正、谨慎、节制、勇敢、庄重。因为基督徒的两个最高目标是忍耐和禁欲。忍耐与痛苦有关;禁欲与欲望、感情和灵魂中喧嚣力量的麻木沉寂有关,因此,他必须彻底研究这二者,使他自身按照上帝给他设定的目标,成为自己的主人与指挥官。在所有这些任务当中,他最应该做的事是避免诽谤他的教区。[③]

《乡村牧师》的第三章《牧师的生活》(*The Parson's Life*)强调牧师不

---

① Christina Malcolmson. *Heart-Work*: *George Herbert and the Protestant Ethic*, Stanford University Press, 1999, p. 28.

② Norbert Elias. *The Civilizing Process*: *The History of Manners*, trans. by Edmund Jephcott, Urizen Books, 1978, pp. 78—79. See Christina Malcolmson. *Heart-Work*: *George Herbert and the Protestant Ethic*, Stanford University Press, 1999, p. 28.

③ George Herbert. The Country Parson. See George Herbert. George Herbert: The Complete English Poems, John Tobin ed., Penguin Books, 2004, p. 203.

仅应该完全掌控自己的生活,因为他是"自己的主人与指挥官",他还应该完全控制他自身在教民心目中的形象。另外,该章还有部分内容涉及赫伯特对待金钱、饮酒与说实话的观点,这些观点非常重要,因为如果乡村牧师自己在这几方面无法管理好自己,那么"他很快就会被发现,就会遭到教民的漠视"①。

牧师的圣洁品质取决于他对自己的"语言与行为"的外在表现的把握,取决于他对自己在教民心目中的形象的把握,所有这一切都与牧师的行为表现密切相关。赫伯特冷静地认识到坚决抵制潜在伪善的重要性:"牧师说'是'就是'是',说'不是'就是'不是';他的服饰朴素大方,但是令人尊敬,他的服饰整洁,没有污点、灰尘或者味道,他思想的纯洁特性由内而外爆发出来,向外扩展到他的身体、服装和寓所。"②通过短语"思想的纯洁特性",赫伯特创造出一个新型的人物形象,他的语言、服饰与行为举止都表明行为的"简约风格"。

赫伯特笔下乡村牧师行事的简约风格虽然与贵族的矫揉造作的行事风格相对立,但是却不能因此而否定这二者之间的联系。在衣着和行为举止方面,朝臣们把自己塑造为"受人尊敬"的形象,他们在行为举止方面投射出统治阶级应该具有的权威特性。于是,古老贵族的"做作"可以被新的"权威特性"取而代之,但与此同时,统治阶级仍然有必要保留高人一等的姿态:

> 因为奢侈是一种明显存在的罪过,牧师应该小心谨慎地避开任何类型的奢侈行为,尤其是在饮酒方面,因为过量饮酒是一个非常普遍的恶习。如果牧师过量饮酒,就会给自己带来耻辱和罪过,就会给自己带来无尽的黑暗,使他丧失指责教民的权威;因为罪过使那些沾染它的人不再有任何区别;那些本该是最优秀的人反而变成了最差劲的人。③

从某种程度上来说,赫伯特坚持戒酒的观点可能与他对牧师与其教民之间

①　George Herbert. *The Country Parson*. See George Herbert. *George Herbert：The Complete English Poems*，John Tobin ed. ，Penguin Books，2004，p. 204.

②　George Herbert. *The Country Parson*. See George Herbert. *George Herbert：The Complete English Poems*，John Tobin ed. ，Penguin Books，2004，p. 204.

③　George Herbert. *The Country Parson*. See George Herbert，*George Herbert：The Complete English Poems*，John Tobin ed. ，Penguin Books，2004，p. 204.

的密切关系的担忧有关。对于赫伯特来说，戒酒不仅有其健康方面的原因，而且可能还与他对把自己暴露在底层阶级中间有可能被底层阶级同化玷污的恐惧有关。①

赫伯特倡导的"简约风格"指的是乡村居民文化的简朴与直接，但这并不意味着他要和教民一样平凡普通。②虽然从体裁方面来说，《乡村牧师》不能被看作是牧歌，但是燕卜荪给牧歌下的定义却可以用于分析该部作品，他认为赫伯特的牧师手册通过将 17 世纪初复杂的阶级关系简化为牧师与教民之间的简明关系，再次强调划清阶级界限以及家长式统治政府存在的必要性。这本牧师手册呈现了"富人与穷人之间的美妙关系"，或者说是"牧师与其教民之间的美妙关系"。③ 虽然职权仍然按照传统的等级秩序发挥作用，但是牧师身份的"神圣特质"作为权威符号取代了"绅士特质"。④

赫伯特清醒地意识到乡村牧师与其教民之间的明显区别，于是，他把牧师如何维护自身美德的方法告诉他们，这样乡村牧师就会获得美德，就会把美德传播给教民，建立一个以美德为思想引导、以行为约束为特征的国度。

第三节　个体行为与灵魂拯救和社会变革

大多数学者认为诗歌起源于"模仿说"，认为诗歌来源于人们表达内心情感的需要，因此，诗歌也具有一定的帮助诗人和读者释放情感，获得快乐与教育的作用。

阅读赫伯特的诗歌，就会发现诗人内心对上帝的敬畏与热爱、拒绝与

---

①　赫伯特坚持戒酒的一个原因是他从小体弱多病。另外，他坚持戒酒的观点可能还与他翻译意大利人路易吉·克罗纳罗（Lguigi Cornaro）的作品《长寿的艺术》（*Treatie on Temperance*）以及《论戒酒与节制》（*A Treatise of Temperance and Sobrietie*）有关。

②　Christina Malcolmson. *Heart-Work: George Herbert and the Protestant Ethic*, Stanford University Press, 1999, p. 32.

③　在《牧歌的几种类型》一书中，燕卜荪提出了著名的牧歌定义，即"形成牧歌的过程就是化繁为简的过程"。赫伯特在刻画他笔下的"乡村"牧师时，联想到在乡村生活中存在着神秘的权威。因为这个神秘的权威观念的存在，赫伯特自己创造了一种较之斯图亚特王朝宫廷生活更加体面的生活模式。无论如何，他认为等级制政府的存在是一种自然合理的现象，牧师获得级别比他低的教民的尊重也是理所应当的。

④　Christina Malcolmson. *Heart-Work: George Herbert and the Protestant Ethic*, Stanford University Press, 1999, p. 33.

肯定的复杂情感,在处理自己与上帝的关系方面,诗人经历了一系列的内心冲突,但是,诗人却没有就此停止,而是用上帝的"博爱"来调整自己的内心,希望自己能够获得救赎。在《提供》(An Offering)这首诗的第一节,赫伯特就已经点明:"基督的双重本质就是您对我的救赎。"

在如何获得救赎方面,像文艺复兴时期的许多其他诗人一样,赫伯特也试图找到乐园(paradise),以期获得灵魂的救赎。但是,在人类的始祖亚当堕落以后,人类的乐园就消失了,究竟如何才能找到,诗人们、航海家们各执己见,但都没有一个确定的答案。但是,诗人们普遍认为复得的乐园只能存在于心灵之中。正如《失乐园》中的迈克尔说:

> ……只要
> 加上实践,配合你的知识,加上
> 信仰、德行、忍耐、节制,
> 此外还加上爱,就是后来叫作
> "仁爱"的,是其他一切的灵魂。
> 这样,你就不会不高兴离开
> 这个乐园,而在你的内心
> 另有一个远为快乐的乐园。①

弥尔顿在《复乐园》中再次强调说:

> 他的罗网已被撕毁:
> 人间快乐的地位虽曾一度失去,
> 现在又将得到一个更美好的乐园,
> 给予亚当和他特选的后裔。②

由此可见,"伊甸园的重要性不在于它的可见方面,而在于园中的男女内心的清白或纯洁。或者说,伊甸园不仅是一个有形的充满感官之美的乐园,也是一个无形的精神乐园,主要象征人类由于堕落而失去的一种思想

---

① 〔英〕约翰·弥尔顿:《多雷插图本〈失乐园〉》,(法)多雷绘,朱维之译,吉林出版集团有限责任公司 2007 年版,第 352 页。
② 〔英〕约翰·弥尔顿:《复乐园·斗士参孙》,朱维之译,上海译文出版社 1981 年版,第 111 页。

状态。在这个意义上,诗人们往往把恢复乐园的努力用作隐喻,暗示道德的重建或对完美品德的追求。"①赫伯特的诗《乐园》就表现了同样的主题,该诗的第二至五节写道:

> 何种公众的力量,潜伏的　诱惑
> 摧毁我的果实,给我带来　伤害,
> 那围墙就是您的　　　　　怀抱吗?
>
> 请您紧紧包围我,以免我　退缩。
> 请您对我稍微严格并　　　刻薄,
> 让我需要您的手与　　　　艺术。
>
> 当您进行末日　　　　　　审判,
> 您用刀修剪　　　　　　　切割,
> 丰产的树木果实　　　　　最多。
>
> 主的修剪是最甜美的　　　友谊:
> 主的修理是治愈而非　　　撕裂:
> 如此起点近似生命的　　　终点。(*CEP*:124)

在赫伯特看来,人类如果要涤去自身的罪过,实现复活,获得灵魂的救赎,就需要上帝对人类的灵魂进行干预,对其进行约束、管理。在赫伯特笔下,人就好像果树,当它被砍掉多余的枝杈,留下有用的部分就会结出更多的果实,收获更多的美德,距离品德上的自我完善就越近,在末日审判时,才可能获得精神上的救赎。

赫伯特心目中的上帝,并不是一个抽象的虚构概念,而是一个具体的、实在的、隐藏起来的形象。在《救赎》(*Redemption*)一诗中,当诗中的抒情主体为了见到上帝本身,到处寻找,在找遍了天堂、城市、剧场、花苑、园林,以及宫廷后,仍然一无所获,最后抒情主体却"在盗匪与杀人犯之间"找到了他。赫伯特对上帝理解的这种具象性源于他的宗教思想,他劝诫世人要找到正确的认识上帝的方式。而这种方式,要通过具体的圣餐仪式来实

---

① 胡家峦:《文艺复兴时期英国诗歌与伊甸园传统》。罗芄等:《欧美文学论丛(第五辑):圣经、神话传说与文学》,人民文学出版社 2007 年版,第 123 页。

现。例如《神》这首诗就是告诫读者不要以一种抽象的、甚至是阐释性的方式理解圣餐，圣餐就是把酒当作基督的血，就是品尝基督身体本身：

> 他命令我们饮下这血当作酒。
> 　　这命令使他高兴，然而我确信，
> 端起并品尝他设计的一切
> 　　就是救赎，这不难理解。(CEP：126)

理解上帝、体认上帝不需要理智与智慧的指导，基督教教义不会在酒杯端给世人之前，使里面的酒变得更加醇厚。这些基督教教义本身是后人的发明，如果把这些教义看作是上帝之爱与仁慈的表现，那么，这就大错特错了，在诗人看来，个体行为才是体会上帝的最佳方式："爱上帝，爱邻人。静观祷告。／己所不欲勿施于人"(CEP：126)。

赫伯特对个体行为与秩序的关注，与母亲玛格达琳有着密切关系。在赫伯特三岁半时，父亲理查德爵士因抓捕一名拒绝上法庭的人受伤去世，此后，由玛格达琳一个人负责照看这个有十个子女的大家庭。沃尔顿对玛格达琳评价非常高，认为她是一位兼具智慧与美德的女性。[1]在陪伴长子爱德华在牛津大学的王后学院学习时，玛格达琳曾对爱德华说："正如我们的身体从适宜我们食用的肉类中吸收营养一样，我们的灵魂也会因为效仿邪恶的同伴或者与邪恶的同伴谈话而无意识地沾染恶习；对恶习的无知就是对美德的最佳维护：沾染恶习就如同引火物引燃罪孽，使之燃烧。"[2]她对美德与个人行为的高度关注，使她个人的行为具有了高尚与崇高的维度，玛格达琳在牛津大学停留了四年，陪伴爱德华，她出众的才智与乐于助人的行为给她当时结识的包括多恩在内的牛津内外的许多显赫人物与学者留下了深刻印象，多恩曾作多首诗赞美她美好的品行。

在诗集《圣殿》中，赫伯特以圣经箴言的形式对个体的人在公众中如何生活进行了界定，对世人的傲慢自大、自私自利等罪恶进行批判，希望与古以色列人和犹太人的生活建立联系，希望通过在公众生活中改造个体，建立一个以基督徒个体追求美德为目标的社会。

---

① Izaak Walton. *The Life of Mr. George Herbert*. See George Herbert. *George Herbert：The Complete English Poems*, John Tobin ed., Penguin Books, 2004, p. 269.

② Izaak Walton. *The Life of Mr. George Herbert*. See George Herbert. *George Herbert：The Complete English Poems*, John Tobin ed., Penguin Books, 2004, p. 271.

赫伯特在诗歌作品中歌颂具有美德的灵魂,在散文作品中对理想的乡村牧师行为提出规范。霍奇金斯直接把《乡村牧师》说成是牧师手册,并指出其实质就是教诲散文,目的在于教诲牧师如何启发教徒与社会。[①]

在与上帝对话的过程中,诗人努力寻找拯救自己灵魂的办法,而诗人的这一努力也可以被读者感知。国王查理一世在被送上断头台以前,就在狱中阅读赫伯特的《圣殿》,似乎希望在阅读中拯救自己的灵魂,他可能不仅注意到了《圣殿》的宗教色彩,而且还可能注意到了《圣殿》中的诗歌注重约束与改造个体行为的道德维度。

赫伯特本人就是践行美德的代表,有关他生平记载的许多事例足以证实这一点,他本人在世时就已经被称为"圣洁的赫伯特先生"。詹姆斯一世对赫伯特赞许有加,他的大臣威廉伯爵(William, Earl of Pembroke)也认为赫伯特是位德才兼备的人士。赫伯特本人毕生注重约束与规范自己的行为、不懈地追求美德,使他在人生的最后时刻没有恐惧、没有遗憾。在弥留之际,他说:"我现在就要去了……上帝,请你不要抛弃我,我已经没有力量了;请您看在耶稣的份上仁慈地对待我;现在,主啊,现在主啊,请您接受我的灵魂。"[②]说完赫伯特就平静地、安详地、了无遗憾地去世了。在沃尔顿看来,赫伯特去世的时候犹如一位圣人,他甚至希望自己在将来去世的时候,也能像赫伯特一样感受到幸福。

根据沃尔顿的记载,在赫伯特获得剑桥大学对外发言人这一职位以后,恰逢国王詹姆斯一世把自己写的《宫廷手册》(*Basilicon Doron*)[③]一书送给剑桥大学,赫伯特作为对外发言人,用拉丁文给詹姆斯一世回了一封信,对他的慷慨表示感谢。当詹姆斯一世阅读赫伯特的信件时,立刻被赫伯特的优秀写作所打动,因为那封信有很多巧妙的构思,他立刻问大臣信件的作者是谁,威廉伯爵回答了国王的提问并在詹姆斯一世的要求下说:"他非常了解他(赫伯特),而且他还是他的亲属,但是他喜欢赫伯特的原因不是因为他的姓氏和家族,而是因为他的才学与美德。"国王詹姆斯一世微笑着,对此表示非常满意,说他自己"也会喜欢赫伯特的,因为赫伯特把他

---

① Christopher Hodgkins. "'Betwixt This World and That of Grace': George Herbert and the Church in Society", *Studies in Philology*, Vol. 87, No. 4 (Autumn, 1990), p. 466.

② Izaak Walton. *The Life of Mr. George Herbert*. See George Herbert. *George Herbert: The Complete English Poems*, John Tobin ed., Penguin Books, 2004, p. 314.

③ 《宫廷手册》是国王詹姆斯一世写给亨利王子的一本王子行为宫廷生活指南。

比喻为那所大学的珍宝"①。

　　我们对赫伯特的仁义之举的了解，大都来源于沃尔顿的《赫伯特传》，据沃尔顿的记载，当赫伯特就任伯默顿的牧师以后，他筹集资金准备重建牧师居所，因为前任牧师居住在另一处更好的牧师住所，所以，伯默顿的牧师住宅已经有三处倒塌了。一次，当赫伯特自己来伯默顿查看房屋时，遇见了一位穷苦的老妇人，她想把自己的穷苦状况和精神上的困惑告诉赫伯特；但是，当她说了几句话以后，她就因为害怕与赫伯特讲话，而受了惊吓，上气不接下气，无法说话了。在意识到这一情况以后，赫伯特非常同情她，他谦逊地拉着老妇人的手，对她说："慢慢说，我的老人家，不要害怕和我说话；因为我是一个愿意耐心听你说话的人；如果我能，我乐意解决你的需要；我很愿意这样做，因此，老人家，不要害怕告诉我你需要的东西。"②在讲了这么多让人宽慰的话以后，他拉着老妇人的手，让她坐在他身旁，于是，他这才明白，这位老妇人就属于他的教区，他告诉她，他很高兴认识她，并乐意照顾她。他温顺的言行让这位老妇人倍感宽慰，但是他知道这些对于他来说不用消耗分文，于是，他就送了她一些钱并将她送回了家。

　　就在那天晚上回到家以后，他给妻子详细地讲了那位贫苦老妇人的事，她深受感动，第二天她立刻动身去索尔兹伯里买了两床毯子派人送给那位贫苦的老妇人，并附了一条消息说在伯默顿的牧师住宅建好以后，她会去拜访她，认识她。

　　赫伯特在担任牧师期间，对教区人民十分关心，经常在他们生病时为他们主持圣礼，为贫寒的家庭提供食物和衣服。赫伯特夫妇的善举经常被教区的人们称颂。在他的一生中，他坚持不懈地用一种精确的语言来创作宗教诗，为英国宗教抒情诗创作领域留下了许多优美的诗篇。于是，由于他在宗教生活领域的杰出表现，英国国教会把每年的 2 月 27 日定为赫伯特日③，纪念这位卓越的神父、牧师与诗人。

　　诗集《圣殿》的价值不仅具有号召个体获得灵魂拯救的维度，似乎还想通过约束与改造个体的行为，最终对社会的发展施加影响。前文曾经就赫伯特的社会思想与其他乌托邦作品所反映的社会思想进行了比较，毋庸赘

---

　　①　Izaak Walton. *The Life of Mr. George Herbert*. See George Herbert. *George Herbert：The Complete English Poems*，John Tobin ed. ，Penguin Books，2004，pp. 276－277.

　　②　Izaak Walton. *The Life of Mr. George Herbert*. See George Herbert. *George Herbert：The Complete English Poems*，John Tobin ed. ，Penguin Books，2004，pp. 292－293.

　　③　Justin Lewis-Anthony. *If you Meet George Herbert on the Road …Kill Him*！*Radically Rethinking Priesthy Ministry*. Mowbray，2009，p. 21.

言，赫伯特的社会思想，即通过改善个体在公众生活中的行为、塑造具有"神圣"特质的"绅士"行为与追求美德的个体来实现他最终的社会理想。

在诗集《圣殿》、散文集《乡村牧师》和两部《格言集》中，赫伯特论述了个体在基督教团体内维系美德、获得美德的标准。诗人改造个体的思想温和而中庸，不走极端，具有一定的可操作性。

在《乔治·赫伯特的"神圣模式"：于共同体中改造个体》这本著作中，米勒探究了赫伯特对基督教共同体生活中个体特性的理解。米勒利用一章的内容来描述与赫伯特有密切关系的小吉丁共同体的生活。这个共同体的社会实践，与乌托邦社会团体有些类似。为了能够实现自己的社会主张，费拉尔一家用自己的积蓄购买了一片土地，参加实践的人们按照事先的约定生活和工作。然而，这个社团的社会实践没有坚持太久，就濒临破产。社团的创立者，费拉尔的母亲也因此受到影响，她的服装，也由先前的复杂时新样式，简化为几件简朴的服装。

小吉丁共同体由女性成员管理，她们中的大多数人都受过良好教育，赫伯特在与她们的通信中，对这些女性赞赏有加，并在对圣母玛利亚表示崇敬方面，与她们达成共识。赫伯特与这些女性一样，主张贞洁而有节制的生活，这种节制不仅表现在性生活方面，还表现在饮食方面。由于是女性管理小吉丁共同体，该共同体自成立之初就受到各方诟病，遭到清教徒的攻击，甚至还被有些团体称为"亚美尼亚的女修道院"。

小吉丁共同体的主张和他们与赫伯特的联系主要体现在《裹尸布对话录》（*Winding Sheet*）这本对话集中。1633 年，在赫伯特去世以后，小吉丁共同体发起了这场对话，对话中共有四个人物，分别是记录者、重复者、学者和学徒。在对话集的开头，四位对话者像老师一样试图通过裹尸布这个比喻来探讨死亡本质，然后通过分析历史上的皇帝、国王、廷臣、主教、教皇和神学家对欧洲历史进行反思。布莱克斯通（Bernard Blackstone）认为这部对话录的风格和主题与苏格拉底的对话以及剑桥的新柏拉图主义的对话非常相似。[①] 这四位对话者特别提到赫伯特以及他的生活，并且描绘了他们这个宗教共同体希望在英格兰建立的生活模式，而这种模式的基本主张是为上帝服务、禁欲主义与自我约束。[②] 约翰·费拉尔在一封信中特别

---

① Greg Miller. *George Herbert's "Holy Patterns"*: *Reforming Individual in Community*, Continuum，2007，p. 58.

② Greg Miller. *George Herbert's "Holy Patterns"*: *Reforming Individual in Community*, Continuum，2007，p. 57.

提到他的弟弟欧文（欧文不是小吉丁共同体成员）也赞同小吉丁共同体的
社会主张：

> 　　如果我们不是好朋友，他一定会嫉妒我们这里的幸福生活和
> 我们养育子女的方式，他看到孩子们不想要他说的任何东西。教
> 育就是使孩子们变得明智和善良。在我们看来，他的观点完全正
> 确，而在他看来，世界上的一切事物几乎都出了问题。①

　　小吉丁社团对当时社会的批判态度，使得它显得与时代格格不入，这
也就注定它要受到当时社会的攻击。
　　赫伯特与小吉丁共同体关系密切，而这部《裹尸布对话录》也多次特别
提到赫伯特。在谈到英国重新从奥特曼帝国手中占领西班牙以后，记录者
这个人物特别用到了赫伯特的座右铭"我们无法企及上帝的点滴仁慈"。
第二处明显与赫伯特有关的内容是在记录者讨论关于人类邪恶和上帝仁
慈时所表达的观点，"你要牢牢记住相信上帝，不要相信你自己，否则你这
也失败，那也失败。希望是锚，恐惧是绳索，你的灵魂会因此而停留在美德
的港湾"②。此处的语言风格与赫伯特的拉丁诗非常相似：

> 　　你不能因此而满足，除非你给这个锚
> 加上一个封印，这样
> 水与土的确定象征
> 都应该归功于你。
> 让整个世界旋转起来，
> 我们和我们所有的一切都将站立，

　　① Nicholas Ferrar. *The Ferrar Papers*, Bernard Blackstone ed., Cambridge University
Press, 1938, p. 275. See Greg Miller. *George Herbert's "Holy Patterns"*: *Reforming Individual
in Community*, Continuum, 2007, p. 60.
　　② Nicholas Ferrar. *The Ferrar Papers*, Bernard Blackstone ed., Cambridge University
Press, 1938, p. 275. See Greg Miller. *George Herbert's "Holy Patterns"*: *Reforming Individual
in Community*, Continuum, 2007, p. 61.

　　　　　　这神圣的绳索使一切暴风雨变得安全。①

　　《乡村牧师》是赫伯特生前唯一一部打算出版的散文集。就本质而言，该散文集具有历史性、政治性和社会性三个特点。因为《乡村牧师》的散文文体以及宗教内涵，文学批评家长期以来忽视对《乡村牧师》价值的探究与考查。

　　《乡村牧师》的中心主题是描述模范牧师的信条与生活，其核心观点并不在于对牧师的信仰提出要求，而在于对乡村牧师的现实生活提出要求。在该部作品中，赫伯特特别重视牧师生活的外在表现，即乡村牧师的行为与行动在牧师指导教民生活中所发挥的作用。

　　在教士生活的"神秘"与下层民众生活的"懒散"之间，赫伯特试图寻找一条"中间道路"（"via media"）。在解读《圣经》经文、宣读教义、说教以及设计教堂外观方面，赫伯特试图打破清教与英国国教之间的界限，将这两种传统融合在理想的乡村牧师身上。

　　赫伯特对时代的焦虑和内心的矛盾性使他没有像莫尔在撰写《乌托邦》时那样，批判和逃避社会，而是多了一份成熟和稳重，倡导一种积极的"入世"思想和生活。马尔科姆森认为赫伯特的文学生涯和17世纪英格兰的大多数男性作家一样：他是为了表达自己的观点而进行文学创作，同时，他也要确保他的保护人能够读到他的作品。笔者赞同马尔科姆森的观点。因为在16世纪末17世纪初，按照英格兰的继承法，只有长子才能继承家庭中的财产和头衔，而赫伯特虽然生在贵族之家，但是排行第五（赫伯特共有兄弟七人，姐妹三人，乔治在兄弟中排行第五）的命运使他无法得到任何财产和头衔，因此，他只能依靠自己的努力去谋生，进而获得社会的认可。但是，赫伯特的贵族身份使他不屑通过写作去赚钱谋生，因此，他没有像莎士比亚和本·琼森那样通过创作戏剧作品成为职业作家。纵观他的作品即可知晓他的文学创作是为了引起公众的关注，表明他从政或者进入教会部门工作的决心，他的文学创作试图与上流社会、剑桥大学和英国教会建立

---

　　① 该诗是由赫伯特的拉丁诗 *In Sacram Anchoram Piscatoris* 翻译而来，参照的英文版本是 Greg Miller 的译文。该拉丁诗出自 George Herbert. *The Works of George Herbert*，F. E. Hutchinson ed.，Oxford University Press，1953，pp. 438－439. Greg Miller 的英语译文见 Greg Miller. *George Herbert's "Holy Patterns"*：*Reforming Individual in Community*，Continuum，2007，p. 61.

起连接。①

正如一些批评家指出的那样，"教堂门廊"和"教堂斗士"反映了赫伯特对社会问题的关注，虽然这些内容读起来似乎离我们非常遥远，但是在17世纪的读者中间，他们可能像"圣堂"这一主体部分中的诗歌一样受到读者的喜爱，甚至他们的受欢迎程度还要远远超过这些诗歌。②

美德是《圣殿》中的一个重要主题，成为赫伯特的一个重要关注对象，原因何在？为何赫伯特对美德思考得如此之多？

恩斯尔（Neal Enssle）认为16世纪末17世纪初的英国人期望他们的牧师能够因宗教事务、道德事务和社会需要加入到教区的社会生活中来。只有这样的牧师才是他们心目中最理想的牧师。牧师应该是"羊群的牧羊人"、顾问、导师、社会创伤与精神创伤的治愈者、说教者、和平维护者、法官和忏悔者。他应该代表上帝向他的人民说话，同时，他也应该代表他的人民向上帝说话。③于是，16世纪末17世纪初，许多教区牧师都以布道文的形式写下一些建议，描绘理想的牧师形象，通过这些作品，他们试图教育他人或者提高自身的修养。④

在早期现代英国社会中，教区牧师的职责包含社会生活中的一切简单事务；他们试图成为人们的精神导师和道德卫士，避免使自身受到诱惑和不道德行为的影响，这一切对于牧师们来说很难做到，只有屈指可数的牧师才能做到这一点。于是，在这一时期出现了大量以"实践神学"为主题的论文，论述教区牧师的本质、理想的牧师形象以及牧师在社会生活中的正确位置。⑤

对于牧师的信仰状况、道德水准是否与他们的行为相一致这一问题，向来受到牧师和英国民众的关注。

---

① Cristina Malcolmson. *George Herbert：A Literary Life*，Palgrave Macmillan，2004，p. ix.

② Cristina Malcolmson. *George Herbert：A Literary Life*，Palgrave Macmillan，2004，p. xiii.

③ Neal Enssle. "Patterns of Godly Life：The Ideal Parish Minister in Sixteenth-and Seventeenth-Century English Thought"，*The Sixteenth Century Journal*，Vol. 28，No. 1（Spring，1997），p. 4.

④ Neal Enssle. "Patterns of Godly Life：The Ideal Parish Minister in Sixteenth-and Seventeenth-Century English Thought"，*The Sixteenth Century Journal*，Vol. 28，No. 1（Spring，1997），p. 4.

⑤ Neal Enssle. "Patterns of Godly Life：The Ideal Parish Minister in Sixteenth-and Seventeenth-Century English Thought"，*The Sixteenth Century Journal*，Vol. 28，No. 1（Spring，1997），p. 5.

　　乔治·卡尔顿①在他的《伯纳德·吉尔平传》(*The Life of Bernard Gilpin*)②一书中,记载了一则发生在吉尔平孩童时期的小故事,生动地说明了这一点。吉尔平于 1517 年出身在威斯特摩兰郡一个古老而又可敬的家族。据卡尔顿的记载,当吉尔平还是个孩子的时候,在一个礼拜六的夜晚,一位四处云游的修士来到吉尔平父亲的居所,希望第二天早上可以为他们布道。吉尔平一家热情地招待了这位修士,"因为在那个时代,没有好好照顾这些食客是不可原谅的罪过"。在晚餐时分,这位修士却大量饮酒,如同一个酒鬼;而在第二天一早的布道中,他却表达了对酗酒这一行为的鄙夷不屑。这位修士言行不一的行径立即被吉尔平指了出来,他对母亲说:"妈妈,您听到了吗? 这个家伙居然敢发表反对酗酒的言论,他昨晚在我们家就喝醉了啊。"③吉尔平是位对牧师行为高度敏感的教士,在他看来,如果牧师的言行不能达到一致,那么这样的牧师也就没有劝诫他人改正这些不良行为的权力。从吉尔平的故事,我们可以看到,在基督教的发展过程中,教会本身对牧师的行为非常关注,按照戒律,牧师们需要避免去酒馆以及其他会与他的职业产生冲突的场所。对牧师语言与行为一致性的要求,不仅是教会对牧师的要求,也关系到牧师的教诲能否在实际布道中发挥应有的作用。

　　16 世纪末 17 世纪初,都铎王朝消亡以后,斯图亚特王朝登上历史舞台,然而,斯图亚特王朝管理英国社会秩序的方式与诗人的期待有很大不同,在与以詹姆斯一世为首的宫廷有过多次接触之后,赫伯特对其失望至极,毅然决然地放弃有望获得升迁的宫廷生活,转而投入上帝的怀抱。1630 年 4 月 26 日,赫伯特在伯默顿举行了担任牧师的就职典礼。典礼结束之后,赫伯特对好友伍德诺特先生说,"现在我回顾往昔那些有抱负的思想,认为当时如果自己如愿以偿,该会多么幸福;然而现在,我可以用公正的眼光看待宫廷,可以明显地看到宫廷中处处都是欺骗、头衔、阿谀奉承和许多其他虚构的快乐,这些快乐如此空虚,以致当人们享受这种快乐时,也无法填满这虚空;但是,上帝和在侍奉上帝的过程中,却充满了喜乐与欢

---

　　① 乔治·卡尔顿(George Carleton, 1559—1628),英国教士,伯纳德·吉尔平的学生,1618—1619 年担任兰达夫主教,1619—1628 年担任奇切斯特主教,创作了大量宗教作品。

　　② 伯纳德·吉尔平(Bernard Gilpin, 1517—1583),牛津神学家,英国教会兴起过程中一位颇有影响的教士,生活在亨利八世、爱德华六世、玛丽女王与伊丽莎白女王时代。

　　③ Neal Enssle. "Patterns of Godly Life: The Ideal Parish Minister in Sixteenth-and Seventeenth-Century English Thought", *The Sixteenth Century Journal*, Vol. 28, No. 1 (Spring, 1997), pp. 8—9.

乐,没有厌烦;此刻,我要用一切努力使我的亲属和教民依靠我,我不会使他们失望。首先,我必须举止得当,因为牧师的具有美德的生活本身是最强有力的证明,这足以使见到他品行的人敬畏他、热爱他,或者至少向往像他那样生活。我要这么做,因为我知道我生活的时代需要好的榜样,而不仅仅是概念……"①在担任牧师期间,赫伯特处处身体力行,以自己的行动做自己思想的表率,此外,他还通过创作诗歌与散文,表达对都铎王朝时期英国社会秩序的向往。②

在散文集《乡村牧师》中,赫伯特对乡村牧师的行为举止提出了要求,但是在这部牧师手册中,我们无处找到具体描绘当时英国社会牧师形象的言辞。赫伯特的同时代诗人弥尔顿对当时的"腐败牧师"进行了描述,他的挽歌《黎西达斯》(Lycidas)一方面悼念自己的好友爱德华·金(Edward King)在去爱尔兰赴任牧师的途中死于海难,另一方面,弥尔顿还描绘了当时英国社会中腐败牧师的丑恶嘴脸,并预言腐败牧师终将覆灭。在痛斥"腐败牧师"的一段文字里,弥尔顿写道:

> 多的是这样的人,为了欲壑
> 偷偷地连挤带爬进了教会!
> 对别的事儿他们丝毫不琢磨,
> 只争先恐后上剪羊毛丰收的筵席,
> 将受邀请参加的可敬来宾来排挤。
> 瞎眼的嘴馋! 压根儿不懂得使用
> 拐杖,或竟没有学会最起码的东西,
> 那可是忠实的牧人该具备的本领! （金发燊 译）

诗中的牧羊人是"牧师"的隐喻,他们"偷偷地连挤带爬"进了羊圈,弥尔顿用三个动词(creep and intrude and climb)把这些所谓的"牧师"在"羊圈"隐喻的教会中获得牧师这一头衔的卑鄙状况描摹得绘声绘色,让读者不禁为之一振。在弥尔顿笔下,腐败的牧师对上帝背信弃义,定然会受到上帝的惩罚,终将"顷刻覆灭"。由于对当时英国牧师职业的实际状况非常失望,

---

① Izaak Walton. *The Life of Mr. George Herbert*. See George Herbert. *George Herbert: The Complete English Poems*, John Tobin ed., Penguin Books, 2004, p. 291.

② Christopher Hodgkins. *Authority, Church, and Society in George Herbert: Return to the Middle Way*, University of Missouri Press, 1993, pp. 182—183.

弥尔顿最终放弃在基督学院毕业以后去当牧师的初衷,而是用自己的笔去鞭打当时的英国社会。[①]

在 17 世纪上半叶的英国,不仅赫伯特、弥尔顿关注牧师的个人行为与生活实践,还有其他一些牧师也对此非常关注。1621 年英国牧师理查德·伯纳德(Richard Bernard)在其著作《忠诚的牧羊人》(*Faithfull Sheepherd*)一书中写道:"牧师的完美生活在于其对信徒的饶有趣味的教导,对信仰与教义的证实,对牧师职业的热爱,对造谣中伤者的制止,帮助他认识罪孽,重获精神自由,在于他敦促自身热爱美德。"[②]

个体德行及其对美德的追寻与其所属的社会共同体密切联系。"宗教团体是一种特殊的道德共同体,它的存在本身便为美德伦理的生长传衍提供了坚实的生活土壤和文化空间。在宗教团体内部的道德舆论的力量能够协调社群内部成员的道德生活以及和外部的关系。"[③]乡村牧师,作为乡村教区灵性生活的引导者,只有自身行为高尚,才能打动普通大众的心灵,引导他们追求一种更加高尚的行为和灵性生活,引导他们在获取"美德"的道路上更进一步。正如赫伯特在论及人的行为时说:

> 行为从低处入手,计划从高处着眼,
> 这样你就会举止谦卑、宽宏大度。
> 不要在精神上沉沦,目标对准苍天,
> 总比对准树梢射得更高更远。(*CEP*:17)

英国人一向注意自己的行为举止与行为习惯,对此的关注已经深深地陷入他们的思想意识之内。马克努奇,这位于 19 世纪 80 年代末通过印度文员机构入门考试,到达印度担任县税收长的英国青年,也注意到了这一点。尼尔·弗格森(Niall Ferguson)在评论马克努奇的行为时说:

> 当然,马克努奇并不怀疑,在其辖区居民的眼里一位县税收
> 长的重要地位。对村夫(农民)来说,拜见"官员大人",或者与其

---

① 胡家峦:《论弥尔顿的〈黎西达斯〉》,《北京大学学报》(哲学社会科学版)1990 年第 4 期,第 77 页。

② Neal Enssle. "Patterns of Godly Life: The Ideal Parish Minister in Sixteenth-and Seventeenth-Century English Thought", *The Sixteenth Century Journal*, Vol. 28, No. 1 (Spring, 1997), p. 48.

③ 万俊人:《美德伦理如何复兴》,《求是学刊》2011 年第 1 期,第 48 页。

非正式的会面也会让他们兴奋不已……这会成为他们好几天在炉边闲谈的话题，并一直被他们记在脑子里，多年不忘。他们会认为白人精明而坦诚，因此，注意你的举止和你的习惯吧！[①]

"你的举止和你的习惯"是弗格森对英国"绅士"文化内涵的简要概括，这是英国人最为关注的内容，无论是在英国国内，还是在英国国外；无论是在 17 世纪，还是在 19 世纪。

正如赫伯特在《乡村牧师》第三十三章《乡村牧师的图书馆》开篇所写到的那样，乡村牧师的图书馆是"一种高尚的生活"[②]。诗人没有谈论牧师应该阅读哪些宗教著作或者思想著作，而是强调了"高尚的生活"本身，说明诗人对"行为"本身的关注，只有将乡村牧师的社会角色演绎到极致，使其行为与其身份相配，并获得教区人们的认可，这样的乡村牧师就拥有了"美德"，在赫伯特的笔下，美德同样也具有"卓越"的维度，是个体对卓越的诉求与实践。

赫伯特在《圣殿》与《乡村牧师》中对"美好的青年"与"理想的牧师"提出的种种要求映射出他对时代的反思，而他的一些思想在马克思·韦伯（Max Weber）专论现代文化的著作中也有所涉及。在《新教伦理与资本主义精神》（*The Protestant Ethic and the Spirit of Capitalism*）一书中，韦伯分析了加尔文教派的观点，认为加尔文教徒拒绝享受他们创造出来的财富，因为他们认为人只是受上帝所托，帮助上帝管理他的财产。赫伯特也有类似的观点，他认为人是上帝的"秘书"，要为上帝歌颂一切。同时，在"教堂门廊"中，赫伯特对当时英国社会中残存的一些不良传统持批判态度，告诫"美好的青年"要过一种有"节制"的生活，这与加尔文教倡导的禁欲主义非常接近。不同点在于，赫伯特倡导的是一种让基督徒拥有快乐而又有节制的生活方式，在谦卑的心态中，追求荣耀与灵魂的安宁。因此，从这个角度来说，韦伯在一定程度上继承了赫伯特宗教思想的精髓。

此外，在韦伯看来，"资本主义精神"就是"合理地、系统地追求利润的态度"，而新教的伦理观为其提供精神保障，这是一种新型的文化状态或者说社会心态。[③] 与马克思、恩格斯提出的唯物主义有些不同，韦伯认为"新

---

① ［英］尼尔·弗格森：《帝国》，雨珂译，中信出版社 2012 年版，第 162 页。

② Izaak Walton. *The Life of Mr. George Herbert*. See George Herbert. *George Herbert：The Complete English Poems*. John Tobin ed.，Penguin Books，2004，p. 251.

③ 向荣：《文化变革与西方资本主义的兴起：读韦伯〈新教伦理与资本主义精神〉》，《世界历史》2000 年第 3 期，第 96 页。

教伦理与资本主义精神"在西方资本主义发展过程中与经济因素相互影响、相互推进,最终对西方社会的发展进程产生影响。也许因为其宗教思想折射出时代的声音,也许因为他那富有节奏而又优美的训诫,也许因为其本身行为的高贵,赫伯特被一些批评家称作 17 世纪英国的"文化偶像",不仅对英国宗教诗歌的发展产生了影响,也对英国文化乃至英国社会的发展产生了不可估量的作用。

结　语

第一节

与人文主义占主导地位的 16 世纪和启蒙主义占主导地位的 18 世纪相比,17 世纪英国人的"宗教热情都远为高昂"①。英国社会世俗化的进一步向前推进并没有改变宗教对社会以及基督徒个体文化价值观以及文化身份的形成所产生的决定性影响,因此,有学者认为 17 世纪是英国社会在彻底走向世俗化以前的最后一个"宗教高峰"②。英国的宗教诗歌创作走向前所未有的繁荣,在这个时期,宗教是诗人们神秘灵感的来源,是美学、是伦理、是社会发展的福音,是人们内在于心灵的东西。诗人们试图寻求自身人格之外的秩序与价值,在这新一代宗教诗人中,与多恩相比,赫伯特的探索更有价值。③他的伟大之处在于他对基督教庄严主题的探索:上帝对人类的无限热爱,人类的忘恩负义;灵魂对神圣精神生活的渴望以及人类灵魂渴望的实现与满足。④在宗派林立、宗教斗争异常激烈的时代,出于对和谐的渴望,赫伯特把对上帝的虔诚体验看作是团结基督徒、而非分裂基督徒的信仰力量。⑤

诗歌是诗人情感的流露,抒情诗尤其如此。赫伯特尊重基督徒的情感,探究基督徒个体对上帝的情感体验。然而,在赫伯特看来,基督徒对上

---

① 聂珍钊:《英国文学的伦理学批评》,华中师范大学出版社 2007 年版,第 173 页。

② 聂珍钊:《英国文学的伦理学批评》,华中师范大学出版社 2007 年版,第 173 页。

③ Joseph H. Summers. *George Herbert*：*His Religion and Art*, Harvard University Press, 1954, p. 187.

④ Margaret Bottrall. *George Herbert*, John Murray, 1954, p. 1.

⑤ Achsah Guibbory. *Ceremony and Community from Herbert to Milton*, Cambridge University Press, 1998, p. 78.

帝的情感体验应该以"谦卑"为特点,基督徒既要依赖上帝,又要对上帝心存畏惧之心,只有在这二者构成的张力中维持平衡,才能获得上帝的恩典,实现内心的平静。正如赫伯特在论及乡村牧师应该如何看待天道时所写:"无论那些机会看起来有多美好,人们都应该既依赖他们,同时又惧怕他们。"①

赫伯特认为人类虽然软弱,容易改变自己的想法,对上帝不够坚定,有时如同一棵野草,有时如同跑了调的乐音,但是,赫伯特认为上帝并没有放弃人类。因此,在《圣殿》中上帝与人之间的关系主要体现为情人关系、主仆关系与父子关系。与中世纪宗教诗歌中表现的基督徒以各种身份主动地、热烈地、甚至盲目地追求上帝不同,在《圣殿》中,诗人有意识地让诗中的抒情主体体会自身灵魂被上帝追求的过程。而且,在这个过程中,基督徒个体对上帝持有"敬畏"的情感,在上帝热烈的攻势下,不断退缩。赫伯特的宗教诗歌把人与上帝之间的这种互动关系生动地展现在读者面前,让读者看到了在现代社会早期,英国从封建社会向现代资本主义社会过渡的过程中,基督教对生活在基督教共同体中的个体灵魂以及个体行为方式所产生的影响。

第二节

"如经上所记,神为爱他的人所预备的,是眼睛未曾看见,耳朵未曾听见,人心也未曾想到的。"②17 世纪的基督徒们渴望"神为爱他的人所预备的"一切,这个所谓的"极乐世界"激发诗人对上帝拯救世人这一基督教事件展开想象,正如赫伯特在《一瞥》中所写:"我们将感受到何种奇迹,/ 当我们见到你满眼爱意!"

上帝对待基督徒主要有拯救与惩罚两种方式,但是,唯有拯救在《圣殿》中占有举足轻重的位置。③ 赫伯特运用富有诗意的语言探究基督拯救世人心灵的方式,因此,《圣殿》中充满了大量的线条、滑轮、绳索、光线、连接天堂与大地的日光等意象。这些意象在天堂与世俗世界之间架起沟通

---

① George Herbert. *The Country Parson*. See George Herbert. *George Herbert*:*The Complete English Poems*, John Tobin ed. , Penguin Books,2004, p. 245.

② 《歌罗西书》第 2 章第 9 节。

③ Jeannie Sargent Judge. *Two Natures Met*:*Geroge Herbert and the Incarnation*, Peter Lang Publishing, Inc. , 2004, p. 138.

的桥梁，使人类在大地上的生活成为走向永生的序曲。正如《歌罗西书3：
3》中的说话人一样，基督徒们早已经意识到"我的话语与思想双双表达这
一观念／生命的太阳具有双重运动"。而基督徒的生活就"应该瞄准和指
向那本是在上面的事"。

如文中所示，《圣殿》中的说话人陈述了多种通往上帝的途径：他们会
沿着太阳光线荣登天国，他们会沿着上帝从天国抛给他们的丝巾荣登天
国，他们会紧紧抓住上帝的翅膀飞向天国……无论以何种方式，基督徒在
对天国秩序的追求中，领略秩序的含义。在赫伯特的基督教视域中，秩序
表现为"天道"，这是上帝管理世界的方式。

在我国读者看来，赫伯特的宗教诗具有明显的基督教文化特色，似乎
与我国传统文化格格不入，实则不然。在《圣殿》中，"天道"是一个重要的
基督教概念，是上帝创造与维持的世界运行的方式，其本质是和谐。而和
谐正是中国传统文化的核心所在。在赫伯特看来，"和谐"也是他期待的物
质世界与人类世界的运行状态。因此，以具有历史性与当下性两个维度来
考量，赫伯特宗教诗的文化特色与我国传统文化实质上是一致的。

第三节

《圣殿》揭示了赫伯特对圣餐本质的理解，认为其具有"甜蜜"与"苦涩"
的双重性质，但正是因为圣餐本身的基督教喻义，基督徒在品尝圣餐的过
程中，获得对上帝之子基督的牺牲精神——这一美德条目的深切体会与理
解。此外，上帝从天国抛下的丝巾以及和谐悦耳的天国音乐，都是上帝设
法拯救基督徒的方法与途径，他的主动给予，他的和谐特性，都是引导基督
徒内心实现和谐、灵魂实现救赎的重要方式。在赫伯特看来，基督在十字
架上的痛苦经历难以掩饰圣餐的"甜美"特性，于是，"甜美"成为诗人期待
的基督徒的灵魂状态，此外，圣餐作为一个重要符号，还使《圣殿》的三个组
成部分形成一个有机整体。

赫伯特对圣餐的重视，使他没有忽略圣餐仪式中褒扬的基督的牺牲精
神。为了拯救世人而自我选择的牺牲，是基督的美德。美德不仅是东方文
化所要歌颂的内容，也是西方传统文化关注的焦点。个体践行美德，是其
获得救赎的一个重要的、可操作的途径。

在《圣殿》与《乡村牧师》的写作中，赫伯特把西方传统的美德概念与基
督教伦理结合在一起，考察在现代早期英国社会中美德的含义。在他看

来,美德就是基督徒个体在基督教共同体的社会生活中约束自身的行为,处理好教义、纪律、他人与自我这四者之间的关系。唯有仿照上帝过一种有德性的、高尚的生活,基督徒才能实现自身的美德,才能获得灵魂的救赎,实现内心生活的最大幸福。这一点,无论对于基督徒来说,还是对于非基督徒来说,都有着重要的意义。赫伯特正是通过诗歌与散文让人们清醒地对自己的行为做出合乎道德的行为选择,以美德为指引,追求崇高。

赫伯特的美德概念将西方的文化传统、英国的社会现实与个体的信仰实际情况结合起来,具有重要的历史文化意义。赫伯特把对崇高生活模式的建构与理想的乡村牧师的形象塑造结合在一起,通过对各种情境中理想的乡村牧师提出要求,指出理想的基督徒的生活应以"自律"为特征,对自身的行为提出要求。这样,赫伯特笔下的理想的牧师形象就与英国文化传统中的绅士形象结合在一起。

在赫伯特看来,基督徒应该遵照自古希腊以来的西方古典德性传统,尤其是亚里士多德的德性思想,将其作为改造自己在社会生活中行为的具体策略,这样才能使自己的行为具有"绅士风度";此外,基督教徒还要将这一思想传统与基督教的美德传统结合起来,这样,基督教徒的行为才能因为其品质的崇高而获得"神圣"特性,最终对社会的发展与变革产生影响。而教会作为社会中的一个重要共同体,其职责的履行最终会对社会形态的发展产生影响。

赫伯特笔下的乡村牧师形象是英国"绅士形象"在 17 世纪上半叶的典型体现,是英国绅士文化传统不可或缺的一部分。而赫伯特在诗歌中创造出来的"神射手"则是赫伯特在追寻美德的过程中构想出的理想的个体形象,他高尚的生活是他人模仿的对象,他的诸多美德被诗人一一列举出来:"诚实、高尚、公平、谨慎、节制、勇敢而又朴素"。

赫伯特不像世俗爱情诗人那样,隔着两层朦胧的思想歌颂春天与夜莺,而是用简洁坦率的诗行,准确而自信地运用英语这门语言,在对美德的赞颂中歌颂上帝,在多变的诗行排列形式与韵律中阐释虔敬的思想,因此,赫伯特的宗教抒情诗成为英国宗教抒情诗中的经典,历久弥新。

附录　赫伯特生平年表

1593 年　4 月 3 日，赫伯特出生于威尔士的蒙哥马利。其父是理查德·赫伯特骑士，母亲是玛格达琳·赫伯特。乔治在十个孩子中排行第七。伊萨克·沃尔顿出生。马洛去世。胡克的《论教会国家组织的法律》第一至四卷出版。

1596 年　10 月 15 日，赫伯特父亲去世。

1597 年　赫伯特一家移居到母亲玛格达琳在什罗普郡的居所埃顿。

1599 年　赫伯特一家移居至牛津大学。

1605 年　赫伯特入威斯敏斯特学校，同年 6 月 29 日入选奖学金获得者。培根的《学术的伟大进展》出版。

1607 年　约翰·多恩写信给玛格达琳·赫伯特。

大约 1608 至 1609 年　约翰·多恩写了几首诗献给玛格达琳·赫伯特。

1609 年　2 月 26 日，赫伯特的母亲玛格达琳嫁给约翰·丹弗斯。3 月 5 日，丹弗斯被册封为爵士。

5 月，赫伯特以国王学者的身份进入剑桥大学三一学院。10 月 18 日，赫伯特作为自费生被三一学院录取。斯宾塞的《仙后》对开本第一版出版。莎士比亚的《十四行诗集》出版。

1611 年　1 月 1 日，乔治·赫伯特写信给母亲，信中包含了歌颂新年的十四行诗。詹姆斯一世"钦定版"《圣经》出版。

1612 年　英国王位继承人亨利王子去世。赫伯特用拉丁文写了两首悼亡诗并发表，这是他最先发表的两首诗作。

1616 年　当选为剑桥大学三一学院高级讲师。

1618 年　赫伯特被委任为剑桥大学修辞学讲师。

1620 年　赫伯特被选举为剑桥大学官方发言人（一直担任此职位至 1628 年）。

1624 年　赫伯特被选举为蒙哥马利的议会代表（1625 年再次当选）。

乔治的长兄爱德华·赫伯特的著作《论真理》在巴黎出版。

1625 年　詹姆斯一世去世;继任者查理一世迎娶法国公主亨丽埃塔·玛丽亚为王后。尼古拉斯·费拉尔在亨廷登郡（Huntingdonshire）的小吉丁安顿下来。培根把他完成的《英译赞美诗诗集》献给赫伯特。

1626 年　赫伯特被推荐到亨廷登郡,距离小吉丁约六公里的地方担任受俸牧师。培根去世。赫伯特用拉丁文撰写了一首悼亡诗。

1627 年　赫伯特的母亲去世;葬礼布道由多恩主持;与多恩的布道词一起出版的还有赫伯特撰写的纪念诗集,该诗集收入了赫伯特的拉丁诗集《追忆圣母》（*Memoriae Matris Sacrum*）。

1629 年　赫伯特迎娶继父的表妹珍妮·丹弗斯为妻。乔治的长兄爱德华·赫伯特被授予贵族爵位,称"雪堡的赫伯特勋爵"（Lord Herbert of Cherbury）。

1630 年　4 月,赫伯特被委任为富格斯顿教区（Fugglestone）的教长,富格斯顿教区位于索尔兹伯里附近的伯默顿。

1631 年　多恩去世。德莱顿出生。

1632 年　克拉肖拜访小吉丁。

1633 年　查尔斯一世拜访小吉丁。3 月 1 日,赫伯特因肺结核去世,享年 40 岁。

1633　赫伯特去世之后,《圣殿》出版。

1634　赫伯特翻译的意大利人路易吉·科纳罗（Luigi Cornaro）的作品《论戒酒与节制》（*A Treatise of Temperance and Sobrietie*）出版。

参考文献

[1] ALBRECHT R J. Using alchemical memory techniques for the interpretation of literature: John Donne, George Herbert, and Richard Crashaw[M]. Lewiston, N. Y. : Edwin Mellen Press, 2008.

[2] ASALS H A R. Equivocal predication: George Herbert's way to God [M]. Toronto: University of Toronto Press, 1981.

[3] BARNES A W. Editing George Herbert's ejaculations[J]. Textual cultures, 2006, (2): 90-113.

[4] BARNES A W. Post-closet masculinities in early modern England [M]. Lewisburg: Bucknell University Press, 2009.

[5] BENET D. Secretary of praise: the poetic vocation of George Herbert [M]. Columbia: University of Missouri Press, 1984.

[6] BLAISE A M. "Sweetnessereadiepenn'd": Herbert's theology of beauty[J]. George Herbert journal, 2003, 27(1,2): 1-21.

[7] BOTTRALL M. George Herbert [M]. London: John Murray Ltd. , 1954.

[8] BROWN C C, INGOLDSBY W P. George Herbert's "Easter-Wings" [J]. Huntington library quarterly, 1972, 35(2): 131-142.

[9] CARNES V. The unity of George Herbert's The Temple: a reconsideration[J]. ELH, 1968, 35(4): 505-526.

[10] CLARKE E. Theory and theology in George Herbert's poetry[M]. Oxford: Oxford University Press, 1997.

[11] COLIE R L. Logos in The Temple: George Herbert and the shape of content[J]. Journal of the Warburg and Courtauld institutes, 1963, 26(3/4): 327-342.

[12] CORNS T N. English poetry: Donne to Marvell[M]. Shanghai: Shanghai Foreign Language Education Press, 2001.

[13] CRUICKSHANK F. Verse and poetics in George Herbert and John Donne[M]. Burlington, VT: Ashgate, 2010.

[14] DOERKSEN D W. George Herbert, Calvinism, and reading "Mattens"[J]. Christianity and literature, 2010,59(3): 437-451.

[15] DOERKSEN D W. Picturing religious experience: George Herbert, Calvin, and the scriptures[M]. Newark: University of Delaware Press, 2011.

[16] DONNE J. Poems of John Donne Vol Ⅱ[M]. CHAMBERS E K, ed. London: Lawrence &. Bullen, 1896.

[17] DONNE J. John Donne: the complete English poems[M]. SMITH A J, ed. London: Penguin Books, 1996.

[18] ELIOT T S. George Herbert[M]. London: Longman, 1962.

[19] ENDE F V. George Herbert's "The Sonne": in defense of the English language[J]. Studies in English literature, 1500—1900, 1972,12(1), The English renaissance (Winter): 173-182.

[20] ENSSLE N. Patterns of godly life: the ideal Parish minister in sixteenth-and seventeenth-century English thought[J]. The sixteenth century journal, 1997,28(1): 2-28.

[21] FORD B S. George Herbert and the liturgies of time and space[J]. South Atlantic review, 1984,49(4): 19-29.

[22] FRASER R. George Herbert's Poetry[J]. The Sewanee review, 1987,95(4): 560-585.

[23] FREEMAN R. George Herbert and the emblem books[J]. The review of English studies, 1941,17(66): 150-165.

[24] GORDIS L M. Rhetoric, style, and George Herbert[J]. ELH, 1970,37(4): 495-516.

[25] GORDIS L M. The experience of covenant theology in George Herbert's "The Temple"[J]. The journal of religion, 1996,76(3): 383-401.

[26] GUIBBORY A. Ceremony and community from Herbert to Milton[M]. Cambridge: Cambridge University Press, 1998.

[27] GUITE M. Faith, hope and poetry: theology and the poetic imagination[M]. Farnham, England; Burlington, VT: Ashgate, 2010.

[28] HALEWOOD W. The poetry of grace: reformation themes and

structures in English seventeenth-century poetry[M]. New Haven, Conn: Yale University Press, 1970.

[29] HARMAN B L. George Herbert's "Affliction (I)": the limits of representation[J]. ELH, 1977,44(2): 267-285.

[30] HARMAN B L. The fiction of coherence: George Herbert's "*The Collar*" [J]. PMLA, 1978,93(5): 865-877.

[31] HAYES A M. Counterpoint in Herbert[J]. Studies in philology, 1938,35(1): 43-60.

[32] HERBERT G. Herbert's poetical works[M]. Rev. GILFILLAN G, ed. Edinburgh: James Nichol, London: James Nisbet and Co., Dublin: W. Robertson, 1817.

[33] HERBERT G. The works of George Herbert, in prose and verse Vol. II. [M]. London: William Pickering, 1853.

[34] HERBERT G. The works of George Herbert[M]. HUTCHINSON F E, ed. Oxford: Oxford University Press, 1953.

[35] HERBERT G. The country parson, the temple[M]. WALL J N Jr, ed. New York: Paulist Press, 1981.

[36] HERBERT G. George Herbert[M]. Oxford: Oxford University Press, 1994.

[37] HERBERT G. George Herbert: the complete English poems[M]. TOBIN J, ed. London: Penguin Books, 2004.

[38] HERBERT G. Herbert poems[M]. KNOPF A A, ed. New York, London, Toronto: Everyman's Library, 2004.

[39] HERBERT G. The English poems of George Herbert[M]. WILCOX H, ed. Cambridge, New York: Cambridge University Press, 2007.

[40] HERBERT G. Memoriaematrissacrum[J]. George Herbert journal, 2009,33(1,2): 1-54.

[41] HILL C A. George Herbert's sweet devotion [J]. Studies in philology, 2010,107(2): 236-258.

[42] HODGKINS C. "Betwixt this world and that of grace": George Herbert and the church in society[J]. Studies in philology, 1990,87 (4): 456-475.

[43] HODGKINS C. The church legible: George Herbert and the externals of worship[J]. The journal of religion, 1991,71(2): 217

-241.

[44] HODGKINS C. Authority, church, and society in George Herbert: return to the middle way[M]. Columbia, Mo. : University of Missouri Press, 1993.

[45] HODGKINS C. George Herbert's pastoral: new essays on the poet and priest of Bemerton[M]. Newark: University of Delaware Press, 2010.

[46] HODGKINS C. George Herbert's travels: international print and cultural legacies[M]. Newark: University of Delaware Press, 2011.

[47] HORTON R A. Herbert's "Thy cage, thy rope of sands": an hourglass[J]. George Herbert journal, 1997,21(1,2): 83-88.

[48] HUNTER J C. George Herbert and puritan piety[J]. The journal of religion, 1988,68(2): 226-241.

[49] HUNTER J C. Renaissance literature: an anthology of poetry and prose[M]. 2nd ed. Oxford: Blackwell, 2010.

[50] JONATHAN L. Aristotle: the desire to understand[M]. Cambridge, UK: Cambridge University Press, 1988.

[51] JOHN W. Recreations of Christopher North[M]. Vol. 2, The Project of GuternbergEbook, 2006.

[52] JUDGE J S. Two natures met: George Herbert and the incarnation [M]. New York: Peter Lang Publishing, Inc, 2004.

[53] KNIEGER B, HERBERT G. The purchase-sale: patterns of business imagery in the poetry of George Herbert[J]. Studies in English literature, 1500—1900, 1966,6(1): 111-124.

[54] LEVITT P M, JOHNSTON K G. Herbert's "The collar": a nautical metaphor[J]. Studies in philology, 1969,66(2): 217-224.

[55] LEWIS-ANTHONY J. If you meet George Herbert on the road ... kill him! radically rethinking priestly ministry[M]. London: Mowbray, 2009.

[56] LULL J. Expanding "The poem itself": reading George Herbert's revisions[J]. Studies in English literature, 1500—1900, 1987, 27 (1): 71-87.

[57] MARTIN A. George Herbert and sacred "parodie" [J]. Studies in philology, 1996,93(4): 443-470.

[58] MILLER G. George Herbert's "holy patterns": reforming individuals in community[M]. New York: Continuum, 2007.

[59] MALCOLMSON C. George Herbert: a literary life[M]. Houndmills, Basingstoke, Hampshire: Palgrave Macmillan, 2004.

[60] MALCOLMSON C. Heart-work: George Herbert and the protestant ethic[M]. Stanford: Stanford University Press, 1999.

[61] MILLER E, DIYANNI R. Like season'd timber: new essays on George Herbert[M]. New York: Peter Lang, 1987.

[62] NARDO A K. George Herbert pulling for prime[J]. The John Hopkins university press: south central review, 1986,3(4): 28-42.

[63] NETZLEY R. Reading, desire, and the eucharist in early modern religious poetry[M]. Toronto, Buffalo: University of Toronto Press, 2011.

[64] Online Etymonline Dictionary. Virtue[EB/OL][2013-9-4]. http://www. etymonline. com/index. php?

[65] allowed_in_frame=0&search=Virtue&searchmode=none.

[66] O'CONNELL M. The idolatrous eye: iconoclasm and theater in early-modern England [M]. New York: Oxford University Press, 2000.

[67] PATRIDES C A. George Herbert: the critical heritage[M]. London: Routledge&Kegan Paul, 1983.

[68] Poetry Foundation. George Herbert[EB/OL] [2020-3-11]. https://www. poetryfoundation. org/poets/george-herbert.

[69] PRIMEAU R. Reading George Herbert: process vs. rescue[J]. College literature, 1975,2(1): 50-60.

[70] RANDALL D B J. The ironing of George Herbert's "Collar"[J]. University of North Carolina press: studies in philology, 1984,81(4): 473-495.

[71] RAWSON C. The Cambridge companion to English poets[M]. Cambridge, New York: Cambridge University Press, 2011.

[72] RAY R H. The Herbert allusion book: allusions to George Herbert in the seventeenth century[J]. University of North Carolina press: studies in philology, 1986,83(4): i-ix,1-167,169-182.

[73] RAY R H. Recent studies in George Herbert, 1974—1986[J]. Eng-

lish literary renaissance, 1988,18(3): 460-475.

[74] RAY R H. Recent studies in George Herbert, 1987—2007[J]. English literary renaissance, 2010,40(3): 458-480.

[75] RAY R H. A George Herbert companion[M]. New York: Garland Pub, 1995.

[76] REITER R E. George Herbert's "Anagram": a reply to Professor Leiter[J]. College English, 1966,28(1): 59-60.

[77] RICHEY E G. Herbert's "Temple" and the liberty of the subject [J]. The journal of English and Germanic philology, 2003,102(2): 244-268.

[78] RICHEY E G. Herbert's technical development[J]. The journal of English and Germanic philology, 2003,102(2): 244-268.

[79] RICKEY M E. Rhymecraft in Edward and George Herbert[J]. The journal of English and Germanic philology, 1958,57(3): 502-511.

[80] RICKEY M E. Utmost art: complexity in the verse of George Herbert[M]. Lexington: University of Kentucky Press, 1966.

[81] ROBERTSON A, STEVENS D. The pelican history of music Vol. 2[M]. London: Penguin Books, 1963.

[82] RUBEY D. The poet and the Christian community: Herbert's affliction poems and the structure of *The Temple*[J]. Studies in English literature, 1500—1900, 1980,20(1): 105-123.

[83] SHAWCROSS J T. Some colonial American poetry and George Herbert[J]. Early American literature, 1988,23(1): 28-51.

[84] SHERWOOD T G. Tasting and telling sweetness in George Herbert's poetry[J]. English literary renaissance, 1982,12(3): 319-340.

[85] SIBBES R. Works, Vol. II[M]. Edinburgh: Edinburgh University Press, 1862.

[86] SOBOSAN J G. Call and response: the vision of God in John Donne and George Herbert[J]. Religious studies, 1977,13(4): 395-407.

[87] STRIER R. Love known: theology and experience in George Herbert's poetry [M]. Chicago: The University of Chicago Press, 1983.

[88] STRIER R. Sanctifying the aristocracy: a "devout humanism" in

Francois de Sales, John Donne, and George Herbert［J］. The journal of religion，1989，69(1)：36–58.

［89］SUMMERS J H. Herbert's form[J]. PMLA，1951，Vol. 66，No. 6 (Dec.)：1055–1072.

［90］SUMMERS J H. George Herbert：his religion and art［M］. Cambridge：Harvard University Press，1954.

［91］SWARTZ D J. Discourse and direction：a priest to the temple，or，the country parson and the elaboration of sovereign rule［J］. Criticism，1994，36：189–212.

［92］Theoi Greek Mythology. Arete［EB/OL］［2013–9–4］. http://www. theoi. com/Daimon/Arete. html.

［93］THORPE D. "Delight into sacrifice：" resting in Herbert's temple ［J］. Studies in English literature，1500—1900，1986，26(1)：59–72.

［94］TODD R. The opacity of signs：acts of interpretation in George Herbert's *The Temple*［M］. Columbia：University of Missouri Press，1986.

［95］TOLIVER H. Herbert's interim and final places［J］. Studies in English literature，1500—1900，1984，24(1)：105–120.

［96］TUVE R. On Herbert's "Sacrifice"［J］. The Kenyon review，1950，12(1)：51–75.

［97］TUVE R. A reading of George Herbert［M］. Chicago：University of Chicago Press，1952.

［98］TUVE R. George Herbert and caritas［J］. Journal of the Warburg and Courtauld institutes，1959，22(3,4)：303–331.

［99］TUVE R. Sacred "parody" of love poetry and Herbert［J］. Studies in the renaissance，1961(8)：249–290.

［100］TUVE R. Notes on the virtues and vices［J］. Journal of the Warburg and Courtauld institutes，1963，26(3,4)：264–303.

［101］VENDLER H. The poetry of George Herbert［M］. Cambridge，Massachusetts，London：Harvard University Press，1975.

［102］WOLBERG K R. "All possible art"：George Herbert's *The Country Parson*［M］. Madison：Fairleigh Dickinson University Press，2008.

［103］WHALEN R. George Herbert's sacramental puritanism［J］. Renaissance quarterly，2001,54(4)：1273-1307.

[104] WHITLOCK B W．The sacramental poetry of George Herbert[J]．South central review，1986,3(1)：37-49.

[105] WOOD C．George and Henry Herbert on redemption[J]．Huntington library quarterly，1983,46(4)：298-309.

[106] ZHANG L．The tao and the logos[M]．Durham，London：Duke University Press，1992.

[107] 阿德勒，范多伦.西方思想宝库[M].北京：中国广播电视出版社,1991.

[108] 阿奎那.神学大全·第十五册·论圣事、圣洗、坚振、圣体、告解[M].王守身,周克勤,译.台北：中华道明会,碧岳学社,2008.

[109] 阿尼克斯特.英国文学史纲[M].戴镏龄,等,译.北京：人民文学出版社,1980.

[110] 埃文斯.英国文学简史[M].蔡文显,译.北京：人民文学出版社,1984.

[111] 艾布拉姆斯.镜与灯:浪漫主义文论及批评传统[M].郦稚牛,等,译.北京:北京大学出版社,1989.

[112] 艾略特.艾略特诗学文集[M].王恩衷,编译.北京:国际文化出版公司,1989.

[113] 艾略特.艾略特文学论文集[M].李赋宁,译.南昌:百花洲文艺出版社,1997.

[114] 爱默生.爱默生集(上)·论文与讲演录[M].赵一凡,等,译.北京:生活·读书·新知三联书店,1993.

[115] 安徽师范大学中国诗学研究中心.中国诗学研究第4辑·新诗研究专辑[C].北京:人民文学出版社,2005.

[116] 拜利.音乐的历史[M].黄跃华,张少鹏,等,译.太原:希望出版社,2003.

[117] 北大哲学系外国哲学教研室.古希腊罗马哲学[C].北京:生活·读书·新知三联书店,1982.

[118] 北京师联教育科学研究所.外国诗歌基本解读·13·英国卷(上册)[C].北京:人民武警出版社,2002.

[119] 伯克.欧洲近代早期的大众文化[M].杨豫,等,译.上海:上海人民出版社,2005.

[120] 柏拉图.裴多[M].杨绛,译.北京:中国国际广播出版社,2009.

［121］布鲁克斯.精致的翁:诗歌结构研究［M］.郭乙瑶,等,译.上海:上海人民出版社,2008.

［122］布鲁姆.西方正典:伟大作家和不朽作家［M］.江宁康,译.南京:译林出版社,2011.

［123］常耀信.英国文学通史第1卷［M］.天津:南开大学出版社,2010.

［124］陈才宇.英国早期文学经典文本［M］.杭州:浙江大学出版社,2007.

［125］陈晞.诗中的教义:纵观宗教与中英诗歌［J］.湖南大学学报,2003(2):91-94.

［126］丛滋杭.中国古典诗歌英译理论研究［M］.北京:国防工业出版社,2007.

［127］崔建军,孙津.诗与神的对话:外国文学与宗教［M］.海口:海南出版社,1993.

［128］崔波,蔡琳.语篇衔接之于诗歌主题的表达——对乔治·赫伯特诗作《美德》的文体学分析［J］.思想战线,2011(1):493-495.

［129］戴清.能影响你一生的至理名言［M］.上海:科学普及出版社,1991.

［130］党元明.美德不朽诗作长存——读赫伯特的《美德》［J］.时代文学(下半月),2010(3):76.

［131］邓艳芬.乔治·赫伯特诗歌《人》中的人神关系［J］.剑南文学(下半月),2010(4):39.

［132］邓艳艳.从批评到诗歌:艾略特与但丁的关系研究［M］.北京:中国社会科学出版社,2009.

［133］杜承南,罗义蕴.英美名诗选读［M］.重庆:重庆出版社,1990.

［134］杜小安.基督教与中国文化的融合［M］.北京:中华书局,2010.

［135］杜一鸣,李瑾.对乔治·赫伯特诗歌中人神关系的解析［J］.河北青年管理干部学院学报,2006(2):52-55.

［136］杜运燮等.一个民族已经起来——怀念诗人翻译家穆旦［M］.南京:江苏人民出版社,1987.

［137］范岳,沈国经.西方现代文化艺术辞典［M］.沈阳:辽宁教育出版社,1996.

［138］飞白.诗海游踪:中西诗比较讲稿［M］.杭州:浙江工商大学出版社,2011.

［139］弗格森.帝国［M］.雨珂,译.北京:中信出版社,2012.

［140］傅明伟,潘文雅.世界妙语精萃大典［M］.南京:河海大学出版社,1994.

[141] 高健.英诗揽胜[M].太原:北岳文艺出版社,1992.

[142] 郭亚星.《复活节翅膀》的符号象似性分析[J].文教资料,2008(18):35-37.

[143] 高岩杰.名人名言录[M].西安:陕西人民教育出版社,1990.

[144] 格拉德.世界最险恶之旅[M].尹萍,译.重庆:重庆出版社,2007.

[145] 格雷克.混沌学传奇[M].卢侃,孙建华,译.上海:上海翻译出版公司,1991.

[146] 冈察雷斯.基督教思想史[M].陈泽民,等,译.南京:译林出版社,2008.

[147] 郭方.英国近代国家的形成——16世纪英国国家机构与职能的变革[M].北京:商务印书馆,2007.

[148] 辜正坤.世界名诗鉴赏词典[M].北京:北京大学出版社,1990.

[149] 浩瀚,刘同冈.英语礼品屋:英汉赠语箴言精选[M].北京:新时代出版社,2001.

[150] 何光沪.跨世纪文存:何光沪自选集[M].桂林:广西师范大学出版社,1999.

[151] 赫伯特.论真理[M].周玄毅,译.武汉:武汉大学出版社,2006.

[152] 胡家峦.论弥尔顿的《黎西达斯》[J].北京大学学报(哲学社会科学版),1990(4):75-80.

[153] 胡家峦.建立在大自然中的巴别塔——亨利·沃恩的宗教冥想哲理诗[J].国外文学,1993(2):1-7.

[154] 胡家峦.第三种类型的"亚当"——读约翰·多恩《病中赞上帝》[J].名作欣赏,1994(6):9-12.

[155] 胡家峦.圆规:终止在出发的地点——文艺复兴时期英国诗人宇宙观管窥[J].国外文学,1997(3):31-39.

[156] 胡家峦.圣经、大自然与自我——简论17世纪英国宗教抒情诗[J].国外文学,2000(4):63-70.

[157] 胡家峦.金链:"万物的奇妙联结"[C]//李翔鹰.新世纪新思考新探索:高校外语教学研究论集.上海:上海教育出版社,2001.

[158] 胡家峦.历史的星空[M].北京:北京大学出版社,2001.

[159] 胡家峦.两棵对称的"树"——文艺复兴时期英国诗歌园林意象点滴[J].国外文学,2002(4):46-54.

[160] 胡家峦.英国名诗详注[M].北京:外语教学与研究出版社,2003.

[161] 胡家峦.艺术与自然的"嫁接"——文艺复兴时期英国园林诗歌研究

点滴[J].国外文学,2004(3):27-34.

[162] 胡家峦.沉思的花园:"内心生活的工具"——文艺复兴时期英国园林诗歌研究点滴[J].国外文学,2006(2):21-29.

[163] 胡家峦.英美诗歌名篇详注[M].北京:中国人民大学出版社,2008.

[164] 胡雪冈.意象范畴的流变[M].南昌:百花洲文艺出版社,2001.

[165] 黄杲炘.从英语"象形诗"的翻译谈格律诗的图形美问题[J].外国语,1991(6):37-40.

[166] 黄杲炘.英国抒情诗选[M].上海:上海译文出版社,1997.

[167] 黄辉辉.Virtue 美德[J].英语知识,2005(3):12-13.

[168] 黄慧强,刘英瑞.乔治·赫伯特的宗教诗《复活的翅膀》解读[J].齐齐哈尔大学学报(哲学社会科学版),2007(2):93-94.

[169] 黄绍鑫.灵感:英美名诗译粹[M].重庆:重庆出版社,2002.

[170] 基督教文化评论编委会.基督教文化评论(第一辑)[C].贵阳:贵州人民出版社,1992.

[171] 基督教文化评论编委会.基督教文化评论(第二辑)[C].贵阳:贵州人民出版社,1992.

[172] 吉辛.四季随笔[M].刘荣跃,译.成都:四川文艺出版社,2009.

[173] 季羡林,等.外语教育往事谈——教授们的回忆[G].上海:上海外语教育出版社,1988.

[174] 加德纳.宗教与文学[M].沈弘,江先春,译.成都:四川人民出版社,1989.

[175] 蒋永文.中西审美之思[M].昆明:云南大学出版社,2007.

[176] 姜岳斌.伦理的诗学——但丁诗学思想研究[M].杭州:浙江大学出版社,2007.

[177] 加尔文.基督教要义[M].钱曜诚,译.北京:生活·读书·新知三联书店,2010.

[178] 克尔凯郭尔.非此即彼[M].陈俊松,黄德先,译.北京:光明日报社,2007.

[179] 兰色姆.新批评[M].王腊宝,张哲,译.北京:文化艺术出版社,2010.

[180] 冷宁.玄学派诗人乔治·赫伯特的《美德》的艺术魅力[J].河北旅游职业学院学报,2010(4):96-98.

[181] 李枫.诗人的神学:柯勒律治的浪漫主义思想[M].北京:社会科学文献出版社,2008.

[182] 李赋宁.英语学习指南[M].北京:北京大学出版社,1986.

[183] 李果,厚强.启世箴言[M].济南:山东教育出版社,1991.

[184] 李瑾,李静.《圣殿》中上帝权威意象的研究[J].山花,2009(14):138-139.

[185] 李向梅.偏离常规,以形达意——浅析乔治·赫伯特的形体诗《复活节的翅膀》[J].剑南文学(下半月),2010(3):67-68.

[186] 李雅娟,王德才.基督教常识[M].长春:吉林人民出版社,2008.

[187] 李岩.中外名人名言精选(上)[M].北京:中国社会出版社,2000.

[188] 李云起.太阳的旅行:英美短诗诵读(英汉对照)[M].沈阳:辽宁教育出版社,2000.

[189] 李正栓.英国文艺复兴时期诗歌研究[M].保定:河北大学出版社,2006.

[190] 丽月塔.绅士道与武士道——日英比较文化论[M].王晓霞,等,译.杭州:浙江人民出版社,1990.

[191] 梁工.基督教文学[M].北京:宗教文学出版社,2001.

[192] 梁工.圣经文学研究第1辑[M].北京:人民文学出版社,2007.

[193] 梁实秋.梁实秋文集·第10卷[M].梁实秋文集编委会编,厦门:鹭江出版社,2002.

[194] 刘光耀,杨慧林.神学美学第1辑[M].上海:上海三联书店,2006.

[195] 刘光耀,杨慧林.神学美学第2辑[M].上海:上海三联书店,2008.

[196] 刘光耀,杨慧林.神学美学第3辑[M].上海:上海三联书店,2009.

[197] 刘建军.基督教文化与西方文学传统[M].北京:北京大学出版社,2005.

[198] 刘小枫.拯救与逍遥[M].上海:上海三联书店,2001.

[199] 刘新利,陈志强.欧洲文艺复兴史·宗教卷[M].北京:人民出版社,2008.

[200] 刘忠信.人生格言大全[M].长春:吉林人民出版社,1990.

[201] 楼育萍.矛盾与升华——乔治·赫伯特《正义》一诗的文体学赏析[J].安徽文学(下半月),2009(10):99-100.

[202] 路威.文明与野蛮[M].吕叔湘,译.北京:生活·读书·新知三联书店,1984.

[203] 罗芃等.欧美文学论丛(第五辑):圣经、神话传说与文学[C].北京:人民文学出版社,2007.

[204] 马志勇.外国语言文学研究论丛[C].哈尔滨:黑龙江人民出版社,2008.

[205] 麦格拉思.基督教文学经典选读[M].苏欲晓,等,译.北京:北京大学

出版社,2004.

[206] 麦金太尔.追寻美德:道德伦理研究[M].宋继杰,译,南京:译林出版社,2003.

[207] 弥尔顿.复乐园·斗士参孙[M].朱维之,译.上海:上海译文出版社,1981.

[208] 弥尔顿.失乐园[M].朱维之,译.长春:吉林出版集团有限责任公司,2007.

[209] 默顿.十七世纪英格兰的科学、技术与社会[M].范岱年,等,译.北京:商务印书馆,2000.

[210] 莫尔.乌托邦[M].戴镏龄,译.北京:商务印书馆,2008.

[211] 纳尔逊.英国经典诗歌阅读与欣赏:从多恩到彭斯[M].北京:中国人民大学出版社,2009.

[212] 尼科斯.历代基督教信条[C].汤清,译.宗教文化出版社,2010.

[213] 聂珍钊.英国文学的伦理学批评[M].武汉:华中师范大学出版社,2007.

[214] 聂珍钊.英语诗歌形式导论[M].北京:中国社会科学出版社,2007.

[215] 聂珍钊.外国文学史2·17世纪至19世纪初期文学[M].武汉:华中师范大学出版社,2010.

[216] 欧茨.浮生如梦:玛丽莲·梦露文学写真[M].周小进,译.北京:人民文学出版社,2002.

[217] 帕尔菲曼.高等教育何以为"高"[M].冯青来,译.北京:北京大学出版社,2011.

[218] 帕格利亚.性面具艺术与颓废:从奈费尔提蒂到艾米莉·狄金森(上)[M].呼和浩特:内蒙古大学出版社,2003.

[219] 帕斯卡尔.思想录:论宗教和其他主题的思想[M].何兆武,译.北京:商务印书馆,1985.

[220] 培根.新大西岛[M].何新,译.北京:商务印书馆,1959.

[221] 齐宏伟.心有灵犀:欧美文学与信仰传统[M].北京:北京大学出版社,2006.

[222] 钱乘旦,陈晓律.英国文化模式溯源[M].上海,成都:上海社会科学出版社,四川人民出版社,2003.

[223] 秦越存.追寻美德之路:麦金太尔对现代西方伦理危机反思[M].北京:中央编译出版社,2008.

[224] 瞿明安.隐藏民族灵魂的符号:中国饮食象征文化论[M].昆明:云南

大学出版社,2001.

[225] 人类智慧宝库编委会.人类智慧宝库·西方智慧卷[M].北京:改革出版社,1992.

[226] 桑德斯.牛津简明英国文学史[M].北京:人民文学出版社,2000.

[227] 史建斌,王丽娟.英语赛诗会:英汉诗歌精选[M].北京:新时代出版社,2001.

[228] 舒曼.舒曼论音乐和音乐家——论文选[C].陈登颐,译.北京:人民音乐出版社,1960.

[229] 舒小昀.英吉利民族绅士风度解析[J].贵州社会科学,2012(8):32-36.

[230] 斯特伦.人与神:宗教生活的理解[M].金泽,何其敏,译.上海:上海人民出版社,1991.

[231] 宋杰,孔宁.一生应知的格言[M].上海:上海科学技术文献出版社,2008.

[232] 孙建.英国文学辞典作家与作品[M].上海:复旦大学出版社,2005.

[233] 孙毅.个体的人:祁克果的基督教生存论思想[M].北京:中国社会科学出版社,2004.

[234] 屠岸.英国历代诗歌选(上册)[C].南京:译林出版社,2007.

[235] 托德.基督教人文主义与清教徒社会秩序[M].刘榜离,等,译.北京:中国社会科学出版社,2011.

[236] 托马斯.人类与自然世界[M].宋丽丽,译.南京:译林出版社,2008.

[237] 万俊人.美德伦理如何复兴[J].求是学刊,2011(1):44-49.

[238] 汪靖洋.写作语典[M].南京:江苏教育出版社,1992.

[239] 王彩云.中西和谐观辨析[J].济南大学学报(社会科学版),2003(6):11-14.

[240] 王德领.重读八十年代:兼及新世纪文学[M].北京:学苑出版社,2009.

[241] 王海明,孙英.美德伦理学[M].北京:北京大学出版社,2011.

[242] 王明.赫伯特的诗集《圣殿》中树的意象[J].青年文学家,2011(22):13.

[243] 王能昌,海默.亚里士多德的德性论[J].南昌大学学报(人文社会科学版),2001(4):41-47.

[244] 王尚文.新语文读本·小学卷·12[M].南宁:广西教育出版社,2002.

[245] 王守仁,方杰.英国文学简史[M].上海:上海外语教育出版社,2006.

[246] 王志远.世界名著鉴赏大辞典[M].北京:中国书籍出版社,1990.

[247] 王卓.别样的人生历程,不同的情感诉求——解读赫伯特诗歌中上帝与人之间的情人关系[J].阜阳师范学院学报(社会科学版),2011(5):60-62.

[248] 王卓,杜丽娟,赵文慧.赫伯特诗歌《美德》的基督教寓意及道德启示作用[J].赤峰学院学报(汉文哲学社会科学版),2012(1):153-155.

[249] 王佐良.英国诗选[M].上海:上海译文出版社,1988.

[250] 王佐良.英国诗史[M].南京:译林出版社,2008.

[251] 威廉斯.关键词:文化与社会的词汇[M].刘建基,译.北京:生活·读书·新知三联书店,2005.

[252] 吴笛.比较视野中的欧美诗歌[M].北京:作家出版社,2004.

[253] 吴笛,吴斯佳.外国诗歌鉴赏辞典1·古代卷[M].上海:上海辞书出版社,2010.

[254] 吴笛.英国玄学派诗歌研究[M].北京:中国社会科学出版社,2013.

[255] 吴虹.浅论《圣殿》中的宇宙意象[J].绍兴文理学院学报(哲学社会科学版),2012(6):49-52.

[256] 吴虹."星之书":《圣殿》结构研究[J].国外文学,2014(1):113-121.

[257] 吴虹.论赫伯特宗教诗的美德主题[J].外语学刊,2014(2):115-120.

[258] 吴虹.论赫伯特"痛苦组诗"中的痛苦意识[J].名作欣赏(中旬刊),2016(10):91-96.

[259] 吴虹.《破碎的圣坛》的诗学意义阐释[J].名作欣赏(评论版),2019(9):42-44.

[260] 吴晓.意象符号与情感空间——诗学新解[M].北京:中国社会科学出版社,1990.

[261] 伍德林,夏皮罗.哥伦比亚英国诗歌史[M].北京:外语教学与研究出版社,2005.

[262] 希尼.希尼诗文集[M].吴德安,等,译,北京:作家出版社,2000.

[263] 向荣.文化变革与西方资本主义的兴起:读韦伯《新教伦理与资本主义精神》[J].世界历史,2000(3):95-102.

[264] 许德金.英语语言文学纵论[M].北京:对外经贸大学出版社,2007.

[265] 徐向东.美德伦理与道德要求[M].南京:江苏人民出版社,2007.

[266] 亚里士多德.亚里士多德选集:伦理学卷[M].苗力田,编.北京:中国人民大学出版社,1992.

[267] 阎照祥.英国史[M].北京:人民出版社,2003.

[268] 燕卜荪.朦胧的七种类型[M].杭州:中国美术学院出版社,1996.

[269] 杨慧林,黄晋凯.欧洲中世纪文学史[M].南京:译林出版社,2001.

[270] 杨周翰.十七世纪英国文学[M].北京:北京大学出版社,1985.

[271] 余光中.听听那冷雨[M].台北:纯文学出版社,1974.

[272] 张鹤.对上帝的赞歌——赏析乔治·赫伯特的诗歌《人》[J].学周刊·C,2010(9):143.

[273] 张晶华."绅士风度"对英国公学的积极影响[J].文教资料,2008(4):147-148.

[274] 张松建.现代诗的再出发:中国四十年代现代主义诗潮新探[M].北京:北京大学出版社,2009.

[275] 张鑫友.英美文学选读自学指南[M].长沙:中南大学出版社,2002.

[276] 张亚蜀,申玉革.美德的热情颂歌——乔治·赫伯特《美德》赏析[J].名作欣赏,2005(11):75-76.

[277] 张玉书.外国抒情诗赏析辞典[M].北京:北京师范学院出版社,1991.

[278] 赵秀明,赵张进.英美散文研究与翻译[M].长春:吉林大学出版社,2010.

[279] 赵雪梅.由《傲慢与偏见》看英国绅士化兴盛时期的绅士文化[J].中南大学学报(社会科学版),2013(2):228-233.

[280] 赵永刚.美德伦理学:作为一种道德类型的独立性[M].长沙:湖南师范大学出版社,2011.

[281] 周林静.西洋全史(十六)近现代文化史[M].台北:燕京文化事业股份有限公司,1979.

[282] 朱.当代英美诗歌鉴赏指南[M].李力,余石屹,译.成都:四川人民出版社,1987.

[283] 朱维之.基督教与文学[M].上海:上海书店出版社,1941.

[284] 朱永生.语符变异与诗歌赏析[J].外国语,1989(3):60-64.